镜花缘 镜里奇遇记

方瑜 编著

图书在版编目（CIP）数据

镜花缘：镜里奇遇记 / 方瑜编著. -- 南京：江苏凤凰文艺出版社，2024. 6. -- ISBN 978-7-5594-8800-8

Ⅰ. I242.4

Ⅰ. I207.62-49

中国国家版本馆CIP数据核字第202496R7H0号

著作权合同登记号：10-2024-109

版权所有 © 时报文化出版公司

本书版权经由时报文化出版公司授权北京时代华语国际传媒股份有限公司简体中文版，委托英商安德鲁纳伯格联合国际有限公司代理授权。非经书面同意，不得以任何形式任意重制、转载。

镜花缘：镜里奇遇记

方瑜　编著

责任编辑	项雷达
图书策划	宁炳辉　薛纪雨
特约策划	唐鲁利
特约编辑	吕新月
装帧设计	时代华语设计组
出版发行	江苏凤凰文艺出版社
	南京市中央路165号，邮编：210009
网　　址	http://www.jswenyi.com
印　　刷	唐山富达印务有限公司
开　　本	880毫米×1230毫米　1/32
印　　张	8.25
字　　数	180千字
版　　次	2024年6月第1版
印　　次	2024年6月第1次印刷
书　　号	ISBN 978-7-5594-8800-8
定　　价	58.00元

江苏凤凰文艺版图书凡印刷、装订错误，可向出版社调换，联系电话025-83280257

总序
用经典滋养灵魂

龚鹏程

每个民族都有它自己的经典。经，指其所载之内容足以作为后世的纲维；典，谓其可为典范。因此它常被视为一切知识、价值观、世界观的依据或来源。早期只典守在神巫和大僚手上，后来则成为该民族累世传习、讽诵不辍的基本典籍，或称核心典籍，甚至是"圣书"。

中国文化总体上的经典是六经：《诗》《书》《礼》《乐》《易》《春秋》。依此而发展出来的各个学门或学派，另有其专业上的经典，如墨家有其《墨经》。老子后学也将其书视为经，战国时便开始有人替它作传、作解。兵家则有其《武经七书》。算家亦有《周髀算经》等所谓《算经十书》。流衍所及，竟至喝酒有《酒经》，饮茶有《茶经》，下棋有《弈经》，相鹤相马相牛亦皆有经。此类支流稗末，固然不能与六经相比肩，但它们代表了在各自那一个领域中的核心知识地位，是很显然的。

我国历代教育和社会文化，就是以六经为基础来发展的。直到清末废科举、立学堂以后才产生剧变。但当时新设的学堂虽仿洋制，却仍保留了读经课程，以示根本未隳。辛亥革命后，蔡元培担任教育总长才开始废除读经。接着，他主持北京大学时出现的新文化运动更进一步发起对传统文化的攻击。趋势竟由废弃文言，提倡白话文学，一直走到深入的反传统中去。

台湾的教育发展和社会文化意识，其实也一直以延续五四精神自居，故其反传统气氛及其体现于教育结构中者，与大陆不过程度略异而已，仅是社会中还遗存着若干传统社会的礼俗及观念罢了。后来，台湾才惕然警醒，开始提倡"文化复兴运动"，在学校课程中增加了经典的内容。但不叫读经，乃是摘选"四书"为《中国文化基本教材》，以为补充。另成立"文化复兴委员会"，开始做经典的白话注释，向社会推广。

文化复兴运动之功过，诚乎难言，此处也不必细说，总之是虽调整了西化的方向及反传统的势能，但对社会民众的文化意识，还没能起到普遍警醒的作用；了解传统、阅读经典，也还没成为风气或行动。

20世纪70年代后期，高信疆、柯元馨夫妇接掌了当时台湾第一大报《中国时报》的副刊与出版社编务，针对这个现象，遂策划了《中国历代经典宝库》这一大套书。精选影响人们最为深远的典籍，包括了六经及诸子、文艺各领域的经典，遍邀名家为之疏解，并附录原文以供参照，一时社会震动，风气丕变。

其所以震动社会，原因一是典籍选得精切。不蔓不枝，能体现传统文化的基本匡廓。二是体例确实。经典篇幅广狭不一、深浅悬隔，如《资治通鉴》那么庞大，《尚书》那么深奥，它们跟小说戏曲是截然不同的。如何在一套书里，用类似的体例来处理，很可以看出编辑人的功力。三是作者群涵盖了几乎全台湾的学术精英，群策群力，全面动员。这也是过去所没有的。四是编审严格。大部丛书，作者庞杂，集稿统稿就十分重要，否则便会出现良莠不齐之现象。这套书虽广征名家撰作,但在审定正讹、统一文字风格方面,确乎花了极大气力。再加上撰稿人都把这套书当成是写给自己子弟看的传家宝,写得特别矜慎,成绩当然非其他的书所能比。五是当时高信疆夫妇利用报社传播之便,将出版与报纸媒体做了最好、最彻底的结合,使得这套书成了家喻户晓、众所翘盼的文化甘霖,人人都想一沾法雨。六是当时出版采用豪华的小牛皮烫金装帧,精美大方,辅以雕花木柜。虽所费不赀,却是经济刚刚腾飞时一个中产家庭最好的文化陈设,书香家庭的想象,由此开始落实。许多家庭乃因买进这套书,仿佛种下了诗礼传家的根。

高先生综理编务,辅佐实际的是周安托兄。两君都是诗人,且侠情肝胆照人。中华文化复起、国魂再振、民气方舒,则是他们的理想,因此编这套书,似乎就是一场织梦之旅,号称传承经典,实则意拟宏开未来。

我很幸运,也曾参与到这一场歌唱青春的行列中,去贡献微末。先是与林明峪共同参与黄庆萱老师改写《西游记》的工作,继而再协助安托统稿,推敲是非,斟酌文辞。对整套书说不上有什么助益,自己倒是收获良多。

书成之后,好评如潮,数十年来一再改版翻印,直到现在。经典常读常新,当时对经典的现代解读目前也仍未过时,依旧在散光发热,滋养民族新一代的灵魂。只不过光阴毕竟可畏,安托与信疆俱已逝去,来不及看到他们播下的种子继续发芽生长了。

当年参与这套书的人很多,我仅是其中一员小将。聊述战场,回思天宝,所见不过如此,其实说不清楚它的实况。但这个小侧写,或许有助于今日阅读这套书的读者理解该书的价值与出版经纬,是为序。

致读者书

方 瑜

亲爱的朋友：

谁没有照过镜子呢？从明洁镜面中，我们认识了自己的形象。但是，除了桌前、壁上有形的镜子之外，还有许多无形的镜子。所以，唐太宗才说："以铜为镜，可以正衣冠；以古为镜，可以知兴替；以人为镜，可以明得失。"如果学会照这种无形之镜，不仅可以清清楚楚看见自己的外貌，更可以深入认识自己和周遭的人，从表面的行为举止一直看透到内心深暗角落，甚至对人与事，今与古，时与空都能有更丰富、深度的洞烛。然而，这种镜子，却并非人人会照，即使有缘与"镜"相对，也可能相见不识，失之交臂！

《镜花缘》这部书，最主要也最引人入胜的情节，就是唐敖海外游历的种种奇遇，以及唐小山寻父途中的艰危苦难。这些极富趣味，不断开展的故事，正如一面又一面在读者眼前辉映的明镜，将人性中平日隐秘掩藏的弱点：自私、虚骄、浮夸、奢靡、吝啬、作伪、诡诈、凶狠……全都昭然揭发。犹如面对能透视血脉、纤毫毕现的镜面，任何脏污、斑点、创痕、纹路全都无所遁形。在原作者李汝珍嘲谑夸张，而又始终旁观而不介入的冷静笔法下，我们往往随着主角的遭遇而哄然大笑。但是，笑过之后，从心底翻涌而上的却是惶惑自疑和莫名的愧疚，《镜花缘》就是这样一部值得用心咀嚼、内省的书。

而书中同样也对人性有肯定的描绘，例如君子国、大人国这两个"乌托邦"式的地上乐园，其中的大人君子，正是凡人洗净污垢之后可能臻及的理想典范！照照这正面的明镜，不禁油然而生自惭形秽又心向往之的慨叹！

至于唐小山寻父途中的艰危，固然和全书的神话结构呼应，是百花仙子谪降人间早已注定的命运。然而，这类似"天路历程"的朝圣之旅，特别强调的正是人之意志所能发挥的力量，真可悲天泣地、惊动鬼神。一个纤弱少女凭借坚定不移的毅力不断追寻，终能克服种种试探、诱惑与磨难，达到"灵山即在心头"的真如之境。虽然，唐小山最后的抉择是舍弃人间才女的荣冠，同归蓬莱仙乡，但她这趟下凡历劫却并非徒然，以血肉凡躯遍历生死，这种深刻体验是对生命所做最真实的投入与认知。原作者对不生不灭、清净无垢的仙界所持的质疑态度，从这反面的"镜子"中，已清楚投映出来。

《镜花缘》全书共有一百回，为了保持故事结构完整，气势贯一，不减损读者阅读的兴趣，同时也因篇幅所限，改写本以原书的前半部为重点，原著许多炫学、考据、冗赘、重复的部分，都加以删除，人物也集中于唐敖父女、林之洋和多九公。原书提及的一百位花仙，很多都仅有姓名，并未做深层描述，因此，改写本只择取散居海外的十二名花来陪衬唐敖和百花仙子。对于原著以幽默、讽谑的笔法冷静剖析人性的特色，则尽量保存，并予以强调。希望这面新制的旧镜能满足读者先睹为快的心意！

如果对原著有深入探讨的兴趣，希望不要忽略书后的附录《蓬莱诡戏——论〈镜花缘〉的世界观》，这篇精彩的学术论文，是我十分敬佩的学长乐蘅军的大作，征得她的同意，收入书中，在此深致谢意。细心品读这篇论文，更可觉出"镜花缘"蕴义的丰厚，直像上下前后交相辉映的明镜，所谓"横看成岭侧成峰，远近高低各不同"，见仁见智，实在有太多不同的影像，可以启发我们。

目录

一、一局棋误 / 001

二、百花下凡 / 003

三、海外探花 / 007

四、灵芝仙草 / 012

五、奇女杀虎 / 018

六、君子之争 / 021

七、杀蚌取珠 / 025

八、大人之行 / 030

九、元股无继 / 036

十、黑齿受窘 / 043

十一、麟狮相斗 / 049

十二、金玉其外 / 056

十三、淑士救美 / 061

十四、厌火焚须 / 074

十五、蚕桑起衅 / 080

十六、行医求韵 / 090

十七、阴阳颠倒 / 100

目录

十八、缠足苦刑 /107

十九、一意孤行 /114

二十、浚河治水 /120

二十一、太子出奔 /125

二十二、轩辕大会 /134

二十三、入山不返 /134

二十四、海外寻亲 /151

二十五、故人情重 /159

二十六、海中遇怪 /165

二十七、桃李之妖 /171

二十八、镜花水月 /179

二十九、遇盗绝粮 /192

三十、了结尘缘 /197

三十一、梦中之梦 /200

附录一　蓬莱诡戏——论《镜花缘》的世界观 /201

附录二　原典精选 /219

一、一局棋误

传说,有些名山洞府是神仙的家乡,最著名的有昆仑山住着王母娘娘,海上三神山——蓬莱、瀛洲、方丈,分别住了许多不同的神仙。这些仙山,气候四季如春,美丽芬芳的鲜花永不凋谢,奇木青翠,珍果累累,各种可爱的动物,和乐相处。住在这里的神仙,长生不老,天长地久地过着逍遥自在的日子。不过,每位神仙都有工作,分别掌管天上、人间大大小小的事情,如果疏忽了分内的工作,后果十分严重,一定会遭受处罚。据说,天上的刑法有时比人间法律还要严苛得多呢!这本《镜花缘》的故事,一开始就要说到掌管天上人间所有鲜花的百花仙子,如何因为一次偶然的失误,就被贬到凡间受苦历劫的经过。

百花仙子本来住在蓬莱仙山的薄命岩红颜洞,已经不知住了多少年,她掌管天下所有鲜花,称为群芳之主。此外,还有百果仙子、百草仙子和百谷仙子,大家常常来往,是很要好的朋友。这一天,刚好是王母娘娘的生日,举行蟠桃会,所有神仙,只要受到邀请,都高高兴兴赶去向王母娘娘贺寿。四位仙子也约好一起去。

到了昆仑山瑶池,群仙齐向王母祝寿,百鸟仙、百兽仙更率领各色禽鸟,各种奇兽表演精彩的歌舞。宴席中,嫦娥忽然向百花仙子提出要求说:

"如果仙姑肯下令让百花同时开放,岂不更有趣吗?"

众仙也都觉得这确是"锦上添花"的乐事,一起向百花仙子要求。

"我不能答应！鲜花开放各有一定的时间季节，不像歌舞，随时都可表演。如果小仙混乱开花的时令，玉皇定会严责，请嫦娥姐姐别开玩笑吧！"

"今天是王母寿诞，你让百花齐放，不过是张张口而已，一件小事，偏偏装腔作势，实在太扫兴了！"

"小仙奉玉帝之命执掌百花，除非玉帝下令，否则即使人间天子的命令，也不能遵从，这事只好得罪嫦娥姐姐了！"

"好吧！你说即使人间帝王下令，也不肯不按时节开花。从今以后，有朝一日，你如果违背这个诺言，要如何受罚，当着王母和众位仙长的面，你自己说吧！"

"人间帝王也是四海九州岛之主，怎会颠倒阴阳，乱下命令？如果小仙真有一天糊涂到让百花齐放，不遵节令，情愿堕落凡间受苦，绝不反悔！"

王母娘娘在玉座听了这番争论，不禁悄悄叹息。

寿诞过后，群仙各归洞府，日复一日，年复一年，又不知过了多少岁月。

有年冬天，百花仙子空闲无事，出洞访友，想不到百草、百果、百谷三位仙子刚好都不在家。她又去访麻姑，来到麻姑洞府，只见漫天雪花飞舞，麻姑就留百花仙子在洞府中饮酒下棋，长夜清谈。谁知道这局棋一下，百花仙子红尘历劫的命运就再也逃不过了。

二、百花下凡

当时正是唐中宗在位，但大权却握在中宗的母亲太后武则天手中。中宗称帝不到一年，就被废为庐陵王，贬到房州（今湖北省）。武太后自立为帝，改国号叫周。

武后自称皇帝后，重用武姓的亲戚，残害唐家李姓子孙。于是，忠于李唐皇朝的豪杰之士，纷纷起兵反抗，其中最著名的是徐敬业和骆宾王。但是，最后都被武后派军平息。徐敬业、骆宾王的家人以及同时起兵抗周的许多志士都远走海外，以逃避武后的追捕。

乱事平定后，武后自觉政权稳固，十分得意。这年冬天，大雪纷飞，武则天和公主、宫中才女上官婉儿等人赏雪、饮酒、吟诗，见到蜡梅盛开，清香扑鼻，非常欢喜。趁着酒意，武则天突发奇想，说：

"从古至今，妇人登帝位的，能有几人？现在我在这里饮酒为欢，却只有蜡梅开花，未免美中不足。我偏要力挽天地造化，叫百花齐放，遂我心愿。想来区区花卉，怎敢不遵命而行！"于是，提起笔来就写了四句诗：

> 明朝游上苑，
> 火速报春知：
> 花须连夜发，
> 莫待晓风吹！

镜花缘：镜里奇遇记

写完之后，还盖上皇帝的大印，命人拿到御花园中挂起来。武则天自己醉意醺然地回宫睡觉去了。

这一来，御花园中的蜡梅仙、水仙花可着了慌，连忙赶到蓬莱仙山红颜洞中来禀报百花仙子。谁知百花仙子偏偏去麻姑洞府中下棋，一夜未归。洞中留下的牡丹仙、兰花仙到处去找，百草、百谷、百果几位仙姑洞府都找到了，毫无踪影。天色已晚，雪越下越大，只好回来，大家商议。有的说，不去会受罚；有的说，大家同心一起都不去，人间帝王也没有法子。七嘴八舌，议论不休，眼看天色已快亮，终于，生性胆小，赞成奉命而行的花占了多数，兰花、菊花、莲花这些比较有骨气的花仙居于下风。寡不敌众，只好勉强跟着群花一齐到御花园中去了，只有牡丹花，坚持一定要找到百花仙子再说，绝不肯去。

武则天第二天一觉醒来，酒意已醒，想起昨天下令群花齐放的事，不禁有点后悔。万一御花园中没有鲜花开放，这件事传扬出去，岂不羞愧？想不到，就在这时，司花太监已来禀报说，各处群花盛开，整片御花园上林苑已是满眼春光，不再像昨天的寒冬景象。武则天高兴得心花怒放，不免得意忘形，遂命人细细查看苑中是否还有花未开。结果发现只有牡丹未放，武后大怒说：

"我一向爱花，尤其喜欢牡丹，冬日遮霜，夏季防晒，加意照顾。如今偏是牡丹如此忘恩负义，不遵号令！"

武则天不怪自己乱下命令，反而命人在每株牡丹根旁生起炭火烧烤。烤未多时，终于牡丹也开花了！但武后怒气未消，下了一道旨意，把御花园中所有牡丹连根挖起贬到洛阳，不再留种上林苑中。从此以后，中国的牡丹花就以洛阳最盛了。

再说那百花仙子和麻姑足足下了一夜的棋，刚下完第五盘棋，

二、百花下凡

天也亮了。忽有女童入洞来说：

"外面鲜花盛开，一片美景，两位仙姑去看花吧！"

百花仙子和麻姑出洞一看，果然已锦绣如春，满眼芳菲。百花仙子心中惊疑，连忙暗自推算，明白了经过情形："原来昨日下界帝王偶尔兴起，命群花齐放，我只顾在这里下棋，未去奏明玉帝。属下群花不敢违命，造成这个局面！想不到，数百年前和嫦娥在蟠桃会上的赌约，终于输了，如何是好？"

麻姑叹息说："只怪我们道行不深，只能知以往，不能深知未来，谁料数百年后，竟真有此事！你还是赶快向玉帝自行请罪，并且去嫦娥宫中道歉，也许还可挽回！"

"嫦娥自从蟠桃会后就不和我说话了，我何必去道歉！当初我原本有言在先：如果违背誓言，情愿堕落红尘。如今事已如此，也是在劫难逃，只有静候玉帝之命。自行请罪，也就不必了。"

百花仙子和麻姑道别，回到红颜洞，早有嫦娥派来的女童，请百花仙子到月宫去见面。百花仙子满面羞红，说：

"你回去告诉你家仙姑：我既已背约，情愿堕落红尘受轮回之苦。只请嫦娥留神观看，我在那红尘之中，是否迷失本性，才知我道行的深浅。"

接着，百草、百果、百谷仙子都打听了消息来告诉百花仙子。百草仙说：

"听说已有一位神仙在玉帝面前上了弹劾的奏章，告了你一状。"

百花仙子长叹一声，问道：

"不知状子上说些什么？"

百果仙说：

"大概是说，下界帝王酒后戏言，怎可不加奏闻，就擅自颠倒时序、献媚人间君主？而且身为群芳之主，既不能事先约束部属，事后又不自请处分，实属不该。听说要让百花也都和你一齐谪入红尘。你被谪的地方是中国的岭南，你在人间不到十五岁，就要遍历惊涛骇浪之险，以应当初誓言。"

"我是罪有应得。但拖累百花一齐受苦，于心何安？不知她们都被贬谪到什么地方？"

百草仙说：

"据我打听的消息，有的分在中土各地，也有人散居海外，但终有团聚之日。只要仙子将来历经劫数，尘缘期满，那时王母娘娘自然会命我们前往相迎。"

这时，织女、麻姑也都赶来探望，大家叹息。接着几天，平日交情亲厚的神仙，纷纷设宴为百花仙子及群芳饯行。这天是红孩儿、金童、青女、玉女在入梦岩游仙洞请客。席中，百花仙子说起红尘种种未知的风波灾难，不免担心忧惧。于是，在座群仙一齐保证说：

"大家素日都是好友，将来如有危急，我们一定不能袖手旁观，立刻会去相救，你放心吧！"

从此以后，众位仙子各按被贬的期限，陆续降生凡间。百花仙子自己也投生到岭南唐敖家中。

三、海外探花

唐敖是岭南海丰郡河源县（今广东省河源市）人，妻子姓林。弟弟唐敏，娶妻史氏。一家四口，靠着祖先留下的几百亩良田，生活也很过得去。唐敖、唐敏都是秀才，唐敏自从进学考取秀才之后，就无心功名，以教书为业。唐敖虽然取功名的心很强，但因为太喜欢游山玩水，一年中常有半年出门在外，没有专心读书，所以每次考试都未取中，始终仍是一个秀才。

唐敖的妻子林氏就在百花仙子被谪下凡的那天，生下了一个女儿，生产时候，整个房间充满奇怪的香气，像花香，又说不出是哪一种花的香，香味不断变换，整整三天，竟有百种不同的芳香，散布四邻。从此，邻人就将唐敖家住的这条街巷称作"百香衢"。在这个女孩出生的那个晚上，林氏梦见自己登上一座山，山上有一面五彩峭壁，醒来后，女儿就出生了，所以给她取名小山。小山长得又美丽又端雅，而且聪慧过人。才四五岁就喜欢读书，读过的东西绝不遗忘。家中书籍收藏丰富，又有父亲、叔叔指点，不到几年，已经很会写文章。唐小山不仅好文，也好武，她胆量大，见识高，常常自己舞枪弄棒，父母都管不住。她也学针线女红，然而，就是没兴趣，学也学不好，吟诗作赋却是一把好手，连叔叔唐敏也常常比不过，所以大家都称小山是才女。她还有一个小两岁的弟弟小峰，一家人亲密相处。只是唐敖总是常常出门，不肯在家。

这回唐敖又去京城赴考，想不到居然考中了第三名的进士，称作"探花"。正觉兴高采烈，想不到却被朝廷中的官员告了一状说：唐敖当初曾经在长安城和徐敬业、骆宾王、魏思温、薛仲璋等"乱党"结拜为异姓兄弟，徐、骆等人起兵造反，唐敖虽然没有参加，但既然是乱党一伙，将来做了官，总不会安分，请皇上取消他的功名，降为平民百姓，以为警诫。这份状子到了武则天手上，她派人查访唐敖的行动，发觉他并没做什么坏事，于是，就取消了他"探花"的资格，但仍保留唐敖秀才的名衔。这道命令一下，唐敖眼看多年来好不容易才考到的功名，刚到手又成空，这一气，实在非同小可，他本是聪明绝顶的人物，越想越深，从此对功名富贵慢慢看淡了。干脆离开京城，带着弟弟刚从家里寄来的路费，背着简单行囊，到处游山玩水，从秋天、过了冬，眼看又到春天，不知不觉已从北方走回南边，到了岭南。

这天，唐敖信步而行，走到了大舅子林之洋家附近，这里离唐敖自己家只不过二三十里，但他觉得心灰意懒，没脸见妻子、兄弟，正不知如何是好。忽然看见前边有座古庙，上写"梦神观"三个大字。唐敖叹道：

"我已经五十岁了，回想这一生所做的事，真像一场好好坏坏的梦。如今已无心再求功名，不知今后遭际如何，何不求神明指示一点儿消息？"

唐敖走进庙里，朝神像暗暗求祷，然后就在旁边席地坐下。恍惚之间，看见一个小童走来说：

"我家主人奉请先生，有话面谈。"

唐敖跟着小童到了后面，有一老翁出来相迎，说：

"老夫姓孟。因为先生似乎有看破红尘的意思，所以请您进来谈一谈。"

三、海外探花

"我本来一心努力求上进,想恢复唐朝天下,解除百姓的困苦,在朝廷中任官职,好好尽力做事。谁知才考取进士,就遭受意想不到的打击,真是无可奈何。老先生有什么话可以指点我呢?"

"先生有志未成,实在可惜。不过,塞翁失马,焉知非福?四海如此广大,怎会没有机缘?我听说百花遭受贬谪,全都降落人间。其中更有十二种名花,飘零流落海外,如果先生有怜悯之心,不辞辛苦,到海外细心寻访,用心护惜,让名花能返本还原,不致沦落,也是一桩大功德。先生再努力行善,一旦到了小蓬莱,就可名登仙界。因为您本来就有宿缘,所以才告诉您这些事,千万不要懈怠啊!"

唐敖听完,正想再追问清楚,谁知老翁忽然不见了。他揉揉眼睛,四面一看,自己还坐在地上,刚才的事原来只是一场梦。抬头看看神像,又和梦中老人完全一样,真是似幻似真,弄不明白。自己暗想:

"如果到海外走一趟,也许真有奇遇。但是所谓百花被贬降生人间,究竟是怎么回事?以后一定要小心留意,凡是遇到好花都加意照顾。"

唐敖一面想,一面走,来到林之洋家。只见大门口人来人往正在准备货物,匆匆忙忙,看起来好像又要出远门的样子。

原来唐敖的大舅子林之洋果然是要出海去做生意。林之洋是河北人,迁到岭南来住,娶妻吕氏,生了一个女儿叫婉如,才十三岁,也是又秀丽又聪敏,平日常跟着父母漂洋过海。林之洋做的是国际贸易,用大船载了货,远航海外各国到处做买卖。这次已备好商品,正要出发,想不到妹婿唐敖来了。

大家一起进了内室,吕氏和婉如都出来见礼,聊起家常。林之洋虽然不是读书人，但是热心爽朗，说到唐敖的遭遇，很觉不平。唐敖乘机说：

"小弟这次从京城回来，心情郁闷，身体也不大爽快，正想到海外看看异域风光，解解愁烦。大哥刚好要出门做生意，真是太凑巧了，不知肯不肯让我搭个便船走一趟？饭钱船费一定遵命照付。"

"妹夫，咱们是骨肉至亲，你怎么说起饭钱船钱来了？"

吕氏也说：

"我们海船大得很，多载一个人，根本算不了什么。只是海上风浪大，一路上还有很多想不到的惊恐，我们常常走，习惯了，不在意。妹夫是读书人，又从来没出过洋，何必去受这种苦呢？"

林之洋又说：

"每次出海，要看风向，往返一趟三年两载说不准。万一耽误妹夫的正事，那可怎么好！"

"小弟如今早已对功名绝望，只希望玩得尽兴，越迟回来越好，有什么耽误？"

"既然如此，我们也劝不来。只是你要出远门，有没有告诉我妹妹呢？"

"我一向少在家中，到处玩惯了。大哥如果不放心，小弟现在立刻写一封信托人送回去，告诉家里的人，这可行了吧！"

于是，大家收拾行李，林之洋把岳母接来照顾家务。然后选个风和日丽的好天气，上船启程。

船行到大洋中，唐敖望着四面无边无际的青天碧海，不觉心情大为舒畅。林之洋一向敬重妹夫这位读书人，又知道妹夫最喜欢游山玩水，所以凡是可以停船靠岸的地方，都让唐敖上岸去玩。吕

三、海外探花

氏也细心照应唐敖的饮食,让他在船上的日子过得很舒服。闲来无事,就教侄女婉如念诗作文,婉如本来就聪慧,又十分好学,教这个学生,唐敖一点儿也不费事。

林之洋船上有位掌舵的老人,姓多,排行第九,年纪已八十多岁,大家都称他多九公。多九公和林之洋也是亲戚,虽然年纪大,可是身体结实,精神矍铄,走起路来,年轻人也赶不上。年轻时候也中过秀才,后来因为考场上不得意,干脆抛了书本,帮人做海船生意,专门负责掌舵。多九公肚子里不但有墨水,而且见多识广,海外各地的山水风景、奇花异草、珍禽异兽,几乎没有不认识的,所以,船上的人反而给他起了个绰号叫"多不识"。唐敖、林之洋每次上岸游玩,都要邀多九公一起走,以便随时请他指点。这"三人行"一路上经历许多奇事怪事,彼此的交情也一天比一天深厚。

四、灵芝仙草

这天,正在海上航行,忽然迎面出现一座大山。唐敖说:"大哥,这山和别处的山大不一样,特别雄壮,不知叫什么名字?"

"这是东海外第一高峰,叫东口山。我经过好几次,可是从来没上岸去玩。妹夫如果有兴趣我们就停船靠岸,一起上去走走!"

于是,邀了多九公,三人一面游玩,一面往山上走。忽然,唐敖被空中落下的一块小石头打了一下,他摸着头说:"奇怪,这石子从哪里落下来的?"

"妹夫,你看那边一群黑鸟,都在啄山坡上的石块,一定是它们打了你。"

唐敖走近仔细一看,只见那些黑鸟,形体像乌鸦,羽毛又黑又亮,嘴白得像玉一样,两脚鲜红,头上的羽毛还有花纹,十分美丽。它们正忙着啄石头,飞来飞去。唐敖和林之洋都认不出是什么鸟,多九公说:

"这就是衔石填海的精卫鸟。它们每天衔石头吐入海中,想要把大海填平呢!"

唐敖叹说:

"精卫鸟虽然痴傻,想以小石填沧海,但这种志气实在难得。如果世人都能像精卫鸟这样,不畏艰难,何事不成!"

三人继续前行,看见一片树林绵延,树木都非常高大。迎面一株大树,高约五丈,树干粗壮,好几个人都抱不拢。最奇怪的是树

四、灵芝仙草

身并无枝叶，只生无数垂须，恰像稻穗一样。上面结的果实也和稻谷形状相似，只是每粒长约一丈多，真是有其树必有其实！

多九公说："这就是'木禾'，可惜现在还没成熟，要不然带几粒'大米'回去，可真稀奇！"

林之洋说："我们分头在草丛中找找看，说不定有掉在地上的，带回去也让大家看看，长长见识。"

找来找去，果然被林之洋找到一粒大米，长五寸，宽有三寸。唐敖说：

"生米就这么大，如果煮成饭，岂不要有一尺长啦！"

多九公说：

"这还不算大呢！我以前在海外曾经吃过一粒大米，足足饱了一年。那米宽五寸，长一尺，煮出饭来，清香扑鼻。吃过以后，精神特别好，一年都不想吃东西。当时，我也不明白其中道理，后来想到古书上记有一种'清肠稻'，每吃一粒，终年不饥，才知道那回吃的大概就是清肠稻了！"

林之洋说：

"难怪听说现在有些人练习射箭，明明射出的箭离那靶子还差了好几尺远，他却叹道：'可惜只差一米，不然就中了！'我一直不懂，天下哪有那么大的米？如今可明白了，原来他那'一米'就是九公说的煮熟了的清肠稻啊！"

"哈哈！大哥，你这'煮熟'两字，未免太刻薄了！小心射歪箭的人要揍你啊！"

正说得开心，忽见远处一个小人，骑着一匹小马，只有八九寸高，正往前飞跑。多九公一眼瞥见，连忙追去，唐敖也跟着追过去。多九公虽然腿脚灵活，毕竟上了年纪，而且山路高高低低不好走，一不小心绊了一跤，扭到了筋，只好停下来。唐敖一直追下去，跑了半里多路，终于捉到，谁知一拿到手中，忽然变成了灵芝草，唐敖连忙吃下肚去。这时，多九公扶着林之洋走过来说：

"唉！一切都是缘分，唐兄真是有仙缘的人，毫不费力就吃到了！"

"什么仙缘？小人、小马是什么东西？"

"这小人、小马叫作'肉芝'。当初我也不懂，今年从京城回来，一路上，看些古人服食养气的书，其中恰好有一条说：山中如见小人乘车马，长约五七寸的，就是肉芝，吃了可以延年益寿。也不知是真是假！"

"妹夫吃了肉芝，可不要成仙了吗？我走了这老半天，肚子可饿了，刚才那小人、小马，妹夫还有没有吃剩的，让我填填肚子？"

多九公在草丛中找了一遍，摘了几根青草，说：

"林兄，吃了这个，你不但不饿，还会觉得特别有精神呢！"

林之洋接过来一看，那草很像韭菜，中间茎上开着几朵青绿小花。一面吃，一面点头：

"好吃！好吃，又有清香。九公，这草叫什么名字？我一吃果然就饱了！"

"这种草也不容易找到，名叫'祝余'。吃时只能吃嫩茎，一离开泥土很快就会枯掉，枯的就不能吃了。"

走不多远，唐敖忽然俯身也折了一根青草。这草的叶子和松针一样，叶上生着一粒像芥子似的种子。唐敖摘下种子，把青草放入口中，说：

"大哥，你吃了'祝余'，我就吃这个奉陪吧！"

四、灵芝仙草

然后，对着掌中那粒芥子吹了口气，说也奇怪，种子中立刻又生出一茎青草来，也像松针，长约一尺；再吹一次，又长了一尺，一连吹三口气，长了三尺。唐敖边嚼边吃，一下子全吃光了。

"妹夫，没想到你这么爱吃草！这芥子变青草，是什么缘故？"

多九公说：

"这就是'蹑空草'，又叫'掌中芥'，人如果吃了，可以站在空中，不会掉下来，而且跳得特别高，所以才叫蹑'空'草啊！"

"有这种好处！我也找来吃吃看。"

"林兄不必找了，此草并非常见之物，不吹气不生。我在海外这么多年，今天也是第一次看见。唐兄如果不吹气，我还认不出来呢。"

"妹夫，你真能站在空中，我才相信，试试看吧！"

"刚吃下去，哪会马上有效？好吧！姑且试一试。"

唐敖用力往上一跳，想不到真的离地而起，约有五六丈高，仿佛仍踩着地面似的，立在空中，一动也不动。林之洋拍手笑道：

"妹夫可真是'平步青云'了，再往高跳跳看，行不行呢？"

唐敖果真用力再往上跳，谁知身子像断线风筝似的，立刻直落下来。

多九公笑道：

"你在空中，双脚没地方着力，再想往上跳，当然会掉下来啦！"

三人边说边行，走了一阵，大家都闻到一股清香，不免好奇，觉得今天遇到的奇事太多，好像冥冥中真有机缘似的。于是，循着香味来处，三人分头寻觅。

镜花缘：镜里奇遇记

唐敖穿越树林，绕过峭壁，闻到香气越来越浓，仔细一看，原来路边石缝中生出一茎红草，长约二尺，香气就是从草上发出的。那红草红得鲜艳欲滴，十分可爱。唐敖猛然想起，书上说"朱草茎似珊瑚，汁流如血，人如服之，可以超凡入圣"。于是，连忙把朱草摘下，放入口中，只觉清香沁入心脾，精神顿时大振。唐敖今天屡逢奇缘，吃了很多难得的珍物，不禁想试试自己的力气有没有增加。刚好路边有块大石，大约六七百斤的样子，唐敖走过去，弯下腰，毫不费力就举了起来，用力一纵，居然举着大石在空中站了一会儿，才慢慢落下。

这时，多九公和林之洋一起走来，多九公说：

"唐兄吃了什么？怎么嘴这么红？"

"我刚找到一茎朱草，没等两位，就先吃了，真是抱歉。"

"我也知道朱草的好处，一向在海外也留心寻找，偏偏从来不见。如今又被唐兄遇到，真是仙缘！"

话未说完，唐敖忽觉腹痛如绞，肚子里响了一阵，忍不住放出臭屁来。

林之洋、多九公都赶快捂住鼻子。

"奇怪，这阵腹痛一过，平素自己所作的文章诗赋，倒忘了一大半，再也记不起来，不知什么缘故！"

"这有什么奇怪？据我看来，妹夫想不起的那一大半，已经化为刚才那股臭气，被朱草赶出来啦！你现在还记得那一小半，必是好的，你说对不对呢！"

大家哈哈大笑。正预备下山回船，忽然一阵大风，刮得林木乱响，三人慌忙避入树丛。只见一只斑纹大虎从高处跃下，山崩地裂般大吼一声，唐敖三人吓得不敢动弹。忽然，对面山坡边飞出一

四、灵芝仙草

箭,直向老虎脸上射去,老虎中箭,吼声震天,向上一跃,离地数丈,重重落下,四脚朝天,已经死了。原来那支箭正中老虎左眼!多九公喝彩道:

"好箭!果然是'见血封喉'!"

"什么叫见血封喉?"

"这是山中猎户射的药箭,箭头都用毒草泡过,血遇之立刻凝结,喉咙出不了气,马上就死。但老虎皮非常厚,箭最难射进去,这支箭居然能射中老虎眼睛,所以药力发作更快。这射箭的人,本领实在高强,我们一定要见一见!"

五、奇女杀虎

就在这时,山坡边走出一只小虎,忽然人立而起,蜕去虎皮,原来是个美丽少女!身穿白布猎衣,头裹白巾,手上拿着一张雕有花纹的弓。她卷起虎皮,走到老虎尸体旁,从腰间拔出刀来,剖开胸膛,取出虎心,提在手中。然后,向唐敖三人这边过来,行礼道:

"请问三位贵姓?从哪里来的?"

"他们两人这位姓多,那位姓林,我姓唐,都从中国来。"

"中国岭南地方有位唐敖先生,不知是否和您一家?"

"我就是唐敖,小姐怎么知道?"

那少女一听,连忙下拜行礼,说:

"原来是唐伯伯,侄女不识,还请原谅!"

唐敖赶快还礼:

"小姐贵姓?为何如此称呼?您府上还有些什么人?"

"侄女叫骆红蕖,是中国人。父亲和敬业伯伯一同起事,失败后就不知去向。祖父怕官军追捕家属,带了母亲和我,逃到海外来,住在前面不远的古庙中,勉强度日。谁知道去年山中老虎又伤了母亲,母亲伤痛难治,不幸去世。我从此立誓杀尽此山老虎,为母亲报仇。刚才剖取虎心,就是要拿回去在灵前上供的。常听祖父说起唐伯伯当初曾和父亲结拜,所以才敢这样称呼!"

"唉呀!真想不到,原来是宾王兄弟的千金。幸好你们逃到海外,未遭毒手。不知老伯身体是否康健?请侄女带路,让我拜见一下。"

五、奇女杀虎

三人一起跟着骆红蕖走了不多远,来到一座古庙前,庙门上有"莲花庵"三字,但四面墙壁都已半倒,庙中一个人也没有,左右厢房都破败不堪。幸好四周碧树丛生,怪石纵横,环境倒很清幽。骆红蕖先进去告诉祖父,不久,一位须眉皆白的老人家迎出来,唐敖认得正是当年见过的骆龙老伯,连忙上前行礼,多九公、林之洋也都招呼见礼,大家坐下细谈。骆龙说:

"宾王当初不听贤侄的忠告,准备未周,轻举妄动,终于弄到全家分散。我如今已经八十多岁,体衰多病,媳妇又不在了,每天担心红蕖孙女,不知如何安排。今天能和贤侄相逢,可真是'万里他乡遇故知'!我这风烛残年的人,今生也不想再能重回故土,只求贤侄念当初结拜之情,认红蕖为义女,把她带回故乡,将来为她了结终身大事。我不论死生,都感激贤侄的恩情!"

"老伯千万不要这么说,我和宾王兄弟,就像同胞手足一样,红蕖也如自己骨肉没有分别。既有老伯之命,我一定带她回乡,为她好好找个归宿,老伯放心就是。论情论理本该也奉请老伯同回故土,侍奉余年,稍尽孝心,只是近来武后滥行杀戮,任意胡行,很多忠臣义士都死于非命,深怕老伯一旦回乡,反而受到牵累,所以不敢奉请。"

"贤侄如此仗义,实在感激不尽。这破庙也不能留客,就让孙女认了义父,跟你们走吧,别耽误了做买卖的正事!"

骆红蕖流着泪走到唐敖面前,拜了八拜,认了义父。

"女儿有两件心事,要先禀告义父:祖父年高,无人侍奉,实在不忍远离,而且这山中还有两只老虎未除,大仇未报,誓言未践,也不能就此离去。请义父留下家乡的地址,他年如果有大赦的消息,女儿再和祖父一同到岭南去投奔义父。要我现在撇下祖父,独自离开,就是铁石心肠,也难以忍心啊!"

骆龙再三劝说,红蕖执意不肯。唐敖说:

"既然如此,老伯也不要太勉强她,还是成全红蕖的一片孝心吧!"

于是,取了纸笔,仔细写下家乡地址,留给骆龙。红蕖说:

"不知义父这次行程是否要经过巫咸国?当初薛仲璋伯伯的家人也逃到海外,女儿和薛蘅香姐姐曾经结拜为异姓姐妹,并且相约:如有机会回故乡,一定要相携同行。去年得到消息,知道他们寄居巫咸。女儿想写一封信,请义父顺路转交,不知方不方便?"

多九公说:

"巫咸国是我们必经之路,将来林兄也要上岸卖货,带封信去没有问题!"

唐敖趁红蕖写信的时候,赶回船取了一些银钱来送给骆龙,贴补日常生活的费用。等信写好,唐敖接过信,又想起薛仲璋,不禁更增感叹。大家互道珍重,红蕖一直送到庙外,才依依告别。

三人返回归途,一路上对骆红蕖的懂事、知礼、孝顺和勇敢赞不绝口。到了船上,林之洋取出"大米"给妻子、女儿看。吕氏、婉如大开眼界,觉得真是名副其实的"大"米!

在海上又走了几天,到了君子国。

六、君子之争

唐敖早已听说君子国是海外有名的国家，居民都谦让不争，很想亲临其地，看看他们的风俗习惯。船一靠岸，林之洋带着助手，载着货物去做生意。唐敖就约了多九公去观光。

来到城门前，只见门上四个大字"唯善为宝"。进了城一看，人来人往十分繁华热闹，仔细听听，语言也大部分和中国相近，可以听懂。多九公说：

"这里的人，不论贫富，举止言谈都非常有礼，没有人争先抢路，一片祥和之气，真不愧有君子之称啊！"

"我们再到处看看，不要这么快就称赞人家！"

边说边走，已经来到热闹的市集。只见一个佣仆模样的人正在买东西。他对那卖货的人说：

"您的货这么好，却只要这么低的价钱，我买下来，怎能心安？无论如何，请您再加一点儿钱，否则，我不敢买！"

那卖货人说：

"您的意思我很明白，但刚才要的价钱已经太高了，心里觉得很不好意思，想不到您反而说价钱太低，这是从何说起？俗话说：'漫天要价，就地还钱。'如今我要的价钱，您不但不减，反而要加，这生意怎么做得成呢？"

"您的货实在很好，要的价钱却这么少，我怎么买得下？凡事总要讲公平哪！"

说了半天，买的人付了钱，但只拿了一半的东西走。卖货的人一定要他全部拿走，拦住不放。路边走来两位老人，替他们俩公平论定，让买货的人拿走了八折的东西，才算解决了问题。

唐敖悄悄对九公说："凡是买东西，只有卖的人叫高价，买的人还价。'漫天要价，就地还钱。'这话也只有买东西的人说，想不到如今都反过来了，真是有趣！"

两人继续前行，走不多远，又见一个小兵也在买东西，他对卖货人说：

"您说我付的钱太多，其实按您的货色，我这价钱已付得太少啦！"

"我卖的这个东西因为已经不太新鲜，没有别家好，所以不敢要价，随便您出。结果您却出了这么高的价钱！只要一半的钱，都已经太多啦！"

"您说哪儿的话！我难道连货好货坏都认不出吗？"

"您如果诚心要照顾我的生意，只有收回一半的钱去，才算公平，否则，实在没法成交！"

唐敖听了，暗自寻思：

"'货物不太新鲜，没有别家好。'这种话居然由卖东西的说出来，实在怎么也想不到！"

多九公和唐敖到处闲逛，只见市集中全是这种情形，买卖双方争论的缘由，竟然和中国完全相反。总是卖的人说钱拿得太多、价太高了，要买的人少给一点儿；买的人则总是觉得自己给的钱比起买的东西来，实在不够多，坚持要多给一点儿钱，否则就少拿一些货。唐敖对多九公说：

"看这种做买卖的样子，实在不愧有谦让公平的君子之风啊！

六、君子之争

我们再多逛逛,增长一下见识,一定很有好处。"

就在这时,走过来两位面色红润、须眉皆白的老人家。他们满面慈祥,风度文雅,向唐、多两人行礼说:

"两位是从外国来的吧?不知贵国是什么地方?"

唐敖、多九公连忙还礼,把姓名、籍贯说了。

"原来是从中华大国来的!我们是兄弟俩,姓吴,我叫吴之祥,弟弟叫吴之和。难得今天巧遇从圣人之国来的贵客,如果两位没事,何不到寒舍坐坐,喝杯茶,好好谈谈?"

唐敖、多九公反正有空,就高高兴兴跟着吴氏兄弟走。来到一幢房屋前,只见四面翠竹围绕,墙上都是青碧藤萝,两扇木门一推就开,庭院中有一口池塘,塘中种着菱角、莲花,非常清幽雅静。客厅宽敞凉爽,厅中悬着一块木匾,居然是君子国国王题的字。多九公想:

"这两位老先生看来并非公卿大臣,为何国王却为他们题字?一定有点特别的地方!"

大家落座,喝茶闲谈,唐敖、多九公都虚心请教。两位吴老先生越谈越高兴,原来他们都读了很多中国书,对中原的历史、文化、风俗、人情了解得极为透彻。唐敖越听越佩服。吴之祥、吴之和说到中国一些地方的习俗,唐敖不禁全身冒冷汗。面对两位诚恳又博学的老人家,他们只有洗耳恭听。

两人正觉得难堪,幸好有仆人进来说,国王要来见两位相爷,有军国大事商量。唐敖和多九公连忙告辞,吴氏兄弟一直送出大门外,行礼告别。唐、多二人到这时候才明白,两位老人家原来是君子国的宰相,难怪这么有见识。他们那种谦恭和气待人接物的态度,和一般官位不大、架子却很大,随便瞧不起人的官吏比起来,实在不能不让人佩服。

唐敖、多九公回到船上，林之洋也回来了。正准备开船，想不到吴氏兄弟派人送来很多点心、水果，还送了君子国的土产燕窝十担。燕窝这种东西，在君子国并不值钱，当地居民也不觉得好吃，可是中国因为产量稀少，当作酒席上的珍贵佳肴。刚才多九公在他们闲谈中曾向吴氏兄弟提起，谁知他们竟然送来这么多燕窝做礼物！林之洋当然最高兴，因为仅仅这十担燕窝带回国去，就可以卖一大笔钱了，他一面收拾一面说：

"难怪这两天一直听到喜鹊对我叫，原来注定要发这笔财！"

欢欢喜喜离开了君子国首都，又继续海上的航程。

七、杀蚌取珠

这天,航行到黄昏时分,正预备停船休息,忽听到外面有人喊"救命",唐敖连忙走出船舱一看,原来岸边停着一艘很大的渔船,船上却用草绳绑着一个少女,喊救命的就是这个少女。

多九公、林之洋都到船头来看,只见那少女穿着皮衣、皮裤,水淋淋的全身湿透,但长得唇红齿白,非常美丽,腰上系着袋子,胸前斜挂一把宝剑。她身边站着一对夫妇,看来是渔船的主人。大家都不明白,这三个人是怎么回事,唐敖先开口问道:

"请问这个女孩子是什么人?你们为什么把她绑在船上?这里是什么地方?"

那边船上的渔翁说:

"这里是君子国的领土,我们夫妻却是青邱国人,靠打鱼为生。因为君子国海边一向渔产很多,我们常来这里捕鱼。这次运气不好,来了几天,都没网到什么大鱼,想不到今天撒网下去,恰好就网到这个女孩。我们想带她回去,多少也可以卖点钱。谁知她一直求我们放她,不瞒三位客人说,我们从青邱到这里也有几百里路,如果网到的还要放掉,那可不要喝西北风啦?她看我们不肯放,干脆喊起救命来了,真不像话!"

唐敖转过头,问那女孩:

"你是哪里人?怎么这副打扮?是不小心掉到海里,还是有什么事情?老老实实说出来,我们好想法子救你!"

那少女听到唐敖问话，两眼含泪，轻声说：

"我是君子国的人，住在水仙村，今年十四岁。从小也读书识字。父亲是朝廷中的大官。三年前，邻国被敌人侵略，派使者来求救，国王命我父亲做军师，一同带兵去救。谁知作战不利，陷入敌人的包围，损失了很多兵马。回国后，父亲就被贬谪到很远的地方，不幸病死异乡。家里立刻穷下来，仆人都走了，母亲本来身体就不好，受到这样的打击，病更重了，一吃药就吐，只有吃了海参才觉得舒服。偏偏我们这里没人卖海参，只有邻国才有得卖。可是，自从父亲去世，家中实在没钱。我想了很久，只有自己到海中采参，苦苦用心练熟了游泳、潜水的本领，可以在水中潜一整天。于是，常常入海取参，煮给母亲吃，只盼母亲能早日恢复健康。谁知今天忽然被渔网网住，不能脱身，想到母亲在家，不知如何着急，心里真是难过极了。"

说到这里，那女孩眼泪已不断流下来，再也说不下去。

"姑娘，你刚才说从小读书识字，可不可以把姓名写出来告诉我们？"

那位少女点头答应，于是唐敖命人拿了纸笔来，递给她。少女提笔想了一下，匆匆写了一行字。唐敖接过一看，原来是一首诗：

不是波臣暂水居，
竟同涸鲋困行车。
愿开一面仁人网，
可念儿鱼是孝鱼。

七、杀蚌取珠

诗的后面写了名字叫廉锦枫。

唐敖现在完全相信少女说的全是实话,再不怀疑。于是对渔翁说:

"这位姑娘确实是位千金小姐,我送给你十贯钱买酒喝,请你放了这位小姐,这也是做好事啊!"

林之洋也帮着劝说:

"你做了这件好事,包你以后每次撒网,都会丰收。"

可是,渔翁摇头说:

"我要靠她发一笔大财,好好过后半辈子,这么一点儿钱,哪里能放?你们少管闲事吧!"

林之洋忍不住生起气来,大声说:

"鱼落在网里,由你做主;可是,她是人,不是鱼,你眼睛睁大一点儿,不要看错了!你不放她,我们也放不过你!"

渔婆一听,在旁边大哭大叫说:

"光天化日之下,你们这些强盗要抢人啊?我和你们拼命!"

一面就要跳到这边船上来。船上的水手都纷纷劝解,唐敖说:

"你老实说,究竟要多少钱才肯放这位小姐?"

渔翁看对方人多,真的闹翻了也占不了便宜,就说:

"至少也要一百两银子。"

唐敖当即回到舱中,取出一百两银子付给渔翁。渔翁收了钱,才解开草绳放了廉锦枫。锦枫走到林之洋船上,向唐敖三人拜谢,请问他们的姓名。唐敖问她家远不远,如果不远就送她回去。廉锦枫说:

"我家就在前面水仙村,离这里只有几里路,村内向来水仙花最多,所以叫这个名字。可是,刚才采到的海参,都被渔夫拿去了，我想再下水去取几条参，回去煮给母亲吃，不知恩人能不能稍微等一下？"

唐敖点头说好，锦枫纵身一跳，投入水中，看不见了。林之洋有点担心，多九公说：

"她既然时常下海，水性精熟，又有宝剑防身，林兄尽管放心！"

于是，三人一面闲谈，一面等候。过了半天，仍然不见踪影。林之洋不由得着急，怕廉锦枫遇到怪鱼被吞吃了。多九公说：

"我们船上有个水手，他可以在水里换五口气，请他下海去看看也好！"

水手听了，答应一声，跃入海中。一会儿，浮上来说：

"廉姑娘正和一个大蚌相斗，已经杀了大蚌，马上就上来了！"

果然，廉锦枫皮衣上染有血迹，跳上船来。先脱掉潜水的衣裤，手中捧着一颗圆大光彩的明珠，向唐敖行礼说：

"刚才在海中，恰好遇一大蚌，得到这粒明珠，请恩人收下。"

唐敖不肯接受，再三推辞，最后见廉锦枫确实一片诚心，要赠珠以报救命之恩，只好勉强收下。命水手开帆，向水仙村行去。锦枫也进船舱拜见了吕氏，又和婉如行礼，两个女孩，一见就仿佛早已认识似的，十分亲热。

到了水仙村，唐敖知道廉家清苦，下船前已带了银两，和多、林两人跟着锦枫来到廉家。锦枫请三人在书房入座，又进去扶母亲出来，拜谢救命之恩。谈了一阵，说起家常，才知道唐敖家与廉锦枫曾祖辈还有亲戚关系，廉锦枫的曾祖本是中国岭南人，南北朝时期，因为避乱，才迁到君子国来成家定居的。这一来，彼此更觉亲

七、杀蚌取珠

厚,情分也更不同了。廉夫人说:

"本来也不好意思开口,如今既然是表亲,就拜托您了!我们家现在只有三口,锦枫还有一个弟弟,年纪幼小。自从丈夫去世,别无亲人,又没有产业,实在艰难,本想迁回故乡,可是万里迢迢,孤儿寡妇弱女,真是动弹不得。恩人将来回家的时候,不知是否能顺路带我们回去?大恩厚德,永远不忘!"

"这是顺便的事,容易得很,只是我们到处做买卖,什么时候回乡,没法说定,表嫂您身体不好,千万不要太记挂!"唐敖说。那夫人又唤公子出来见见。只见后屋走出一个约莫十二三岁的小男孩,长得眉目清秀,气度不凡。唐敖问他有没有读书,叫什么名字。孩子回答叫廉亮,跟姐姐学读书,没有请老师。他说话口齿清晰,条理分明,是个聪明孩子。

廉夫人说:

"我们这座宅子,虽然旧了,倒还很宽敞,空屋也有两三间,本来可以请老师来教他读书,只是家中实在没有余钱。平日只靠我们母女做些针线,勉强过日子罢了!"

唐敖连忙从怀中取出准备好的银两交给夫人,说:

"这点钱请留下暂时贴补家用。表侄是极好的读书料子,千万好好栽培,不能耽误,否则太可惜了!表嫂有这样的佳女佳儿,将来一定可以享福的。"

廉夫人垂泪道谢,又再三以儿女终身大事拜托唐敖,因为她自知精神、身体都已消耗殆尽,不可能再活太久了。唐敖安慰夫人,又聊了一会儿,就起身告辞,心中对廉锦枫十分喜爱,有意聘给小峰作妻子,只是没有说出来。

八、大人之行

君子国再往北走,就是大人国。语言、风俗、土产都和君子国相似。唐敖想去玩,约林之洋、多九公同行。

"以前就听说大人国的人都乘云而行,不是用脚走路,很想看看,想不到今天真的到了大人国!"

多九公说:

"从这岸边走到他们有人家住的地方,还有二十多里路,我们要走得快点才行,不然今天就赶不回来了。而且途中还要爬过一座山,山上路不太好走呢。"

三人加紧脚步,走到离山不远的地方,已有田地、人家。原来大人国的人比别处的人身高大约要长出两三尺,行动的时候,脚下有云托住,离地约半尺高。若站定不动,云也不动;若行走转身,云也随着移动。唐敖看了,觉得又新奇,又有趣,这时刚好迎面来了一位老翁,就上前询问:

"贵国的人脚下都有云雾,是不是从生下来就如此呢?"

老翁说:

"这云是从脚底自然生出来的,按颜色而分,五彩云最尊贵,黄云次之,其余颜色没什么差别,只有黑色最低贱!"

多九公顺便请问了山中的路径。三人越过高山,来到大人国城镇,只见熙来攘往,每人脚下踩着五颜六色不同的云,十分热闹好看。唐敖忽然问道:

八、大人之行

"九公,据那老先生说,云的颜色以五彩最尊贵,黑色最低贱,但是,您看那个乞丐,脚下却是五色云啊!"

"当初,我到这里来,也曾询问人家,原来他们这云的颜色全由心而变,如果心中光明正大,脚下自然就出现彩云;如果满心阴险诡诈,就会出现黑云。云虽然从脚底而生,颜色却随心而变,丝毫没法勉强,和地位高下、贫穷富贵也不相干。不过,这里的人都以脚下现黑云为耻,遇见坏事,大家退后;要做好事,踊跃争先。所以民风淳厚,邻近的国家因为他们毫无小人恶习,才以'大人国'称之。远方人不明白其中道理,都以为大人就是高大的意思,那可大错特错了!"

"原来如此!以前听人说,海外有大人国,人人身长数丈,今天到这里一看,只不过比普通人高一点儿而已嘛!"

"那身长数丈的是'长人国',这'大人'和'长人'可不一样哦!将来到了长人国,唐兄一看就明白了。"

忽然,街市上的人纷纷向两旁避开,让出中间大路,一位大人国官员,头戴官帽,前呼后拥走过来。奇怪的是,他脚下围着一圈红绸子,看不见云的颜色。唐敖说:

"这里的官也省事,行动方便,不必车马。可是为什么要挡住脚下的云彩呢?"

"他一定暗中做了什么亏心事,脚下云彩变成了黑不黑、灰不灰的晦气色,瞒不住人,只好用绸布遮盖。其实,越遮越明显,真是'掩耳盗铃'!不过,幸好云色随时会变,只要他能痛改前非,一心做好,云彩立刻就改色。如果长久踩着晦气云,他这官位也保不住了!"

林之洋听到这里,忍不住叹气:

"唉！这老天爷做事也太不公道了！只有大人国才有这脚下云做招牌，如果天下所有人都挂出这种标志，谁还敢做坏事呢？"

"世上那些坏人，脚下虽没踩黑云，头顶上可是黑气冲天哪！"

"可惜头上黑气，我们看不见呀！"

三人说说笑笑，又逛了一会儿，怕天黑赶不回船，就匆匆离开了大人国。

大人国再往前走就是劳民国。

唐敖本来不懂为什么叫"劳民"，等到上岸一瞧，才恍然大悟。原来这里的人不管走路也好，站立也好，甚至坐着不动，身体永远摇摆不停，没有片刻静止。林之洋说：

"我看他们好像都患了羊痫风。像这样乱动，晚上怎么睡得着？如果我当初出生在这里，用不了两天，骨头就都摇散了！"

唐敖说：

"这个'劳'字用得真恰当，他们整天这样劳碌不安，大概寿命都不会太长吧？"

多九公说：

"我听说海外流传两句俗话叫：'劳民永寿，智佳短年。'这里的人虽然忙忙碌碌，动的只不过是身体筋骨，并不劳心，而且劳民国不产米麦杂粮，居民都以水果当粮食，从来不吃炒的菜肴，所以都很长寿。真正短命的反而是整天操心的智佳人，唐兄将来就会看到了。"

三人闲逛一回，到处都是摇头摆手、全身乱动的人，看多了忍不住头晕眼花，只好赶快上船，继续航行。

又在海上走了几天，来到聂耳国，也就是大耳朵国。这里的人身体面貌都和中国人没有什么差异，只是两只耳朵一直下垂到腰，

八、大人之行

走路的时候必须用手托着耳朵走。唐敖说:"听说耳朵下垂的人特别长寿,这里人一定都活得很久喽?"

"没有的事,我也问过人,据说从古以来,这里没有人活过七十岁的!"

"这是怎么说呢?"

"想来是'过犹不及'。耳朵太长,反而没用。其实,聂耳国的人耳朵还不算最长,当初,我曾经到过海外一个不知名的小国,那里的人两耳下垂到脚背,就像两片大蚌壳似的,人的身体刚好夹在中间。晚上睡觉,一片耳朵当作褥子,另一片耳朵当盖被,生下儿女,也可以睡在父亲母亲耳朵里。如果说耳朵长大就会长寿,这些人岂不都成神仙了?"

大家听了哈哈大笑。

聂耳国过去不远就是无肠国,唐敖想上去玩玩,多九公说:

"这里一点儿也不好玩,今天又碰上顺风,船走得快,干脆到元股国、深目国再上岸吧!"

"多九公说不去就不去算了。可是,要请您把无肠国的事说来听听,以前也听人讲,无肠国的人,吃的东西都直穿而过,马上就要拉出来,有没有这回事?"

"一点儿不错。这里的人,还没吃东西,就先要找厕所,否则等吃完再去就来不及了。因为没有肠子,食物在肚子里不能停留,一溜而过。"

"那怎么吃得饱呢?"

"只要食物在肚子里一经过,也就饱了。别人看他们肚子里空空如也,他们自己却觉得充实得很。这也难怪,各人看法不同啊!更可笑的是那些根本什么都没得吃的人,明明肚中一无所有,也要装得饱饱的样子,脸皮真厚!他们这里有钱人不多,寥寥几家有钱人,他们做的事一般人也学不来!"

"什么事呢?快说来听听。"

"无肠国的人,食量最大,胃口好,很容易饿,每天花在饮食上的钱实在太多,所以一般人家存不下什么钱。那些有钱人,想在饮食上省钱,就想出一个法子,因为大家肚中无肠,吃下去的食物一通就过,立刻拉出来,虽说是粪,却并未腐烂发臭,所以,他们就把这些粪好好收存,让奴才、婢女吃,天天如此,省下不少花费,慢慢就有钱了。"

林之洋说:

"他们自己吃不吃呢?"

"自己也吃。可是,往往第三次、第四次拉出来的粪,还要存起来叫奴才吃,必定要吃到一入口就想吐的地步,才肯丢掉,实在太过分了!"

林之洋说:

"既然如此节省,那他们应该把吐出来的东西也留起来,自己享用才对!"

正谈得高兴,忽然闻到一阵酒肉的香气,唐敖问:

"好香啊!不知是谁在烧好菜?这里又是什么地方?"

多九公说:

"这里是犬封国,又叫狗头国,人都是狗头人身,再过去就是产鱼最丰富的元股国啦!"

"犬封国的人都很会做菜吗?怎么香气一直传到大海上来?"

"嘿嘿,犬封国的人虽然狗头狗脑,却最讲究吃喝,每天挖空脑袋,只在饮食上用工夫,变尽方法想出新奇好吃的菜来享受,

八、大人之行

除此以外，什么长处也没有，所以海外的人都称犬封国人叫'酒囊''饭袋'！"

唐敖听了觉得好笑，也就不想上岸去玩了。船在海上顺风而行，走得特别快，不久就到了元股国，也就是黑腿国。

九、元股无继

海边沙滩上好多元股国人在捕鱼,大家都头戴斗笠,上身披着蓑衣,下身穿一条皮短裤。他们和其他地方的人最大的不同是,大腿和脚完全漆黑,但上半身的皮肤却一点儿都不黑。因为元股国的鱼最便宜,林之洋船上的水手都要停船买鱼,唐敖、林之洋也就趁此下船玩玩,只见四处一片荒凉,和君子国、大人国的繁荣富庶差得太远了。

就在这时,海边一个渔人网到一条怪鱼,一个鱼头却有十个身体,大家都不认得是什么鱼。林之洋弯下腰,凑近鱼身闻了一下,忍不住眉头一皱,"哇"的一声吐出几口水来,说:

"唉呀!臭不可闻!简直比妹夫那回吃了朱草肚子里赶出来的臭气还臭!"

说着就踢了臭鱼一脚,谁知那鱼忽然开口叫了几声,和狗叫一模一样,真是怪鱼!

林之洋这么一闹,引起了渔人的注意,有个白发渔翁突然走过来,向唐敖说:

"唐兄,你还认得我吗?"

唐敖看那老渔翁全身打扮都和元股国渔人一模一样,腿脚也都漆黑,没穿鞋袜。再仔细看看他的脸,不禁大叫一声:"唉呀!原来是老师啊!"

这装成元股国渔夫的人,本来是唐朝的御史尹元,也是唐敖以

九、元股无继

前的老师。看到老师变成这副模样，唐敖忍不住一阵心酸，连忙行礼，问道：

"老师什么时候到这里来的？怎么这副打扮？我是不是在做梦啊？"

尹元叹气说：

"说来话长，这里谈话不方便，你到我家里去坐坐，好好聊一聊。"

唐敖介绍多、林两位向尹元行礼，彼此问了姓名，一起来到尹元住的地方——只有两间茅屋，非常矮小，屋顶上的茅草都已腐烂，看起来很凄凉。走进屋一看，竟然连桌椅都没有，大家就坐在地上。尹元先开口说：

"我当初在朝中做御史，眼看武后废了皇上，自己掌权，任意而行，我觉得纠正君王的缺失，本来就是御史的职责，所以曾经三次上奏章，请武后迎回皇上，不要再乱杀忠臣，但一点儿反应都没有。我想这个官再做下去也没有意思，就辞职回家住了几年，这些事我想你都已经知道。本来以为就这样过下半辈子也就算了，哪里晓得，忽然有人写了奏章告我，说当年徐敬业先生他们起事，我是出主意的幕僚，不能不治罪。听到这个消息，怕家人也跟我一起受罪，只好带着妻子儿女逃到海外来。但是，你也知道，老师本来就没什么钱财，逃走得匆匆忙忙，行李也带得不周全。来到这个地方，看大家都打鱼过活，也想学着打鱼，想不到这里的人不许外人分他们的衣食饭碗，只有靠女儿编结渔网，卖一点儿钱勉强糊口。后来，邻居看我们可怜，就教我一个法子，用漆把腿脚涂黑，又认我是他的亲戚，这才能和其他人一块儿打鱼，日子才过得下去，说来也真辛酸哪！"

"原来老师是遭受谗言，才流落异乡，说起来，和我的遭遇也差不多啊！"

唐敖将自己中了探花，又被取消资格的种种情由，叙说一番，彼此相对长叹。唐敖请问师母身体如何，要求拜见。尹元说：

"内人到这里不久就去世了，现在身边只有一儿一女，你以前也都见过的。"

于是叫尹红蕖和尹玉出来见唐敖，大家行了礼。红蕖今年十三岁，生得非常美丽，眼睛清亮灵动，嘴唇自然鲜红，举止行动端庄有礼，虽然衣服破旧，仍然一看就是读过书的大家小姐。尹玉比姐姐小一岁，也长得斯斯文文，很淳厚的相貌。唐敖说：

"当年见到世弟、世妹时，都还小得很，想不到已经长得这么大了。老师将来一定有福可享的。"

"我已经是六十多岁的人了，还想什么后福？现在过日子固然艰难，想回乡又怕陷入罗网，真是进退两难。"

"这里如此荒凉，举目无亲，实在不能长住。老师纵然不能回乡，为什么不搬到君子国、大人国那些民风善良、富庶知礼的地方去住呢？"

"我哪里愿意住在这里？只是搬到别处，又靠什么过活？只盼你将来回程的时候，再来看看我，如果到时候我已经不在人世，请你念师生之情，把两个孩子带回家乡，也免得让他们漂泊海外。"

唐敖听了，低头想了半天，忽然想到廉锦枫的弟弟廉亮正想聘请老师，他们家又正好有多余的房间，觉得真是再凑巧也没有，连忙说：

"如果请老师去教孩子读书，老师会不会觉得委屈呢？"

"是在什么地方？"

九、元股无继

唐敖把途中救了廉锦枫的事说了一遍:

"廉夫人家有空房三间,但没钱请老师,只好耽误下来。我现在立刻写一封信,请老师到他家教书,顺便再招几个附近的小学生,另外世妹再做些针线贴补,生活也可以过得去了。我这里再拿一百两银子送给老师,以防万一有什么急用。君子国的环境比这里好得多,将来我回程的时候,一定会再到水仙村接老师一起回乡的。"

尹元听了,非常高兴。

"我从打鱼的又变成了教书的,至少可以不受风霜之苦,儿女都能专心读书,将来回乡也方便,又蒙你赠送银两,你这么帮忙,我不知道说什么才好。"

"老师千万不要这么说,本来就应该为您效劳的。我刚才偶然想到,廉锦枫和廉亮姐弟和世妹、世弟不仅年纪相当,家世也相配,我想做个媒人,成全这两份姻缘,这样,老师住在廉家,彼此也更有照应。不知您的意思如何?"

尹元道:

"听你刚才说的话,就知道是难得的一对好孩子,我怎么会不赞成?只不过我现在处境如此贫困,怕人家不肯答应吧?"

唐敖极力保证说绝对没有问题,同时把廉夫人托他留意儿女终身大事的话也告诉了尹元。唐敖又拜托老师安定下来以后,到东口山走一趟,为唐小峰聘骆红蕖为妻。尹元听到骆红蕖杀虎、孝亲的事,非常高兴,说:

"骆龙老先生当初和我同朝为官,本来就是好朋友,这门婚事,一定为令郎安排妥当,你放心好了。"

于是,唐敖和多九公、林之洋一起向尹元告辞。回到船上,写好信，又带了一百两银子，几件衣服，亲自送到尹元家来，尹元也已和儿女一起收拾了行李，就此雇了船，朝君子国水仙村而去。

唐敖拜别老师，走回海边，离船不远，忽然听到很多婴儿啼哭的声音，原来有个渔夫网到许多怪鱼，多九公、林之洋都在旁边看。唐敖走近前去，只见那些鱼上半身和女人一样，下半身却是鱼尾巴，腹部长了四只脚，叫的声音和婴儿的哭声简直不能分辨。多九公说：

"这就是所谓的'人鱼'了，唐兄大概第一次看见吧？要不要买两条，带回船上去？"

"这些鱼啼声凄惨，实在可怜，怎么忍心买下带回船去？不如全买了，放回海中去吧！"

唐敖付了鱼钱，把人鱼全放回海中，人鱼投入海水后，很快又都浮出头来，朝着唐敖他们不断点头，好像道谢似的，眼中都露出依依不舍的神情，过了半天，才向远海泅泳而去，不见了踪影。

唐敖他们上了船，继续前行。在舱中教婉如读了几篇诗赋，唐敖又走上船头，和多九公闲谈。

"上次在东口山，大哥曾说，过了君子国、大人国就到黑齿国，怎么现在还没到？"

"林兄说的是陆路，走水路可没这么近。前面过了无继国，再过深目国，然后才到黑齿国呢。"

"我听说无继国的人，从不生孩子，是真的吗？"

"我当初曾经上岸去看过，那里的人根本没有男女之分，当然不能生育。"

"既然如此，这些人一旦死去，岂不后继无人？国中的人会越来越少才是，为什么从古到今，这个国家还能存在呢？"

九、元股无继

"他们虽然不生孩子,可是却有再生轮回的能力。死后尸体不腐,过了一百二十年,又再复活。活了又死,死了又活,所以国中的人,永不减少。奇怪的是,他们明知死后还会再活,却对争名夺利、荣华富贵一点儿也不看重。觉得人生在名利场中竞争,好不容易争到一点儿成绩,也差不多该死了,等到百余年后醒来,时代早已改变,今昔完全不同,又是另一世界,投身其中,重新争斗,一切又重来一遍,经历几次之后,把生死都看得很透,争名夺利的心自然就淡了。所以无继国的人从来不说生死,他们把活在世上称为'做梦',死了则说'睡觉'!实在很有意思。"

这时,林之洋也过来听多九公说话,他插嘴说:

"照这么看来,我们这些人岂不都是傻子?人家死后还会复活的人,都能把名利看淡,我们这些注定要死,一点儿希望也没有的人,反而要钱要名,为了权力争得你死我活,真要被无继国人笑死!"

"大哥既然怕被人笑,为何不把名利看淡一点儿呢?"

"我也不明白。只知道每逢名利当前,就不顾一切朝前冲,好像人生再也没有比这更要紧的事了。以后,碰到这种情形,有谁能提醒我一声就好了。"

"我也想提醒你,只怕你到那时候不但不感激,还要骂人呢!"

唐敖说:

"很多事情,一旦投身进去就不容易看破,这就是所谓当局者迷吧?其实,只要稍微看开一点儿,忍耐一下,也就少了很多烦恼。真的看破,哪有那么容易?九公,我还听说无继国的人向来以泥土为粮食,有没有这回事?"

"确实如此,这大概也是多少年代代相传下来的习惯吧!"

林之洋反应很快,笑着说:

"幸亏无肠国那些有钱人家不知道泥土可当饭吃,要不然啊,恐怕连地皮都要被刮光来吃喽!"

三人哈哈大笑。这时船已行过无继国,来到深目国,他们仍然没有下船,只在船上远看。原来深目国的人,脸上没有眼睛,每个人都高高举起一只手,手上却生着一只大眼睛,如果要朝上看,手掌心就向天;要朝下看,掌心就向地;看左看右看前看后,十分灵活方便。林之洋说:

"幸好是眼睛长在手上,如果是嘴巴长在手上,吃东西的时候,谁抢得过他们?不知道深目国有没有人患近视?把眼镜戴在手上,不知什么模样,一定很好玩。为什么这里的人眼睛长在手心里呢?真不明白。"

"大概他们觉得正面看人不容易看清楚,眼睛长在手上,四面八方都可以看,再也不会被人骗了!"

"九公,您这话说得有意思!"

谈谈说说,时间很容易消磨,不久就到了黑齿国,停船靠岸,林之洋整理货物,去做买卖了。

十、黑齿受窘

唐敖约了多九公上岸来玩。只见黑齿国人,不但牙齿漆黑,全身皮肤也墨黑,只有嘴唇鲜红,两道红眉,又多穿红衣,远远望去,各人面貌如何,看不清楚。唐、多二人都认为,黑得如此厉害,一定很丑陋,也就并不细看,快步走往市集。

市集上人来人往,非常热闹。因为黑齿国的陆地与君子国紧邻,语言很相近,所以唐敖他们大致能听得懂。信步闲行,来到一处十字街头,旁边有条小巷,唐敖、多九公转进巷子,走了没几步,看见一户人家门口挂块牌子,上写"女学塾"。唐敖说:

"这里的女孩子也读书呢!不知道她们读些什么书。"

正在说话,门内走出来一位老态龙钟的儒生,向多、唐二人行礼说:

"两位大概是从外地来的吧?进来坐坐,喝杯粗茶,好不好?"

唐敖正想找人聊聊,询问当地风土民俗,于是拉了多九公一起进去,大家坐下。两位女学生捧茶出来,差不多十四五岁,一个穿红衣,一个穿紫衫。唐敖仔细打量,觉得她们皮肤虽黑,但朱眉秀目,鲜红小嘴,长长秀发,衬出一股灵秀之气,看起来十分清丽,一点儿也不难看。这位老儒生是位秀才,年纪已经八十岁,耳朵不太好,唐敖他们费尽力气才能交谈。他说自己姓卢,年老体衰,很早就已无意功名,只招几个女学生教读,以维生计。因为他们这个国家,每十年考试一次,专门让会写文章的少女报考,成绩最好的，颁给才女的匾额，父母亲友都有光彩，所以，女孩子读书的风气极盛，绝不输给男人。不论有钱没钱，女儿长到四五岁都一定送到学塾去读书。卢老先生说到这里，顺便介绍那两位女学生说：

"这个穿紫衣的是我女儿，那位穿红衣的姑娘姓黎。明年就是举行考试的年份，所以她们都在加紧用功。如今遇到你们两位从天朝圣人之国来的大学者，如能顺便指点一下她们的功课，实在感激不尽，请千万不要推辞。"

两位姑娘也非常客气地行礼求教。唐敖一直推辞，自称书本已抛开很久，恐怕不能回答。但多九公却跃跃欲试，他想：异乡黑女，年纪幼小，才读了几年书，哪会有自己答不出来的问题。于是，慨然答应，请卢、黎二位姑娘，尽量发问，自己一定知无不言，言无不尽。

谁知道见多识广的多九公，偏偏在黑齿国栽在这两位黑肤少女手里！她们提出四书、五经、声韵、字义方面很多问题，从前人书本中都无法找出现成答案，必须博学旁通，更要有独特见解，才能回答。多九公接连几次答不出来，两位姑娘的态度就越来越不客气了，渐渐露出讽刺的意味，词锋锐利，多九公简直招架不住，急得老脸发红，恨不得有地洞可钻。

卢老先生一直坐在后面角落看书，加以耳朵又有毛病，并没听见他们的谈论，这时，忽然抬起头来，看见多九公脸上红一阵、白一阵，额头不断冒汗，以为他是怕热，连忙递过一把扇子说：

"您也许不太习惯我们这儿的气候，请先凉快凉快，慢慢再谈，不要生起病来。出门在外的人，身体最要保重！唉呀！这汗还是止不住，怎么办呢？"

又拿毛巾给多九公擦汗，说：

十、黑齿受窘

"上了年纪的人,受不住这种热天哪!可怜!可怜!"

多九公接过扇子,只好说:

"这里天气果然比较热。"

正在为难,走又不是,坐又坐不住,不知怎么办才好。忽听外面有人问说:

"请问有哪位姑娘要买胭脂、香粉吗?"

原来是林之洋提了货物包袱走了进来,多九公、唐敖松了口气,高兴极了,赶快站起来说:

"林兄怎么现在才来?只怕船上大家等得太久了,我们回去吧!"

于是,三人一起向卢老先生告辞。林之洋走了半天,口渴得很,本来想喝杯茶再走,谁知还没坐下,就被他们拖出来了。

三人匆匆走出小巷,来到大街上,林之洋细看他两个,脸色都很难看,就问:

"究竟发生了什么事?你们为什么这副模样?"

多九公神色未定,唐敖把经过情形大略说了一遍。

"我从来没遇到过这么有学问的女孩子!而且口齿伶俐,能言善辩,真是不得了!"

多九公也说:

"我被她们问得简直无言以对,这个教训真不小。活了八十多岁,还是头一回碰到!怪来怪去只怪自己当初太小看她们了,也恨自己没有多读十年书,学问不够扎实!"

"如果不是大哥来救,我们真不知道怎么走出他家的大门呢!"

"别提了,今天运气不好,没赚到钱。以前没到这里来做过买卖,不知道什么东西有销路。我猜想既然他们皮肤这么黑,一定喜欢化妆打扮,所以带了脂粉上岸来卖,谁知这里的女人说越擦粉越难看，根本不肯买，大家只要买书，你们猜这是什么缘故？"

"这个实在不明白。"

"我也是向人打听才知道的。原来他们这里不论男女，都看重读书，学问才识高的就尊贵，不读书的就卑贱，并不以贫富而论，女孩子如果没有才学，不管多富有都嫁不掉。所以，大家都努力读书！"

一面谈一面走，三人已经走到市集中心来了，唐敖这时才仔细打量黑齿国人的面貌，觉得以前的成见实在大错特错，他对林之洋、多九公说：

"这里的人，皮色虽黑，但仔细看来，人人都满脸书卷气，清秀悦目，简直没有一个丑人！我们处在他们中间，反而觉得自己满身俗气，难看得很。唉！还是赶快回去吧！"

林、多二人也都有同感。大家快步而行，走出城外，才觉得轻松自在。林之洋说：

"热死我了！从刚才到现在连一口水都没有喝到，又这么拼命赶路，好累，好累！九公，你手上那把扇子，借我扇扇吧！"

多九公这才想起自己一直拿着卢老先生送他的扇子。于是，把折扇打开，三人一起停步欣赏。只见扇上正反两面都用非常工整秀丽的小楷写了古人的诗文，署名是黎红薇、卢紫萱，想来就是那两位少女的芳名。多九公说：

"两个黑丫头这么会写字，肚子里又有墨水，为什么她们学塾中书架上却没放什么书呢？她们如果诗书满架，我也有个防备，不会自讨苦吃了！"

林之洋摇着扇子说：

"要诗书满架容易得很，但要肚子里真有墨水，不用功可不

十、黑齿受窘

行哪!"

"是啊!大哥说得不错,看我们今天的遭遇就是榜样。请问这一路上,还有哪些国家文风最盛?我要先好好做准备,免得又去出丑。"

"我向来只晓得买货卖货,哪知道文风、武风?还是问九公比较清楚。"

"咦,九公怎么不见啦!"

唐、林两人只顾说话,不知多九公跑到哪里去了,只好在原地等候。过了半天,九公才走来,一开口就说:

"你们猜他们架上不放书,是什么缘故?"

唐敖笑着说:

"九公为这点小事又跑去打听,真有兴头!您这样处处留心,难怪无事不知。我们一面走,一面听您说吧!"

"原来这里就是缺书!每次从我们中国运出来卖的书,刚到君子国、大人国就销完了。黑齿国人读的书都是用高价从那两国买过来的,买不到的,只有辗转借来抄写,想得一本书,不知费多少力气。偏偏这里的人,不论男女都绝顶聪明,书更不够读了。所以,黑齿国的人为了一本书,可以不择手段,偷啊、骗啊都做得出来。这里根本从来没有小偷强盗,银子掉在地上,也没人捡。只有书,一定要好好收藏,除非至亲好友,绝不出借,生怕一借不还。这就是他们架上、桌上都不放书的原因了!我们刚来的人,哪里知道?"

三人边走边说,已经回到船上,多九公想到在两位黑姑娘面前出丑的事,仍然又气又恼,又愧又恨。林之洋说:

"想不到海外竟有这么厉害的姑娘!将来到了女儿国,全是女孩子，更不知多么厉害！好在我肚子里本来就没有装几本书，她们如果要和我谈文章，我只有一句话'不知道'！这样无论如何都不会出丑了。"

多九公说："如果女儿国的姑娘，不和你论文章，只要留你住下来，你怎么办？"

"今天我救了你们，那时候就要靠你们去救我喽！"

"林兄如果被女儿国留下，应该是求之不得的事，干吗要去救他？"

"九公，那你自己何不就在女儿国住下呢？"

"我如果留下了，谁替你管舵啊？"

说说笑笑，多九公的心情才慢慢开朗起来。

十一、麟狮相斗

黑齿国过去是靖人国，靖人国也就是小人国，这里的人身长只有八九寸，小孩更只有四寸长，在路上走，必须一群人结伴而行，手中还要拿着武器防身，不然会像大鸟抓小鸡一样全部被抓走。多九公以前来过，他对唐敖说：

"这里的人真是名副其实的小人，不仅身体小，心眼儿更小，处处想占人便宜。说的话也全不可信，明明是甜的，他偏说苦；咸的，偏说淡；白的，偏说黑。口是心非，诡诈极了，简直摸不清他们的真意！"

唐敖听了，摇头叹息不已，说：

"唉！小人毕竟是小人啊！"

在靖人国没有停留多少时候，很快又开船继续航行，沿途又经过了几个奇怪的国家。譬如像方形人的跂踵国：这个国家相当贫穷，居民多以捕鱼为业，他们的身高和身宽相等，呈正方形，一头红发，两只脚又厚又大，走起路来，脚跟不着地，只用脚趾走，而且一步三摇，斯文得很。旁人看来觉得这些方形人未免方正得太过拘泥，禁不住替他们难受，不过，他们自己倒早已习惯了。还有一个长人国，和大人国完全不同，他们的城墙高得像一座山，国中人民身长至少都有七八丈，单单脚背就比我们普通人的肚子还高，简直吓死人！

林之洋和唐敖都看得目瞪口呆，只有多九公说：

"这还不算真正的长人呢！我以前在海外和几个老头聊天，各人说起自己生平见过的长人，记得其中有个老头说，他曾经看过一个长人为了做一件袍子，不但买完了天下所有的布，连天下的裁缝也全被雇来，一起做了好几年，才算完工。搞得全天下布的价钱都涨了，裁缝的工钱也提高了，大家都发了财，所以布店和裁缝店直到今天还在希望那位长人再做一件袍子，他们又有钱赚了。听说当时有个裁缝，趁着替长人缝袍子的机会，在衣服下摆偷了一块布，结果凭这块布就开了一家布店，从此不做裁缝，改行做了布商。你们猜这长人有多长？连头带脚，一共十九万三千五百里呐！而且他不仅身子长，还爱张大嘴、说大话，身长嘴大，恰是绝配。我们都听着这老头说个不停，其中有人就问，这长人身子这么高，头顶着天，往上越高风越大，难道他的脸不怕风吹吗？那个老头说，嘿嘿，这个人就是脸皮最厚，不怕风吹！"

唐敖、林之洋听到这儿，一齐大笑。林之洋下船到长人国去卖货，想不到长人国的人买了许多空酒坛和花盆，空酒坛子是平日唐、林、多三人喝酒存下的，花盆是唐敖上船前因为想照顾流落海外的名花特地买来的。林之洋说：

"真是料不到，我特地准备的货反而没卖出去，偏偏这两样不值钱的东西，大家抢着要，做生意真是得碰机会啊！就像上次在小人国，无意间也卖掉好多蚕茧……"

紧接着又有好多当地人到船上来买货，忙了一阵，林之洋高兴得很，蚕茧的故事就没空说了。

离开长人国，走了几天，已到白民国境，迎面一座巍巍高峰，风景秀丽。唐敖想，这样的好山，一定有名花异卉，应该上去看看。

于是，拢船靠岸，三人带了应用物件，下船登山。多九公告诉

十一、麟狮相斗

唐敖说：

"这山叫作麟凤山，从东到西，共长一千多里，是西海第一大山，山中花果树木，禽鸟野兽都很多。"

一路上，许多羽毛五彩斑斓的鸟儿飞来飞去，唐敖觉得眼睛简直忙不过来。忽然听到一阵婉转嘹亮的鸟鸣，听不出是什么鸟，三人都觉得虽然从来没听过，但实在太响亮了，几乎有震耳欲聋的声势。多九公说：

"奇怪！声音这么大，怎么还没看见它呢？"

"九公！你看！那边那棵大树，好多苍蝇绕着树飞，声音好像就是从树里边发出来的。"

果然，离树越近，鸣声越大得吓人。三人仔细在树上找，根本没看见一只鸟。就在这个时候，林之洋忽然抱着头，乱跳乱蹦，大叫：

"唉呀！震死我了！耳朵聋掉了！"

唐敖、多九公忙问怎么回事。

"刚刚有只苍蝇，飞到我耳朵边，我用手把它按住，哪知道它就在我耳边大喊一声，好像打雷一样，把我震得头晕眼花！"

话没说完，那苍蝇又大叫起来。林之洋把手乱摇说：

"我把你也摇得发昏，看你还叫不叫！"

那蝇果然不叫了。唐敖、多九公这才仔细观看。原来哪里是蝇，却是一只红嘴绿毛像鹦鹉一样的鸟，只是体小如蝇，如果视力不好，还真看不清楚。多九公说：

"原来是'细鸟'！据说以前汉武帝时候，勒毕国曾以玉笼装了几百只细鸟来进贡，书上记载说这鸟体形如大蝇，样子像鹦鹉，鸣声可传至数里之外。想不到今天竟然亲眼看到了！"

林之洋掏出一张纸片，卷成一个圆筒，轻轻把细鸟放进去，要带回船上让大家见识见识。

　　忽然，东边山上好像有千军万马一齐奔来，地动山摇，不知是什么东西。三人连忙躲到林木深处，悄悄偷看。原来是一群野兽，由青毛狮子领队，另一群则由独角麒麟领队。一队跑，一队追。两群野兽中，大多血迹斑斑，想来刚才已有过激烈争斗，现在又跑到这里来，预备继续决一胜负争夺这山林里的领导权！唐、林、多三人正想好好旁观一场千载难逢的群兽之战，想不到林之洋纸筒中那只细鸟，就在这节骨眼上，又大鸣大叫起来，林之洋连忙两手乱摇，想叫它住声，哪里还来得及！狮子听见声音，大吼一声，带着属下的一群野兽飞奔过来，三人吓得拼命奔逃，群兽越追越近，林之洋边跑边说：

　　"人家说秀才最酸，狮子如果怕酸，妹夫和九公也许可以躲得过这场大难，我可惨了！眼看就要被一口吞到狮子肚里去，不知它有肠无肠，希望像无肠国人一样，一通就过，我可能还有命，要不然啊，可就死定喽！"

　　唐敖只顾往前跑，回头一看，谁知狮子正向自己扑来，心慌意乱，叫一声"不好"，拼命一跳，竟然跳得好高，停在半空中，群兽都转向多、林两人扑去！两人分向左右两方乱跑。正在危急关头，忽然听到山头上"哗啦啦"一声巨响，一道黑烟，比箭还快，对准青狮射来，狮子往上一跳，刚刚躲过，马上又是一声大响，这下子青狮再也躲不了，倒在地上，不能动弹。群兽一齐围到狮子身边，紧跟着接连又是几声巨响，就像急雨一般，群兽不断被射倒，尸体遍地都是，没死的四散奔逃，一下子就跑得无影无踪。

　　唐敖这时才从空中慢慢落下，林之洋惊魂不定，跑过来就抱怨

十一、麟狮相斗

唐敖：

"妹夫吃过蹑空草，一下子跳得半天高，竟然丢下我不管了！幸亏有神明护佑，要不然，我和九公都要变成青毛狮子肚里的浊气啦！"

"我也想抱着你们一齐往上跳，可是你们离得太远，狮子又紧跟在我后面，心里一急，哪里还能等呢？说来说去都怪大哥要带细鸟回去，刚才如果不是它乱叫，也不会这么危险。"

多九公说：

"平安无事就好！别再争了。刚才这阵连珠枪实在厉害，如果不是这种枪，又没有这么高明的枪法，哪里赶得走这么多野兽？赶快找找那放枪的人，好好道谢吧！"

话刚说完，山坡上走下一个猎人，全身青布衣裤，肩上扛着鸟枪，走近一看，年纪还轻得很，最多不过十四五岁，生得眉清目秀，举止非常文雅，和全身的穿着打扮不大相配。唐、林、多三人连忙上前下拜行礼说：

"多谢侠士救命之恩，请问尊姓大名，我们永世不忘。"

那年轻猎人还礼说：

"不敢当！我姓魏，是中国人，因为避难暂时寄居在这里。请问三位先生贵姓？从哪里来的？"

多、林两人很快说了姓名，唐敖却忽然想起：

"当初结拜的弟兄中，魏、薛两位哥哥都以连珠枪闻名，自从敬业哥哥兵败，听说他们都逃到海外去了，这人会用连珠枪，又姓魏，难道是思温哥哥的儿子？"

于是，唐敖先不说自己姓名，问道：

"侠士说是中国人，当初中国有位姓魏名思温的先生，最会用连珠枪，请问是否和您有亲戚关系呢？"

猎人说：

"正是先父。请问先生怎么会认识我父亲？"

"唉呀！想不到竟然在万里他乡遇到思温哥哥的儿子。"

唐敖赶快把自己的姓名，以及当初结拜种种缘由说了一遍。那年轻猎人听了，立刻下拜行礼说：

"原来是唐叔叔，侄女不认识，实在失礼得很，请叔叔原谅。"

唐敖连忙还礼，问道：

"你为什么自称侄女？你是女孩子啊？"

"侄女叫紫樱，有一位哥哥，叫魏武。当年，父亲带着母亲和我们逃到这里来，就在这山中找了房子住下。山里头有狮子，常和麒麟争斗，把农田都踩坏了，还常常出来伤人，附近的人都无可奈何。因为狮子眼力太强，又很狡猾，普通猎人根本打不到它们。父亲会使连珠枪，这里的人知道以后，就请父亲出来为他们猎兽，前前后后打死很多狮子。父亲在前年去世，又请哥哥继承父业，可是哥哥身体弱，常常生病，不能劳累。家中没人赚钱过活也不行，幸好我从小跟父亲学会了连珠枪法，干脆男装打扮，担当起养家的担子。刚才听说群兽争斗，正预备出来猎狮子，看见狮子紧跟在叔叔身后，我只管着急，不敢放枪，想不到叔叔一跳那么高，这才乘机赶快射死了狮子。叔叔真是吉人天相，要不然，可真危险了！请叔叔到家中去歇歇吧，还有一封父亲的遗书，要给叔叔看。"

"多年没见嫂嫂，当然要去拜见。只是没想到思温哥哥竟然已经去世，不能再见一面了！"

三人随着魏紫樱走。唐敖不禁暗想：

十一、麟狮相斗

"自从在梦神观做了那个奇梦以后,我一路上都在仔细寻访名花,谁知到今天一种花也没发现,反而常常遇见这些奇特的少女,不但个个貌美如花,而且兼有奇行异能,我又偏偏和她们都有渊源,这么多凑巧的事,真是想不通啊!"

不多久,已到了魏家,只见到处摆着弓箭。魏夫人和魏武很快都迎了出来,大家行礼坐下。唐敖看魏武果然满脸病容,身体很弱。紫樱将父亲临终前的书信拿出来给唐敖看,信中写的意思也是"请念结拜之情,照应家人",唐敖想到故人凋零,心中难过,忍不住长叹。魏夫人说:

"自从丈夫去世,本来就想带着儿女回乡去投奔叔叔,只是不知国中情况如何,恐怕自投罗网;加以这里乡人担心野兽为患,再三挽留,才又耽搁下来。但长久住在这荒山异地,到底不是办法。除了叔叔,我们也没有别人可以请托,这次叔叔如果回乡,千万请您带我们一起回去,大恩永不敢忘。"

"嫂嫂千万别这么客气!说到大恩,侄女今天才真正是我们三个的救命恩人呢!这种大恩德,哪里敢忘?而且顺路一起同行,根本就是小事,嫂嫂尽管放心!"

林之洋也说绝无问题。唐敖又问日常生活费用有没有困难,原来这些年来,魏家因为替这旦的人驱除猛兽,很有人缘,大家送来很优厚的供给,衣食之外还颇有盈余,唐敖听了,这才放心。请魏武领路,到魏思温灵前行礼下拜,哀悼良久,才告辞回船。

十二、金玉其外

第二天就到了白民国的首都。林之洋带了伙计，拿了绸缎、海产之类的货物去做生意。唐敖又和多九公上岸闲逛。这个国家真不愧叫"白民国"，到处都是白色：土壤是白土，小丘岭是白矾石，田中种的是荞麦，正开着一片白花，远远望去，田里的农夫也全穿白衣。从郊外走进城里，城墙是白玉砌的，桥梁是白银造的，街旁房屋、店铺全是雪白的墙壁。市集上人来人往，热闹得很，不论老幼都是白衣白帽，而且都是绫罗质料，用香料熏过，远远就闻到阵阵香味。仔细看白民国人的容貌，个个皮肤雪白光润，嘴唇鲜红，眼睛灵活有神，漂亮无比。唐敖看得入迷，叹道：

"这么漂亮的人物，衣着打扮又讲究，配得真好！海外各国，大概以白民国人最出色了！"

再看街旁的店铺，客栈、饭馆、钱庄、香料店，一家挨一家，绫罗绸缎、衣帽鞋袜，堆积如山，吃的、喝的、穿的、用的，都又精美、又丰富，一片繁华富庶的景象，真让人羡慕。

唐、多两人慢慢闲行，刚好碰到林之洋带着一个伙计正从一家绸缎店中出来。多九公迎上去问他货物卖得好不好，林之洋满面笑容说：

"今天托两位的福，赚了不少钱，等一下回去多买些酒菜，我们好好吃一顿。现在我陪你们一起逛逛吧！"

林之洋叫那个伙计把卖得的银钱先带回船上去，自己留下一些

十二、金玉其外

荷包、腰带之类轻便小东西，放在一个小包袱里，提在手上，看看有没有人要买。于是，三人一路走来，经过一座高楼门口，刚好有个漂亮小伙子从门口走出来，林之洋上前问：

"我这里有很精致的日用品，不知府上要不要添补一些？"

"请进来吧！我们老师大概会买。"

三人一听"老师"两字，抬头一看，大门边贴着白纸，上面写的又是"学塾"，想起黑齿国的遭遇，记忆犹新，都大吃一惊，唐敖说：

"九公啊！原来这里是学塾，还是别进去了吧？"

"是啊！这国的人长得都是一副聪明相，肚子里一定墨水不少，我们要加倍小心啊！"

林之洋说：

"小心什么？反正不管问什么，我都来个'不知道'就是了！"

这时，那个年轻人已经出来说，老师请他们进去，三个人只好硬着头皮进去了！走进大厅，只见里面满架诗书，笔筒里插满大小不等的笔，墙上匾额、字画、琳琅满目。那位老师，戴着眼镜，几位学生都是二十岁左右的年轻人，一个个衣帽精美、色彩鲜明、容貌清俊。老师年纪约四十多岁，风度绝佳，也是个美男子。

唐敖、多九公看见这种情景，不但脚步放轻，说话都不敢大声，态度谦虚，唯恐失礼，和在黑齿国完全不同。那位老师对着唐敖招手说：

"你这位书生，请进来！"

唐敖一听叫他"书生"，吓得连忙说：

"我不是书生，是做生意的！"

"你头上戴着读书人的头巾,为什么说不是书生?难道怕我考你吗?"

"我小时候虽然读过几年书,但后来做了很多年生意,早已把书本忘干净了!"

"既然读过几年书,应该会作诗了?"

唐敖更急,赶快说:

"从小没作过诗,连读都没读过。"

那位老师就问多九公和林之洋说:

"他真的不懂诗书文章吗?"

林之洋说:

"他懂是懂,只不过自从考取功名以后,就把书全丢开,什么'《左传》''右传''《公羊传》''母羊传',还有平常作的打油诗、放屁诗,零零碎碎全都和白米饭一起吃掉了,现在肚里只剩买卖的账目、价钱,其他全没了!"

"既然如此,那个老头可会作诗?"

多九公连忙行礼说:

"我们两个向来就是做生意的,从来没读过书,怎么会作诗?"

那位老师指着林之洋说:

"可惜你生得白白净净,样子蛮好看的,肚子里偏偏没有墨水!我本来也想指点指点你们,不过,你们是过路做买卖的,不能长久留下。要不然,凭我的学问,只要稍微学到一点点,你们一辈子都会受用不尽啦!现在,我也没空看货,你们先到外面等着,我把学生的课上完了,再看看有没有要买的东西。反正我讲什么你们也听不懂,站在这里,身上的俗气不要影响到我的学生!"

三人只得遵命,乖乖走出厅外等候。唐敖、多九公仔细听那位

十二、金玉其外

老师教书,谁知不听还好,一听又好气又好笑,差点儿笑破肚皮!原来这位大言不惭、神气得不得了的博学先生,根本就是虚有其表,不但教的书并非是深奥的书,而且白字连篇,念得大错特错,更不用说解释文义了。

唐敖一直忍到林之洋卖完货,走出学塾大门,才和多九公一起大骂。

"今天我们这个亏吃得不小!只当他真的学问渊博,想不到却如此不通!真是丢人!"

"是啊!这么不通的家伙,我们还在他面前恭恭敬敬站了半天,听他吹牛、教训,越想越觉得惭愧!"

"都是黑齿国那件事,印象太深,把我们吓坏了,以为学塾里的人,都是有学问的。谁知道,诗书满架,却腹内空空;白皙清秀的老师远比不上黑皮肤的小姑娘,当真是人不可貌相啊!今天又学到了个教训!"

林之洋听他们俩说得热闹,插嘴劝道:

"依我看来,今天虽然吃了点亏,但没有伤神,也没有出汗,平平安安回来,算是不错啦!还计较什么?"

唐、多二人也慢慢心平气和了,继续向停船的地方走去。

唐敖忽然看见路上一个小孩牵着一只奇怪的动物走来,那个动物很像牛,可是却穿了衣服,戴了帽子。好奇的唐敖忍不住问多九公这是什么兽?

"这叫药兽,它会治病。人如果生了病,就到它面前,细说病状,这兽自己走到野外衔回药草,病人吃了就好。如果病重,吃一次不能好,第二天再去对它说,它又会去衔同样的草,或再添一两种,吃下去,多半都能治好。这种药兽以前只产在白民国,现在别的地方也有了。"

林之洋说：

"原来它会行医，怪不得穿衣戴帽，像人一样。可是不晓得这兽有没有读过医书，会不会按脉？"

"它哪会读书、按脉，只不过晓得几种药而已！"

林之洋忍不住远远指着药兽骂起来：

"你这畜生，真是大胆！医书没有读过，又不懂脉理，竟然敢看病！岂不是把人命当儿戏吗？"

多九公说：

"你骂它，如果被它听到，小心它要给你药吃！"

"我又没病，吃什么药？"

"你虽然没病，吃了它的药，包管就会生病！"

唐敖听了大笑，林之洋也忍不住笑了。三人回船，准备酒菜，痛快喝了几杯，才消了今天在白民国惹的气。

十三、淑士救美

接下来的几天风向很顺，船走得又快又稳，唐敖站在船头，忽见远处烟雾弥漫中隐隐约约现出一座城池。多九公正在指挥水手掌舵，他望望罗盘，说：

"前面就是淑士国了。"

唐敖觉得风中传来一阵奇怪的气味。

"大哥、九公，你们有没有闻到一股酸气？"

林之洋深呼吸两下，点点头说：

"确实很酸！"

这时，船已靠岸，只见岸旁全是高大无比的默林，形成一片树海，把淑士国的首都围在中间。

林之洋以前就知道淑士国不和外国做生意，但是知道唐敖喜欢游玩，所以仍然停船休息。多九公说：

"反正要上岸，林兄何不顺便带些轻便货物，也许碰上机会，也可以做几笔生意。"

"带什么货好呢？"

"国名叫'淑士'，应该有不少读书人，带些笔、墨去卖吧，拿起来也轻便。"

林之洋听九公的话，收拾了一个小包袱，三人一同上岸。刚走入默林，就觉得酸气扑鼻，直透脑门，简直吃不消。多九公说：

"早就听人说，淑士国一年四季都吃酸菜、青梅，从这一大片默林来看，大概不假！"

一路往城中而去，路边农田大半都种菜，奇怪的是田里的农人穿的全是读书人的长衫儒服。走进城中，满眼都是头戴儒巾、身穿长衫的人，就是做买卖的商人，也不例外。大家斯斯文文，看不出像生意人，卖的货物除了日用品，最多的就是青梅和酸菜，卖笔墨纸砚、眼镜的也不少。

三人一边走，一边看，只听家家户户都有读书声传出来，走到一家学塾门口，更是书声震耳。林之洋想进去卖些笔墨，可是唐敖、多九公已在学塾里面吃过两次亏，再也不愿进去，宁愿在外面等他。唐敖和多九公闲谈，又提起黑齿、白民的旧事，唐敖说：

"想起黑齿国那两位姑娘，实在真有学问，我们当时如果虚心求教，不但不会受窘，还有益处。现在想来真是后悔！以后无论走到哪里，都要谦虚有礼才是。"

"唐兄这种度量，我万万不如，以后要多跟你学学。"两人到闹市逛了一圈，又回来等林之洋，只见他提着空包袱，笑嘻嘻地赶来了。

"大哥的货全卖光啦？"

"卖是卖光，却赔了钱。"

"这是为什么？"

"唉！你们不知道。刚才我一进去，里面的学生，看了货，都争着要买，却又一个个把钱看得比天还大，只想便宜，不肯出价。我要走，他们又不放我走；要买，又一文钱也不肯添。磨了半天，我看他们那穷酸样子也可怜，又想起君子国做生意的情形，心一软，干脆吃点亏卖给他们了！"

"林兄，你既然赔了钱，干吗还笑容满面呢？"

十三、淑士救美

"嘿嘿！真有趣。我生平从来不和人家谈文章，今天才谈一下，就被大家称赞。一路回来，越想心里越快活。"

"究竟怎么回事？说来听听。"

"刚才卖货的时候，那些学生问我有没有读过书，会不会写文章。我想自己肚中本来空空，如果实话实说，他们一定看不起人，干脆吹牛算了。于是我说经史子集、诸子百家、诗赋文章，样样精通。他们就出了对子让我对，上联是'云中雁'，我就对'鸟枪打'，那群学生都发呆，不懂这算什么对子，我说，看见云中雁，就用鸟枪打，有什么不对？结果，他们都佩服得很，说我想法奇特，与众不同，果然有学问呢！哈哈！"

唐敖也笑着说：

"大哥，你这个'鸟枪打'，幸好是对小学生说，如果被别人听见，恐怕要打你的嘴巴呢！"

"我嘴巴倒没被打，只是口渴得很，他们学塾里的茶，只有浅浅半杯，里面浮着两片树叶，越喝越渴，真吃不消。我们找个地方，歇歇腿，吃点东西吧！"

三人找了一家酒馆，选张桌子坐下，走过来一个酒保，也穿长衫，还戴了眼镜，手中拿把扇子，向三人行礼问道：

"三位先生光临，是要饮酒乎？还是用菜乎？请明白以告我！"

林之洋说：

"你干吗乎啊乎的，我性子最急，请好好说话。有酒有菜，快点拿来！"

"请问先生，酒要一壶乎？两壶乎？菜要一盘乎？两盘乎？"

林之洋又渴又饿，再也忍不住，一拍桌子，大声说：

"什么乎不乎的？你再乎，我就先给你一拳！"

"小子不敢！先生别气！小子改过！"

赶快送来一壶酒，两样小菜——一碟青梅、一碟酸菜。恭恭敬敬退下去。

林之洋见了酒，心花朵朵开，举起杯来，一口喝干，不禁大叫："哎哟！怎么把醋拿来了！"

原来淑士国的酒，越是好酒越酸。再一看两碟下酒菜：青梅加酸菜，林之洋觉得连牙齿都软了，喊酒保说：

"快把下酒菜多拿几样来！"

酒保答应一声，送来四盘菜：盐豆、青豆、豆芽、蚕豆。

"这几样菜，我吃不来，再添几样！"

酒保又送来四样：豆腐皮、酱豆腐、豆腐干、糟豆腐。林之洋问道：

"我们并不吃素，为什么总是拿这种菜？还有什么好吃的，快去拿来！"

酒保很有礼貌地说：

"敝地即使王公贵人，享用也不过如此菜肴而已。先生不喜，无乃过乎？小店之菜，仅此而已，岂有他哉！"

林之洋他们再也受不了酒保满口"之乎者也"，只好算了。就在这时，外面走进来一位老人，举止很文雅，也穿着儒服，他坐下后要了半壶酒、一碟盐豆，自己吃起来。唐敖本来就想打听一下淑士国的风俗，于是走过去请老人过来同坐，大家聊天。唐敖问道：

"请问老先生，贵国为什么不分士农工商，大家都穿儒服？难道一点儿分别都没有吗？"

"敝国从王公到老百姓，衣服形式都一样，只由颜色来分别：

十三、淑士救美

黄色的最尊贵、红紫色其次、蓝色第三、青色最低。至于为什么大家都穿儒服,是因为敝国所有人都要通过考试,然后才能就业。没有考过试的,称为'游民',大家都看不起。所以,我国人从小就努力读书,不然,什么职业都没法做!"

"您说贵国人人都要通过考试,但全国有这么多人,哪里能个个都懂文章呢?"

"哦!是这样的,我们的考试分很多种:经、史、诗文、音乐、法律、数学、书画、医术……只要精通一项,就能通过考试,可以穿儒服了。"

老人也问唐敖他们中国的情形,边谈边喝,不知不觉天已快黑了。唐敖付了钱,预备回船,老人也站起来,从身上取出一块手帕铺在桌上,把剩的小菜全倒在手帕中,包起来收到怀里,说:

"您既然已付过钱,这些剩菜,白送给酒保,不如让我收起来,明天还可以下酒。"

又把桌上的酒壶揭开来看看,大约还剩两杯的分量,他吩咐酒保说:

"这酒存在你这里,明天我来喝,如果少了一杯,要你赔十杯!"

四人刚走两步,还没出大门,老人一眼看到旁边桌上有根用过的牙签,连忙拾起,用手擦一擦,也收在口袋里,这才走出客栈。

到了街上,只见许多人围在一起,争看一个少女。那女孩子大约十四五岁,皮肤雪白,十分秀丽,孤零零站在街心,满面泪痕,哭得非常凄惨。那老人叹气说:

"唉!已经好几天了,还是没有一个人肯发慈悲,实在可怜呐!"

镜花缘：镜里奇遇记

唐敖他们忙问为什么会这个样子。

"这姑娘本来是皇宫里的宫女，父母早已去世。自从公主嫁到驸马家，这姑娘也就跟着公主到驸马府中去。前几天也不知因什么事，触怒了驸马爷，叫人把她带出来卖掉，不论钱多钱少都没关系。可是，我们这里，大家都把钱看得很重；而且驸马爷又掌管全国军队，杀人根本不算回事儿，老百姓谁敢买她？这位姑娘已经自杀过好几回，都被看守的人救活了，现在生死不能，只好天天站在这里哭。你们如果肯花点钱，买她回去，也算做了好事。"

"妹夫，你花点钱买下来，带回家去服侍外甥女，岂不很好？"

唐敖说：

"这姑娘身世可怜，本来一定也是好人家出身，我们想法救她是应该的，怎么能让她做奴婢呢？不知她家中还有没有亲戚，我宁愿出钱，让她的亲人带她回去。"

老人说：

"驸马早下了命令，不准亲戚领回，否则就要治罪，所以她的亲属都不敢来！"

唐敖听了，抓抓头，说：

"真是为难，既然如此，只好先买下她，救她一命，别的事，慢慢再想法子！"

于是，请林之洋回船，取了银钱，交给看守的人，订好契约。三人和老人告辞，带了少女一起回船。

一路上，唐敖打听女孩的身世，她说：

"我姓司徒，叫妩儿，今年十四岁，从小就被选入皇宫，服侍王妃。前年公主出嫁，王妃命我陪公主一起到驸马府中。我父亲当年是领兵的将军，有一次和驸马一同出兵作战，不幸死在异国。"

十三、淑士救美

唐敖想打听她还有什么亲近的人可以投靠,就说:

"原来是位千金小姐,难怪谈吐风度这么文雅!不知令尊在世的时候,有没有为小姐订婚?"

"恩人救了我的命,千万不能再这么称呼!"

林之洋说:

"照我看,干脆小姐就认了我妹夫做义父,大家也好称呼,不知你们的意思如何?"

这时已到岸边,水手划来小船,接他们登上大船。司徒妩儿拜了唐敖为义父,又拜见吕氏,多、林两人,再和婉如行礼。一切就绪之后,唐敖又问起有没有订婚的事。妩儿忍不住流泪,说:

"如果不是未婚夫太狠心,我又怎么会落到这种地步?"

唐敖忙问:

"你未婚夫现在做什么事?他为什么对不起你?"

"他是中国人,姓徐,叫承志。前年到我们这里来投效军队。驸马觉得他勇敢过人,就任他做随身的护卫,但是又怀疑他可能是外国奸细,时刻提防。去年把我许配给他,想要表示恩惠,安抚他的心。可是又不能完全相信他,所以把结婚的日期一再拖延。我们国家这位驸马脾气凶暴,性情多疑,连国王也有点怕他。我既然许配给承志,当然很关心他,自己暗想:他从中国远走几万里路到这里来,一定有什么原因,想打听清楚,却一直没有机会。到了去年冬天,终于找到机会,我在他房间偷看到一封血书,才知道他是大唐英国公徐敬业的儿子,因为避难才逃到我们这里。既然知道了这种情形,想到驸马的凶暴残忍,如果有一天发觉他的来历,必有大祸,我实在担心得很。今年春天,有天晚上,等驸马睡觉之后,我偷偷跑到他门口,劝他赶快回乡,另找机会,这里并不是可以长住的好地方。哪里晓得,他竟然把我劝告的话一五一十都去报告了驸马,害我被公主打了一顿。前几天,驸马出门去阅兵,我偷到一张通行证,劝他赶快趁机逃走,不要再拖延误事。结果他竟然存心要害死我,又把这些话全都告诉了驸马,驸马大怒特怒,把我毒打一顿之后,就叫人把我带到市集来要把我卖掉!想到这无情无义的狠心人,我真是不明白他为什么会这样对我啊!"

妩儿边说边流泪,说完忍不住失声大哭。

唐敖仔细听了这一段话,又惊又喜,说:

"好几年来,我一直在打听敬业兄弟的儿子,不知他下落如何,想不到却躲在淑士国!孩子,你一片好心,又聪明机警,劝他避祸远走,他竟然不听你的话,还去报告驸马,这种不合情理的行为,一定有什么原因,等我找到他,谈一谈,弄个明白。你先别难过!"

"义父和他是不是有什么渊源?为什么一直在打听他的消息?"

唐敖把当初结拜为异姓兄弟的事,大概说了一下之后,就约多九公、林之洋一起去找徐承志。三个人找到了淑士国的驸马府,送了好多红包给看门的、守卫的、传达的人,好不容易才把徐承志请出来。

徐承志年纪大约二十,长得英武潇洒,确实是一表人才。他见了唐敖,仔细看了一下,就说:"这里说话不方便,你们跟我来。"

三人跟着徐承志来到一家茶馆,坐下,看看左右没有别人,徐承志才向唐敖行礼说:

"伯伯什么时候来的?侄儿做梦也想不到会在这么远的异乡见

十三、淑士救美

到伯伯。"

"你怎么会认得我？"

"侄儿不到十岁的时候，曾经在家中见过伯伯，也听父亲说过结拜的事。虽然隔了这么久，但伯伯容貌并没有多大改变，所以仔细一看就认出来了。"

唐敖把自己的遭遇简单说了一下，就问徐承志来到这里的经过。

"自从父亲遇难，我带着父亲咬破手指写成的血书，还有当初起事时讨伐武则天的文告，想去投奔诸位叔伯，可是官府追捕很严，生怕连累了人家，只有独自逃到海外，漂流了好几年，什么苦都吃过，也做过奴仆，好不容易活下来，逃到淑士国，虽然目前境况比较好，但心中的苦，哪能消得掉！"

"你今年也二十岁出头了，有没有娶妻啊？"

唐敖是明知故问，想不到徐承志一听这话，眼泪就流下来。

"伯伯问起这件事，我心中实在难过极了。"

"究竟怎么回事，你慢慢说！"

徐承志先到茶店门口四处看了一下，回座后，悄声说：

"淑士国这个驸马，疑心病最重，我虽然受他看重、喜爱，可是他仍然处处提防我。幸好伙伴们都帮助我，才能保平安无事。他把妱儿许配给我，伙伴都劝我要格外留神，在妱儿面前讲话绝不能疏忽，否则她一去报告，我性命难保。所以她前后两次来劝告，又偷了一张通行证，我都以为是驸马故意试探，完全不敢相信，两次都去检举她，也是为了证明我的清白，消除驸马的疑心。谁知妱儿竟是一片真心待我，她如今被逐出府去，不知流落何方，我真是后悔莫及！"

说着声音都变哑了,眼泪忍不住落下来。唐敖说:

"这也难怪你!幸好妩儿平安无事。"

于是,唐敖把经过情形说了一遍,徐承志转悲为喜,赶快拜谢。唐敖问道:

"侄儿逃不出去,长久在这里,总是危险哪!"

"请伯伯一定要想法救我出去!"

林之洋听了半天,这时插嘴说:

"依我看,最好的办法是:等到晚上,妹夫把徐公子背在背上,用力一跳,跳出城外,又方便,又利落!"

"唐兄背着人,也能跳得高吗?"

"背人没有关系,只怕城墙太高,跳不上去。最好承志先领我们去看清楚路,晚上才比较方便。"

徐承志问唐敖怎么会有这种本领,唐敖把吃了蹑空草等机缘说了一遍。付了茶钱,四人走出茶馆,徐承志带领大家由小路到了城墙拐角。唐敖看那城墙大约四五丈高,并不难跳,而四边恰好并无他人,就说:

"你住的地方还有没有重要东西要带?如果没有,干脆现在就走,岂不方便?"

"父亲的遗书、文告,自从上次被人偷开房门之后,我一直带在身边,其他再也没有什么重要东西了!"

唐敖把徐承志背在身上,向上一跃,已轻轻巧巧站在城头上,他向多九公、林之洋挥挥手,多、林两人就向城门走去,唐敖向下一跳,已背着徐承志落在城外。多、林也走来会合,大家一起上船,立刻启程。徐承志见了妩儿,又喜又愧,经过唐敖的解释,妩儿也就原谅了承志,两人又一齐向唐敖拜谢,预备找相熟的船,回

十三、淑士救美

中国去。

走了几天,遇上风雨,天又黑了,行船不太方便,就找了陆地,停船靠岸休息,等雨停了再继续航行。这里岸边大大小小停了很多避风雨的船。

多九公、徐承志、唐敖、林之洋围坐闲谈,忽然听到邻船有女人哭泣的声音,深夜雨中,听起来更觉凄凉。林之洋叫水手去打听看看。原来也是一艘中国开出来的商船,在海上遇到大风,船身受损,开不动,又没有人会修理,陷在这里,进退两难。唐敖说:

"出门在外,本来就该互相帮忙。何况又是同乡!我们船上不是有工匠吗?干脆明天再耽误一下,帮他们修好船再走,不知大哥肯不肯?"

"妹夫说得很对,就这么办!"

林之洋派水手过去,告诉了邻船的人,他们感谢得很,也不哭了。

第二天,唐敖、林之洋、多九公走到邻船,和船上人相见,谈修船的事。原来船主竟是一位英姿挺秀的少女,她说姓章,是中国人。唐敖介绍了多、林两人,又说了自己的姓名、籍贯。那少女说:

"您原来是岭南的唐伯伯啊!"

"小姐为什么这样称呼?"

"我父亲当年在长安城和唐伯伯、骆伯伯、魏伯伯曾经结拜为兄弟,难道您已经忘记了?"

"我们当时结拜的兄弟当中,并没有姓章的呀!"

"唉呀!这是我不对了。侄女并不姓章,我姓徐,叫丽蓉,父亲是徐敬功。敬业叔叔起事失败后,父亲带着我们逃到海外来,做买卖为生。把姓也改了,对别人都说姓章,恐怕武则天派人追查。

三年前,父亲、母亲生病过世,我本想回国,又不知国内现在情况如何,不敢冒失,只好仍然做生意。想不到前天在海上遇到大风,船身受损,不能开动,幸好有伯伯愿意帮忙,要不然真不知道怎么办才好!"

唐敖这才明白,原来徐丽蓉正是徐承志的堂妹,心想:天下怎么有这么巧的事!连忙把承志叫过来和丽蓉相见,两人抱头痛哭,想起亲人遭难,眼泪简直没法停住。

就在这时,忽然岸上尘土飞扬,远远有队人马向岸边急驰而来。多九公说:

"糟了!可能是淑士国派人来捉徐公子的。"

徐承志问妹妹:

"我的兵器都留在淑士国没有带来,你船上有没有武器可用?"

"父亲当年用的长枪,一直好好保存在船上,不知哥哥合不合用?那杆枪很重,水手都拿不动,哥哥自己去拿吧!"

徐承志到船舱中,取出枪来,拿在手中,正好适合。这时岸上军队人马已靠近船边,果然是淑士国驸马派来的。领头的一位将军骑马上前,大声说:

"我是淑士国大将司空魁,奉驸马的命令,来请徐将军回去。如果徐将军听命,一定升官重用,如果不听,就要砍你的头带回去!"

徐承志也站在船上大声回答:

"多谢驸马的好意!不过,我来贵国只是为了避难,并不想做大官。即使要我回去做你们的国王,我也不肯!请将军替我向驸马道歉!"

十三、淑士救美

司空魁一听,立即大喊:

"徐承志不遵驸马之令,赶快把他抓回去!"

军中人马听令,一起向前,就在岸边打起来。徐承志不愧武艺高强,手中一杆长枪,舞得生龙活虎,司空魁一不小心,腿上已被徐承志戳中一枪,差点儿落下马来。徐丽蓉也不甘落后,取出弹弓,在旁不断发射弹丸,真是将门虎女,每弹都不落空。淑士国军队看见主将已经受伤,己方士兵又死伤很多,都不想再打下去,终于护着司空魁退走了。

徐承志放下心来,带了堂妹到唐敖船上,介绍司徒妩儿认识徐丽蓉,姑嫂两人一见,彼此都有好感。承志又叫丽蓉拜见了吕氏,和婉如也行了礼。大家相聚了两天,十分融洽亲密。

等到丽蓉的船一修好,承志归心似箭,再也不愿多留,带了妩儿、丽蓉向唐敖他们辞行,要回中国去。林之洋只好让妻子赶着缝了一些衣服、被褥送给他们。唐敖要送银钱做路费,徐家两兄妹说船上货物颇多,绝不肯收,只好算了。他们商议一下,把徐姓改为余姓,就掉转船头,向故乡航去。

十四、厌火焚须

唐敖他们继续航行，这一天，到了两面国。唐敖要上岸去玩，多九公说：

"这里我也只是路过，没有好好游玩。可是，自从上回在东口山追肉芝扭伤脚筋，到底上了年纪，现在每次走多了路，就会酸痛。唐兄如果走得不远，我还可以奉陪，否则，我就不去了！"

"我们先一起去走走，九公如果觉得累了，随时先回来就是！"

于是，三人一起登岸，走了二十多里，还未到两面国的都城，多九公就说：

"要走嘛，也还可以再走远一点儿，只是怕等下没力气走回去，我要先回船上去了。"

林之洋说：

"我今天匆匆忙忙出来，衣服也没换，身上这件衣服、头上这顶帽子都陈旧得很。刚才三个人一块儿走还不觉得，如今九公先回去，我和妹夫走在一起，他穿的是丝绸衣服，头上又戴了读书人的帽子，我看起来简直像跟班的了！碰到那些势利眼的人，恐怕理都不理我！"

多九公笑着说：

"他不理你，你就对他说，我不是没有绸子衣服，只不过今天太匆忙，没有穿出来而已。这样一来，人家就不敢看不起你啦！"

十四、厌火焚须

"嘿嘿,如果要他们看得起,干脆摆架子说大话算了!"

"你说什么大话?"

"我说啊!我不但有绸衣服、缎袄子,我家里还开大店铺,亲戚都做大官呢!这么一来,只怕那些势利眼的家伙抢着要请我吃饭、喝酒喽!"

三人哈哈大笑,分道而行。

多九公回到船上,睡了一觉,精神好得很,正在闲坐无事,唐敖、林之洋已经回来了。多九公一看,就问:

"怎么唐兄穿了林兄的衣服,林兄又穿了唐兄的衣服?你们这么快就回来啦?天还没黑嘛!"

唐敖说:

"今天真正长了见识。九公,你知道这里为什么叫两面国吗?"

"这两面国我从来没上岸去玩过,实在不太清楚,快说给我听听。"

"我们分手之后,又走了十几里路,才看到有行人。大家都戴着下垂的头巾,遮住后脑,看起来斯斯文文,和蔼可亲。我就走上去问问风俗,闲聊几句,他们对我客气得很,讲话也非常有礼,简直像是君子国的人。"

唐敖刚说到这里,林之洋憋了一肚子气,忍不住插嘴说:

"他们和妹夫有说有笑,我也就走过去随便聊聊。谁知道,他们转过头来,把我从头看到脚,从脚看到头,突然脸上就变了一副样子,不但笑容没了,脸色也冷冰冰的,客气话一句也不说了,问他们一句,隔了大半天,才回答我半句,还爱理不理的,真把人活活气死!"

多九公问:

"说话哪有说半句的？林兄太夸张了！"

"哼！才没夸张呢！他说的虽然是一句，因为无精打采，半吞半吐，听到我耳朵里，就只剩下半句啦！我实在气不过，拉了妹夫走开，找个僻静地方，脱下外面衣服，交换穿，帽子也换了戴，存心试试看，刚才他们那种态度是不是因为衣服的关系。结果，你猜怎么样？这回再找人说话，大家都对我和气、客气得不得了，反而对妹夫冷冰冰了，九公，你说气人不气人？"

"哦，原来'两面'是这个缘故，海外像这么势利眼的人也还不太多呢！"

唐敖说：

"还不止如此！九公再听我们说。后来，我们走到比较热闹的地方，大哥又去找人说话，我站在旁边，没人理，很无聊，暗想，他们这里为什么人人都戴同一种样子的头巾，把后脑完全遮住，没有一个例外？不知他们有没有头发。我好奇心发，悄悄走到跟大哥谈话的那个人后面，把他的头巾掀开。唉呀，老天！原来他头巾下面还藏着一张凶脸，满脸横肉、鹰钩鼻、老鼠眼、扫帚眉、血盆大口，可怕极了，看见我，大口一张，伸出一条长舌头，紧跟着喷出一股黑气，又臭又腥，我大叫一声吓得半死，谁知大哥忽然扑通一声跪下来了！"

"唐兄吓得大叫，林兄却为什么跪下来呢？"

"我和那人正谈得高兴，妹夫突然一掀头巾，看到他另一副嘴脸，他一生气，连正面这张脸也变了，脸色发青，两颗门牙突出来，舌头一伸，又长又尖，我措手不及，吓得要命，怕他一狠心就要杀人，不由得腿一软就跪下来，求他饶命，拉着妹夫赶快逃回来。九公，你说这里的人奇怪不奇怪？可怕不可怕？"

十四、厌火焚须

"唉!世界上各种各样的人都有,像这种两面人也不算奇怪,只是以后随时要小心谨慎,别太鲁莽,白白吃亏送命可划不来!"

唐敖、林之洋惊魂未定,喝了点酒,彼此安慰。直到离开了两面国才放下心来!

两面国之后,是穿胸国。唐敖这次不想上岸了,只听多九公、林之洋闲谈穿胸国的事情。

林之洋问多九公:

"听说穿胸国的人,胸口都是一个大洞,那他们的心长在哪里呢?"

"他们当初胸口本来也没有洞的,只是因为这里的人心地不好,每次遇到事情,眉头一皱,心就歪到一边去,做出来的事不公不正。天天如此,老是偏心、歪心,年深月久,心就移到胳肢窝去了,胸口正中却生出大疔疮来,化脓溃烂,什么药也医不好,终于烂成一个大洞,从此子子孙孙永远都是这副模样,再也还不了原啦!"

"哎哟!不得了!原来偏心的后果这么严重,以后千万要小心!可是,要完全公平不偏,实在也不简单,做人真不容易啊!"

唐敖也说:

"做人本来就难得很,看得越多、想得越多,越觉得难。"

三个人都沉默下来。只有海水一望无际,在船前伸展,似乎一直到天的尽头。

又走了几天,看到陆地,这里是厌火国。唐敖、多九公、林之洋三人上岸活动活动筋骨。没走多远,忽然来了一大群当地人,围着唐敖三人伸出手来,叽叽呱呱不知说的什么,看样子大概是要讨东西。这些厌火国人,皮肤墨黑,又瘦又干,看来很像猴子。

多九公说:"我们是过路的客人,并没有带多少银钱,你们这么多人,实在无法帮忙!"

那群人好像听懂了,又好像没听懂,仍然伸着手,不肯走。林之洋本是急性子,忍不住大声说:

"我们走!千山万水出来做生意,哪有这么多时间和他们耗!"

厌火国那群人一看他们要走,大喊一声,嘴巴一张,人人口中喷出火来,一团团火焰,带着烟雾红光,直向唐敖他们三人扑来,林之洋一不小心,胡子着了火,一下子烧得干干净净,三人吓得拼命逃跑。厌火国人在后面紧追,幸好这群像猴子似的黑人跑得倒不快,终于被林之洋他们逃回船上。可是,不久,追的人也赶到了,他们对着船头喷火,嘴巴中火焰熊熊,不断涌出,真是又奇异又恐怖,船上的水手躲不快的,都被烧得焦头烂额。

多九公、唐敖、林之洋都不知道怎么办,这样的大火,而且源源不断,哪能扑灭得了!正在惊慌烦乱、船头船尾乱跑之间,忽然海中浮出一群女人,只露出上半身,她们也张开嘴巴,却喷出一股股的水来,像瀑布一样,直对着厌火国的人喷去。果然,水能灭火,不久,火焰就没有了,船上的火也熄灭了,那群人眼看碰到克星,占不了上风,叽叽呱呱喊了一阵,都跑掉了。林之洋他们这才仔细看海中突然出现的救星是谁,原来就是前些日子在元股国买了放生的人鱼!人鱼浮在水面,一直看到火已完全救熄,才潜入水中,很快就不见了。

多九公说:

"今年春天,唐兄在元股国做了好事,想不到隔了几个月,却靠这些人鱼救了我们一船人的命,好心有好报,帮助别人就是帮助自己,真是不错!"

十四、厌火焚须

林之洋说:

"这群人鱼,当时放了她们,很快就游走了,怎么今天又会出现?难道一直悄悄跟着我们吗?这里离元股国远得很,想不到人鱼却还知道要报恩哪!"

唐敖默默听他们说话,独自望着远处的海水出神,不知他心中想些什么。林之洋接着又说:

"今天我真倒霉,一把胡子全烧光了,到现在嘴边皮肤还疼得很,怎么办?"

多九公很懂药性,等于就是船上的医生,连忙取出治疗火伤的油膏来,替林之洋涂在嘴边。唐敖看着林之洋擦药,忽然笑起来说:

"大哥本来已经四十多岁,现在忽然没了胡子,露出雪白的皮肤,真像年轻了二十岁!以后你干脆别留胡子了。"

林之洋只好苦笑。多九公的药膏很灵,涂了两天就不疼了。

十五、蚕桑起衅

这天,唐敖本在舱中教婉如功课,忽然感觉热得坐不住,汗水不断流出来,只好走到船上面来透气。不久,大家全都走到甲板上来,人人出汗,喘气不停。唐敖问道:

"现在已经是秋天了,怎么变得这么热?太奇怪了!"

多九公说:

"这里已经靠近寿麻国,所以这么热。记得古书上曾经这样说:'寿麻之国,正立无影;爰有大暑,不可以往。'幸亏有岔路可以躲开,我们的船再走半天,过了寿麻,就不热了!"

"这么热,当地的人还能住得下去,不是很奇怪吗?"

"据说,寿麻国白天最热,太阳一出来,当地的人全都躲到水里去泡着。等到黄昏热气散了,才敢出来。可是也有人说,寿麻国人从小生长在这种环境里,对于这暑热早已习惯,他们最怕离开故乡到别国去,因为一旦到了别的国家,就算是夏天,寿麻国人也会被冻死。我想,躲到水里的说法不太可能,后面这种说法也许比较对!"

就在这时候,忽然听到水手大声叫嚷起来,原来有个水手,受不住热,中暑晕倒了。多九公连忙取来药箱,拿出一包白色药粉,让他们用大蒜混合冷水一齐给病人吃下去,不久,那个水手果然清醒过来。唐敖对多九公的医药知识佩服得很,想找机会劝他把这些药方写出来告诉大家,这样一定可以救更多人命。

十五、蚕桑起衅

寿麻国一过,天气立刻就凉爽多了。林之洋的船走了一天,到了结胸国,这个国家的人胸前胃部都突出一大块,所以叫"结胸"。据说这里的人个个好吃贪睡,吃了就睡,睡醒又吃,食物不能消化,堆在胸口,慢慢就突起一块,世世代代子孙也都长成这副模样再也消不掉了。

林之洋开玩笑说:

"九公,你医术高明,这个结胸的病症可治得好吗?"

"他们如果来请我医治,我就叫他们不许再偷懒、好吃,每天多做事、多活动,少吃、少喝,包管胸口就不再突起来了!"

大家说说笑笑,船并没有靠岸,仍然继续航行。谁知凉爽了几天,忽然又变热起来。多九公说:

"我们只顾聊天,谁知今天顺风,船走得快,已经靠近炎火山了,难怪热得很。"

林之洋说:

"只听说有火焰山,怎么又有炎火山?难道海外有两座火山啊?"

多九公笑着说:

"瞧你把天下看得这么小!说到火山,何止两座?单单我亲自看过的就有好几处!譬如者薄国东边有个火山国,他们那里,就是下大雨,山上的火也不熄;还有自燃洲也有火山;西域有且弥山,白天看来,山上冒烟;晚上看,山上就像点着灯似的;崦嵫山出产打火石,两块石头一敲先出水,然后就生出火苗来。我还到过炎洲的火林山、火洲的火焰山,海中间的沃焦山……还有很多,时间隔得太久,记不得了。至于书上记的,我没去过的,更不知有多少。火山可多得很呢!"

唐敖接着说:

"九公说得不错。天下既然有这么多水,也该有很多火,这样才显得协调。沃焦、炎洲这些火山名字,连古书上都有记载的!"

炎火山过去,天气又凉快了,这样忽冷忽热,倒也有趣。这天船开过长臂国,他们在船上远远看见几个长臂人在海边捞鱼,两条手臂一字伸开竟有两丈长,比身体长得多,看起来奇怪得很。林之洋说:

"他们大概看到什么东西都想伸手去拿,不管该不该拿,这样天天抢着伸手,终于把手臂弄得这么长!走起路来多不方便!"

唐敖说:

"是啊!不该要的东西,可不能随便伸手哦!"

长臂国很快就过去了,又过了几天,到了奇怪的翼民国。很久没上岸了,唐敖、林之洋、多九公决定在翼民国停船逛逛。

三人同行,走了好几里路,才有人来往,原来翼民国人模样非常怪异,像鸟不像人,而且是卵生,不是胎生。身长大约五尺,而头的长度却和身体一样,长着一张鸟嘴,两只红眼睛,一头白发,背上两个翅膀,全身绿皮,好像披着树叶似的。路上的人,有的走,有的飞,不过,飞得并不很高,来来往往,倒也热闹!

林之洋问多九公说:

"他们的头和身子居然一样长,这是怎么搞的?"

多九公说:

"他们这里的人,最喜欢被人家捧,也就是俗话说的'戴高帽子'。你给我戴,我也给你戴,今天捧,明天捧,满头全是高帽子,慢慢的连头也变长了,这都是爱戴高帽子的结果啊!"

唐敖忍不住大笑:

"九公,您别开玩笑了!你们看那些人在空中飞,比走路快多

十五、蚕桑起衅

了,也有老头子请人背着飞的。我们花点钱,雇他们背着飞回去,岂不也开开眼界?"

林之洋正走得腿酸,立刻赞成,雇了三个翼民国的人,把唐敖他们一人背一个,展开翅膀飞起来,转眼间就到了船上,翅膀一收,稳稳降下,林之洋付了钱,三个怪人又飞回去了。唐敖第一次尝到在天上飞行的乐趣,一直念念不忘。

经过翼民国,再走两天,就到了伯虑国。多九公因为配好的药已经用得差不多,要留在船上调制添补,没空下船去玩,林之洋就和唐敖二人同行。

等到天快黑的时候,唐敖、林之洋一块儿回来,唐敖一见多九公就说:

"难怪九公不想去逛,这里实在没有意思。每个人都像在打瞌睡,连走路的时候也闭着眼睛,一点儿精神也没有。既然如此,他们为什么不在家里睡觉?勉强撑着,简直像梦游一样。究竟是什么缘故?"

多九公说:

"海外流传两句俗话,说这伯虑国的奇怪风俗,唐兄大概没听过,林兄应该知道吧?"

"九公是不是指'杞人忧天,伯虑愁眠'这句话?不过,我不明白为什么要愁眠,能睡觉还有什么可愁的呢?"

"以前杞国人怕天掉下来把他们压死,日夜担忧,这是大家都知道的。而这伯虑国的人也怪,他们不是怕天掉下来,却最怕一睡觉就醒不过来,白送了性命。所以,从来不睡觉,顶多坐下来歇歇。一年到头,昏昏沉沉,勉强支持。有些人熬到实在撑不住,倒下来一觉睡过去,无论怎么叫也叫不醒,家人围在身边哭,等到醒过来，已经睡了好几个月，亲戚朋友听到消息都赶来庆贺，说是死里逃生。有些人真的就一睡不醒，在睡眠中死去的，数都数不清，所以，伯虑国人人都怕睡觉，无论多累也不敢睡！"

"睡觉醒不了，实在太奇怪，难怪他们要'愁眠'了！"

"他们如果像平常人一样白天工作、晚上睡觉，正常过日子，怎会睡不醒？就是因为整年整月不睡，熬得头昏眼花，四肢无力，又每天担心忧虑，一旦熬到油尽灯枯，一睡当然就不容易醒了，这有什么奇怪？"

唐敖听了，暗暗点头，说：

"思虑太多，怕这个怕那个，反而越怕越糟！我以后要尽量放宽心，高高兴兴活下去！"

林之洋吩咐水手开船，走了好些日子，到了巫咸国。林之洋说这里的人喜欢买绸缎，带了货物上岸去了。

唐敖却因为吃坏了东西，肚子不舒服，没法去玩，多九公每次上岸多半是为了陪唐敖，唐敖不去，他也宁愿在船上休息。两人坐在船后甲板上闲聊。唐敖望着岸上一片茂密绿林，说：

"九公，那些是什么树啊？"

"高大的是桑树，这里的人都砍来当柴烧；矮小的是木棉，这里没有蚕丝，大家都用木棉织成布做衣服。所以林兄才带绸缎来卖，可以赚不少钱！"

"这么好的桑树，竟然没有养蚕，只砍来当柴烧，实在可惜！我很想上岸去看看这巫咸的风俗，偏偏泻肚子，真是不巧！"

"原来唐兄的病是下痢，为什么不早说，我有治痢的药，你吃五六次一定就好！"

多九公去取了药来，唐敖立刻吃了一剂。

十五、蚕桑起衅

不久，林之洋回来，说：

"今天没赚到什么钱，幸好也不亏本就是了！原来几年前从外国来了两个姑娘，她们带了蚕卵，在巫咸养起蚕来，取丝，织成绸缎，还教会了本地的人，如今绸缎已经不太稀奇，价钱也就高不了！还要再停两天，这些货大概可以全部卖掉，我们才能走。"

"刚好等我把病养好，大哥尽管慢慢销货，不要急！"

唐敖又吃了两次药，腹泻就止住了，他再三向多九公称谢，同时顺便劝九公把这些有效的药方公开流传，救治更多病人。多九公说：

"我们家的人向来就靠行医为生，只有我上船掌舵。如果把药方刊印广为流传，我们家还靠什么吃饭？虽然你说是做好事，但是行不通啊！"

"九公，做好事总有好报，想想那些生了病，却不能去看医生的人，多么可怜！您的儿子早已是读书人，将来一定做官，又何必一定指望这些药方来过活呢？"

"唐兄说得也对，我以前的想法未免太小气了！从今天起，我先把家中祖传的秘方，一张一张详细写出来，回国去就刊印流传，让生病的人可以少吃点苦！"

唐敖见九公听了他的劝告，非常欢喜，陪着多九公聊天闲坐，直到夜深才去休息。

第二天起来，林之洋已经先上岸去了，唐敖觉得身体完全复原，精神也很好，忽然想起，上回在东口山遇到骆红蕖，曾经拜托他经过巫咸国时顺便带一封信给薛蘅香。因为腹痛下痢没有上岸，差点儿把这件事忘了，于是赶快把信找出来，约了多九公上岸去找薛家住的地方。

走不多远就到了在船上望见的那片树林，唐敖抬头看那些高大的桑树，想不到居然看见树上躲着一个人，唐敖赶快把身上佩的长剑拿在手中，以防发生事故。这时，远远走过来一个老婆婆和一位年轻姑娘，树上躲着的人"咻"的一声跳下来，原来是个身高体壮的大汉，他手持大刀，大声说：

"你这丫头，小小年纪，心却这么坏，害得我们好苦！今天一定要杀掉你，为大家除害！"

大刀一挥，对准那少女，劈头砍去。唐敖早有准备，一看情形不对，往前一跃，长剑迎着大刀用力一挡，大汉被震得跌到路边，呆呆瞪着唐敖，他那把刀已飞到半空，半天才落下来。原来唐敖自从吃了灵芝、仙草，力气大得超过常人，这时又因为一心救人，用力过猛才将那大汉的刀震出去老高。唐敖一面扶起惊吓得倒在地上发抖的女孩，一面说：

"壮士！不要行凶，有话慢慢讲。这位姑娘什么事情得罪了你？"

那个大汉站起来，仔细看看唐敖和多九公，说：

"我看你们也是明白道理的人，不用多说，你们自己去问这丫头她做了什么事，就知道我不是无缘无故行凶的人！"

那个姑娘靠在老婆婆身上，还在发抖，唐敖问：

"你家住哪里？什么事情得罪了这位壮士？"

女孩擦擦眼泪，悄声说：

"我姓姚，叫芷馨，是中国人。在这里寄居已经好几年，一向帮着父母亲养蚕为生。前几年父母不幸过世，现在跟着舅母一块儿住。今天和奶妈一同来山上祭扫父母的坟墓，想不到有这种事，幸亏有恩人相救，大恩永不敢忘！"

十五、蚕桑起衅

那大汉骂道：

"哼！你这坏丫头，只晓得养那些毒虫，一点儿也不想想好几万户人家都被你害得活不下去啦！"

"你究竟为什么一定要杀她？慢慢说清楚，像这个样子，我实在弄不明白。"

"我是巫咸国的商人，这里产的木棉，向来都由我经手买卖。我们巫咸国种木棉，就像别的地方种田一样，大家靠木棉树养家糊口。想不到自从这个丫头和另外一个会织布的丫头来了之后，养出无数会吐丝的毒虫，又织出许多丝布来卖，我们木棉的生意已经很受影响，近来她们更把这种恶术到处教给别人，眼看我们这里的妇女都学会了养毒虫、织丝布，不用木棉了。一向种木棉的人家都没法活下去，所以我才想除掉她！今天算她运气，遇到你们，可是，要杀她的人不止我一个，看她能躲到哪一天！除非赶快离开我们巫咸国，不然，我总饶不了她！"

那大汉怒气冲冲，大声说完，从地上拾起刀来，大步走了！

唐敖总算明白了大概情形，又问姚芷馨说：

"姑娘家中还有没有什么人？令尊当年是做什么事的？"

"先父名叫姚禹，曾经做过河北都督，因为想救皇上不成功，怕武后追捕，带着我们逃到这里，不久就去世了，母亲身体本来就不好，旅途辛苦，又伤心父亲的死，跟着过世，我只有依靠舅母，幸好舅母家中有表姐薛蘅香为伴。我早已跟母亲学会养蚕，身边也带有蚕卵，看见这里的桑树长得又大又好，表姐又很会纺织，就想到养蚕织绸为生的法子。时间久了，邻近的妇女也跟着我们学，谁知会得罪了种木棉的人，结下这么深的怨仇！如果不是恩人相救，今天一定已经遭了毒手！"

唐敖一听薛蘅香的名字，连忙问：

"请问姑娘，那蘅香侄女住在什么地方？她的父母都安好吧？"

"蘅香表姐是我舅舅的女儿，舅舅早已去世，现在只有舅母带着表姐蘅香、表弟薛选和我一起住。恩人称表姐叫侄女，是什么渊源？"

"我叫唐敖，是岭南人，当年曾经和蘅香的父亲薛仲璋结拜为兄弟，今天正是特地来拜访他们的，谁知老兄弟竟不能再见一面！麻烦姑娘带我们去他家中，不知方不方便？"

姚芷馨恍然大悟说：

"原来如此！请跟我来！"

走到巫咸国城中，还没到薛家门口，只见一大群人围在门前，又喊又骂，只叫织绸子的丫头出来！芷馨吓得不敢走过去。

多九公、唐敖挤到门口，只见树林中要杀人的那个大汉也在人群中，看来像是领头的人。唐敖站到比较高一点儿的地方，大声说：

"诸位请不要吵，听我说句话。这薛家只是暂时住在这里，我们今天就是来接他们回中国去的！诸位请先回去，事情一定会解决的。"

那大汉知道唐敖本领很厉害，终于带着众人散开了。

姚芷馨见门口没有人了，才带着奶妈上前开门，带唐敖、多九公进去，薛夫人出来相见，薛蘅香惊魂未定地和弟弟薛选一起出来向大家行礼。姚芷馨把树林中遇险的经过说了一遍，薛夫人忍不住流泪，向唐敖再三道谢。唐敖谈了一些往事，薛夫人也说了这些年来逃难、离乡的种种苦况。

"今天，闹成这个样子，这里是再也不能住下去了！"

十五、蚕桑起衅

多九公插嘴说：

"东口山的骆小姐不是有信带给薛小姐吗？夫人不如就搬到东口山去，和骆小姐他们同住吧！"

唐敖取出信，交给薛蘅香，她看过信后，也想去和红蕖同住，将来再一起设法回乡。可是唐敖想：骆龙和红蕖祖孙俩住的是座破庙，房舍都已半塌，哪里还能再容下四五个人，而且日常生活用费也成问题。正在为难，不知如何启齿，忽然灵机一动，想到现住白民国麟凤山的魏夫人和魏武、魏紫樱兄妹，再看看眼前的薛蘅香和薛选，又是两对璧人，正好相配，心中高兴，不禁笑出声来。连忙对薛夫人详细说了一遍，并且表示自己有意做媒，薛夫人知道魏、薛两家本来就有交情，又听唐敖说魏家兄妹人品十分出色，心中也很高兴，点头答应。唐敖当下借了纸笔，写了两封信，一封交给魏夫人，一封写给骆龙老伯。又送了很充裕的银钱，让薛夫人用作搬迁的路费。多九公也帮他们雇到了熟悉的客船前往麟凤山。大家一起动手收拾行李，忙了两天，唐敖到结义兄弟薛仲璋的坟前拜祭，然后才分手告辞。芷馨、蘅香两位姑娘感激唐敖救护、成全的恩德，依依不舍，殷殷道别。后来，骆红蕖终于约了薛蘅香她们，一起回到故乡。

唐敖、多九公回到船上，林之洋的货也卖完了，又开始继续航行。

十六、行医求韵

这天,到了歧舌国。林之洋知道这个国家的人最喜欢音乐,就叫水手带了很多箫、笛等乐器去卖。唐敖、多九公也上岸闲游,只听满街人说的话,一句也听不懂,唐敖问多九公:

"我只听见各种各样的声音,一点儿也不明白什么意思,九公可听得懂吗?"

"海外各国语言,以歧舌国的话最难懂。当初我也想学,一直找不到人教。后来,偶然因为购买货物经过这里,住了差不多一个月,每天听他们说话,也请他们教我,终于被我学会了。谁知学会了歧舌国的话,再学别地方的语言简直容易得很,完全不费力气。林兄后来也是跟我学才会说歧舌国的话的!"

"听人家说,歧舌国有部韵书,专门讲述语言、声音的种种变化、来历,如果能够找来看看,明白了其中道理,以后学任何语言,岂不都有法子了吗?"

"是啊!我也听说有两句俗话叫:'若临歧舌不知韵,如入宝山空手回。'我们既然到了这里,没看到这本书就走,岂不太可惜了?等我打听打听!"

刚好这时迎面走来一位老人,看来很和气的样子,多九公走上去,行个礼,用歧舌国的话和他谈起来。唐敖在旁边仔细看,才发觉原来那老人的舌头尖是分叉的,就像剪刀一样,一说话,两边舌尖都动,声音特别繁复。多九公和他谈了半天,那位老人把袖子

十六、行医求韵

一甩,大步走掉,再也不理他们。多九公回来,对着唐敖说了一大篇,唐敖一句也听不懂,原来九公还在说歧舌话。多九公自己也发觉了,不禁又好笑又好气,他说:

"我真气糊涂了!我好话说尽,那个老头无论如何不肯帮忙,他说国王有令,音韵的学问是歧舌国最重要的秘密,如果贪图钱财,偷偷传给外国人,一定要从严治罪。我再三请他指教,说绝不泄露,你猜他怎么回答?他说前些时候,邻国有个商人用从大乌龟肚子里取出的珠宝来向他学音韵,他都没答应,难道我今天行几个礼就比乌龟肚里的宝贝还值钱吗?唐兄,你听这是什么话?竟然拿我和乌龟比起来了!真是气死我了!"

唐敖赶快安慰一番,两人一面回船,一面仍不死心,总希望能学到歧舌国这门学问的秘诀。第二天、第三天,多九公都上岸去到处询问,始终没有一个人肯说,因为国王定的刑罚太严:如果把音韵的学问传授给外国人,不论是谁,都终身不许结婚,如果已经结了婚的,也要立刻离婚。因为这种奇怪的处罚,歧舌国没有一个人敢违犯,多九公白白跑了几天,一点儿头绪也没有。

这一天,林之洋照样上岸去销货,唐敖把婉如作的诗改了几首,又没事做了,很无聊,再约多九公出去玩。两人走到热闹的市区来,只见一大群人争着看一张国王贴出的布告,还有人大声念出来。原来歧舌国的皇太子不小心从马上摔下来,受了重伤,非常严重,国王说要是有人能治得好太子的伤,赏银一千两。多九公明白了这种情形,立刻挤上前去,把布告撕下来,表示他愿意医治太子。果然不久官府就派了马车来接名医,将多九公、唐敖一起迎接到客栈,国王的使者也来了。三人行礼、坐下,多九公问道:

"请问先生贵姓?"

那位使者说：

"我姓枝，名钟，两位贵姓？从哪里来的？"

多九公先说了自己和唐敖的姓名、籍贯，然后说：

"我家向来在中国行医，已经有好几代，凡是外伤，不论多重，都有药可治，只是要先看看病人，才能决定内服、外用各种药的分量。"

使者立刻去转报国王，唐敖也替多九公回船把药箱取来。使者回到客栈，陪多九公、唐敖来到皇宫，走进太子的寝室，只见太子躺在床上昏迷不醒，两条腿都跌断了，头上破了一个洞，鲜血还在流。多九公先叫人取来半碗黄酒，撬开太子紧闭的牙齿，硬灌下去，然后开药箱，拿出一种药粉，倒入头上的伤口，又取了一把扇子，对准伤口，用力猛扇。旁边的仆人、侍从都大惊失色，有人忍不住叫出声来，使者连忙说：

"老先生请别扇了，太子跌成这个样子，怎么还能吹风呢？"

"我用的这种药，药名就叫'铁扇散'，必须用扇子猛扇，才能让伤口快点结疤，避免发炎感染。你放心好了，我怎么会把人命当儿戏！"

多九公一面说，一面手不停扇，果然，在大家注目之下，伤口真的结了疤，太子也发出呻吟声，清醒过来。满室的人对多九公的医术都佩服得五体投地。枝钟说：

"老先生的妙药，实在灵验无比，简直是仙丹！现在太子头上的伤口已经无事，只是两腿筋骨都断，还请老先生施展妙手，尽快帮助太子痊愈！"

"不要着急！幸好我带有专治骨折的'七厘散'，太子腿伤绝无问题。"

十六、行医求韵

多九公取出一杆小秤,称了七厘药粉,用烫热的黄酒调好,给太子服下,又取了更多药粉,和在酒中,涂在两腿受伤的地方,不断轻轻按摩。太子很快就睡着了。多九公对使者说:

"太子的伤,已经没有问题,请转告国王,让他放心,大概再过几天,就可以完全复原。等一下太子醒来就喂他热黄酒,只要太子平日酒量不差,尽量多喝无妨。我明天再来看!"

"国王刚才已经吩咐,请老先生暂时不要回去,就在附近客栈住下,以便随时探视、用药。现在饭菜都已准备好,两位先吃点东西吧!"

多九公、唐敖只好派人回船送信,说他们暂时不能回去。第二天,多九公又照样给太子内服、外敷,幸好太子平时酒量很大,每天喝下很多热酒,而"七厘散"又十分有效,不过几天,筋骨都已接上,精神也好多了,只是走路还不方便,必须再休养一段时间。

这天,歧舌国国王准备了盛大酒宴宴请多九公,同时拿出一千两银子作为酬谢,又另外多送一百两,请多九公把"铁扇散"和"七厘散"的药方写出来。多九公自从上次听了唐敖的劝告,早已有心将祖传秘方公开流传,所以他对国王说:

"我只希望治好太子的伤,并不要钱。写药方,也是举手之劳,这些银钱,我都不要,只希望国王把贵国的韵书送我一部,就心满意足了!"

谁知国王一向认为歧舌国只有在语言、音韵方面胜过别国,其他再也没有值得夸耀的,所以宁愿多送银子,就是不肯把韵书给他。多九公没法子,只好私下和使者商量,枝钟说:

"现在国王心情不好,因为两位王妃都患重病,如果老先生能有法子治好王妃的病,也许有希望。"

"不知两位王妃患的是什么病？"

"我听宫中服侍的人说，一位王妃怀了五六个月的身孕，因为不小心拿了太重的东西，突然流血，而且肚子疼痛。另一位王妃是乳房长了疮，又红又肿，痛得不断呻吟。所以我们国王非常担心，恐怕会有危险。"

多九公一听，就说：

"这都不难治，我立刻可以开药方，只是不知道国王肯不肯把韵书传授？"

国王听了使者的报告，因为实在想治好两位王妃的病，只好勉强答应。唐敖、多九公高兴极了，多九公写好药方，交给使者去配药，他们仍然住在客栈等候消息。

过了几天，两位王妃都已平安无事，国王既欢喜又后悔，叫枝钟来说，要多送重礼，不肯给韵书。多九公当然不肯，争了三天，国王又召开大臣会议，终于决定，不能不守信用，让外国人耻笑。好不容易把歧舌国声韵学的秘诀写在一张纸上，密封之后，交给了多九公。国王说，只要好好体会这几句秘诀，一定可以融会贯通。同时派人送来很多银子，谢谢多九公妙手回春，治好了王妃和太子的重病。又用漂亮马车，送多九公、唐敖回船。多九公本来无论如何不愿再收银钱，可是林之洋说：

"国王一片诚心，九公何必推推拉拉耽误时间？干脆爽快一点儿，收下来吧！"

多九公这才道谢收下。枝钟也一路陪他们上了船，在舱中坐下，又向多九公、唐敖、林之洋三人行礼，说：

"我有个女儿，叫兰音，今年十四岁。从小就患了一种怪病，肚子胀得像鼓一样，吃不下东西。不知看了多少医生，总是时好时

十六、行医求韵

坏,没法痊愈。最近病情越来越重,又黄又瘦。看她这个样子,我心里真像刀子在割一样。如今遇到老先生,有这样高明的医术,也许小女有救了,不知老先生肯不肯看看小女的病?我已经请奶妈陪她一起来,现在就在岸边等候。"

多九公忙说:

"既然如此,怎么不请小姐进来?"

枝钟叫仆人去接,不久,一个老婆婆扶着枝兰音进舱来,向大家行了礼,坐下。多九公看这女孩长得秀眉大眼,非常清秀,只是脸色黄中泛青,肚子突出。九公伸手按按她的肚子,硬硬的一块,看了半天,不知是什么病。枝钟失望极了,几乎要流下泪来。唐敖忽然开口说:"我完全不懂医术,可是,家中祖先传有一张药方,专门治小孩肚胀的病。据枝先生说,令嫒的病从小就有,不知究竟是几岁开始患病的?"

"五六岁就染上,到现在已有七八年了。"

唐敖说:"既然如此,想来可能是肚中有虫,医生不明白,吃下的药不对症,反而伤了肠胃,这些年拖下来,身体当然吃亏了。请问令嫒有没有吃过打虫药?"

枝钟摇头说:

"小女从来没服过什么打虫药。"

"这也凑巧,想来令嫒的病一定会好了。我家祖传打虫治腹胀的药方,一共只用两种中药:雷丸和使君子,吃五六次,把肚子里的虫打出来,立刻就好。"

唐敖拿出纸笔,写了药的分量,并且说明用法:打一个鸡蛋,把药粉放进蛋中,调匀,加油盐葱,做成炒鸡蛋吃下去,虫子就会排出来。枝钟收了药方,千恩万谢,才带着枝兰音告辞离去。

镜花缘：镜里奇遇记

林之洋和唐敖、多九公闲谈一下这两天买卖的情形，又听多九公说终于得到声韵秘诀的经过，正预备开船，忽然枝钟又带着女儿，急急忙忙赶来，满眼含泪，神情又悲伤又焦急。唐敖吓了一跳，以为自己的药方有问题，枝钟坐下后说：

"小女这个病，缠绵多年，一直不能复原，因为痛苦难忍，曾经好几次想自杀求解脱。这次得到唐先生的秘方，我们父女高兴得无法形容，以为从此可脱苦海，谁知药方上开的两种药，敝国就是缺少'雷丸'这一味，无论出多高的价钱都买不到，问医生，他们也不晓得有这种药材。我走投无路，只有带着小女再来麻烦先生，幸好你们还没开船，请千万帮忙帮到底，不管要什么酬报，我也绝不敢推辞。"

唐敖忙说：

"我如果身边有雷丸，一定奉送，这种药在敝国不过几十文小钱就可买到，哪里要什么酬报？只是现在并没有带这种药材出来，如果要另开其他药方，我又不懂医术，从何开起？实在是爱莫能助，没有办法。"

兰音一听没有法子，忍不住哭起来，大家都摇头叹气，枝钟在旁边满面愁容，一句话也说不出来。过了半天，只好叫兰音回去，兰音不肯，跪在唐敖面前，只求救命。唐敖再三安慰，叫奶妈扶她起来，谁知兰音久病的身体，本来就很虚弱，又悲伤、失望过度，突然晕倒，不省人事。大家慌成一团，好不容易才救醒过来。枝钟看见女儿这种情形，知道如果不能把病治好，一定再活不了多久，低头想了一下，擦擦眼泪，对唐敖行礼说：

"我听人说，能救一条人命，等于做了莫大好事，如今只求唐先生大发慈悲，救救我们父女两条性命吧！"

十六、行医求韵

"我不懂你的意思!只要能够做得到,我一定尽力,请说得明白一点儿,不用客气。"

"我今年已经六十岁,只有这个女儿。自从她生了这种怪病,真是费尽心血,她母亲因为忧虑过度早已去世。我们这里良医本来就很少,药材也不齐全,我想小女的病,留在国内,绝对没有治好的希望。难得唐先生做人这么慷慨厚道,我想冒昧恳求您收小女为义女,把她带回中国去,治好多年的顽疾,如有机缘,连婚姻大事也一并拜托您留意。兰音是我的命根子,本来万万不舍得她离开,可是,留她在身边,眼看只有等死,我为她的身体,日夜忧烦,头发早已全白,晚上也睡不着,如果兰音有什么不测,我也活不下去了。"

话还没说完,枝钟已泪流满面,兰音也低声啜泣。全船上下,人人满脸同情之色,不知说什么才好。终于还是林之洋开口说:

"妹夫一向喜欢做好事,如今事情摆在面前,如果你还不肯答应,干脆我替你答应了吧!"

又转头对枝钟说:

"你真的舍得女儿远离,我们就把她带去,治好了病再给你送回来。"

兰音流泪大哭说:

"母亲已经不在,父亲身边别无儿女,我绝不远离!只要父女常在一起,过一日算一日,至少心中平安,免得牵挂。"

"孩子,我又何忍让你离开?可是,你如果不到有药的地方去,这病再也拖不了多久,难道叫我这做父亲的,眼睁睁看着你治不好病、撒手而去吗?只盼你有机会就寄信给我,知道你能复原、平安,我也就心安,可以多活几年,这就是你的孝心了!"

说完，拉着兰音向唐敖叩头，认为义父。又拜多九公、林之洋、吕氏，再三嘱托。唐敖忙着还礼，一再保证，请枝钟放心。枝钟又命仆人取来白银一千两，还有八口大箱，说是兰音的衣服首饰以及买药治病的费用。唐敖说：

"兰音的衣物，当然要给她带去，至于银钱，绝不敢收，请千万带回。"

"我别无儿女，留着这些银子有什么用？何况家中还有几十亩田地，足够过日子，您如果不收下，我无论如何不能安心。"

两人推让半天，难以解决。还是多九公说：

"枝先生也是出于一片爱女儿的诚心，唐兄不如暂时收下，将来枝小姐出嫁的时候，全给她做嫁妆好了。现在这样推来推去，总不是办法。"

唐敖听了，点点头，把银钱、箱子全叫人抬下舱中收好。兰音和父亲依依难舍，流泪辞别。从此，她就称吕氏为舅母，管婉如叫表姐，管林之洋叫舅舅，唐敖自然就是义父。兰音生在歧舌国，又聪明敏慧，有语言天赋，能说三十种的语言，婉如有她做伴，高兴极了。

开船之后，一切就绪，多九公把舵交给船上的水手看管，这才从怀中取出歧舌国国王传授的韵书秘诀，和唐敖细细推敲、研讨。

又请出枝兰音、林婉如一起看了半天，终于弄明白了纸上字诀的意思，原来就是"平""上""去""入"四种声调的排列、变化，以及"反切"拼音的方法。唐敖、多九公非常高兴，也教会了林之洋，大家都觉得这次到歧舌国来，实在大有收获。唐敖说：

十六、行医求韵

"上次我劝九公把祖传秘方公开流传，做好事一定会有好报。果然到歧舌国就治好了太子、王妃的病，不但九公赚了一大笔钱，我们也沾光学会了声韵的秘诀，可见存了好心，总不会错的。"

林之洋也说：

"下次再到黑齿国去，遇到那两位有学问的黑丫头，她们再谈声韵，也不用怕啦！"

过了几天，航行到了智佳国。

十七、阴阳颠倒

林之洋仍然上岸做贸易,唐敖和多九公到处去找雷丸和使君子,要为兰音配药,想不到智佳国也不卖这种药!到处打听,终于问到一个做药材买卖的商人,好话说尽,他才开出好高的价钱卖给唐敖。多九公和唐敖能够买到药,也就顾不得花钱太多,连忙拿回船上,磨成药粉,和鸡蛋炒了给兰音吃。一连三天,吃了六次,打下好多好多虫,真是灵验得很。兰音立刻肚腹平坦,也不再发硬,胃口也好起来了。唐敖高兴得无法形容,和林之洋、多九公商量说:

"枝先生孤零零一个老人家,又没有别的儿女,现在兰音既然已经复原,这里距歧舌国又不太远,不如先送她回去,让他们父女团聚,我们多跑一点儿路也算不了什么。不知大哥的意思如何?"

"当然可以,干脆现在就送兰音回国,我们再到智佳来好了!"

于是,叫兰音来跟她说了,她由衷感谢唐敖、林之洋的好心,想到又可以见到父亲,高兴得不得了。

谁知道,掉过船头,航行了几天,刚刚进入歧舌国边界,枝兰音忽然大吐特吐,吐到后来,竟然昏迷不醒,满口胡话,不知什么病。吕氏、婉如都惊慌不已,细心照顾。林之洋和多九公说:

"看来这个甥女大概注定要离乡背井才能平安健康。据我的看法,患的这怪病,就是要远离故乡,否则好不了。你们看,一到智

十七、阴阳颠倒

佳,多年的痼疾,立刻就好,一送回来,才到国界,又得了这种说不出名字的怪症。我们何苦一定要送她回去,害她的命呢?还是快点离开吧!"

唐敖、多九公也没有更好的办法,只有姑且听林之洋的意见,命令水手掉过船头,再向智佳开去,说来也真奇怪,一离开歧舌国的范围,兰音就不吐了,神志也慢慢清醒过来。唐敖把经过情形说给她听,兰音无可奈何,想到父亲,不禁暗暗流泪。

这天又到了智佳国,算算日子,正是中秋佳节,大家都要喝酒赏月过节。唐敖对多、林两人说:

"不知道他们这里有没有中秋节,我们上岸去玩玩吧!"

三人走到智佳国的京城,只见到处都是人,来来往往热闹极了,街上摆了好多花灯,很多人在买灯。林之洋说:

"看这个样子,不像中秋节,倒像是元宵节呢!"

多九公也说:

"真是奇怪!"

好奇好问的九公,忍不住又向当地人打听,才知道智佳国的风俗是秋天过年,因为这时候天气不冷不热,八月初一就是他们的元旦,八月十五也就成了元宵灯节。唐敖他们刚好赶上热闹,一路看灯。走到一家门口,一群人围着又说又闹,原来这里也有猜灯谜的习俗。唐敖、多九公都是猜灯谜的好手,林之洋肚里墨水虽然不多,但走的地方多,胆子最大,又好热闹,于是,三人一起挤进去猜起灯谜来。

只见门里门外到处都是白发老人,一个年轻人都没有,多九公顿时觉得特别有精神,抬头一看,有一个谜题是"万国咸宁,打孟子六字",他立刻猜到,大声说:

"请问主人,这'万国咸宁'的谜底是不是'天下之民举安'?"

有位老人答道:

"果然不错,老先生真厉害!"

并马上送来一束万寿香,作为猜中的礼物。

唐敖也猜对了两题:

"游方僧,打孟子四字。"谜底是"所过者化"。

"守岁,打孟子一句。"谜底是"以待来年"。

林之洋不看这种谜,专门找国名来猜,一下子猜中了好几个,譬如"分明眼底人千里"是"深目国";"千金之子"是"女儿国";"永锡难老"是"不死国";画个螃蟹是"无肠国";"孩提之童"是"小人国"等等。

三人都得了礼物,高高兴兴走回去。唐敖忍不住把憋了半天的问题提出来:

"上次在劳民国,九公曾经说'劳民永寿,智佳短年'。既然智佳国人都不长寿,为什么今天我们看到的都是老翁呢?"

"唐兄只看见他们白发苍苍,胡子也是白的,就以为是老翁,其实他们最多才三四十岁而已,你不要看错了!"

"这怎么会呢?"

"智佳国人最喜欢研究天文、数学、星象、占卜,各种奇特的机械和技艺,而且人人好强争胜,用尽心机,一定要出人头地,他们这里聪明人又多,所以外国人才称他们叫'智佳'国。可是,整天整夜用脑,往往不到三十岁,头发就白了,四十岁就和我们七十岁的人样子差不多,所以,智佳国几乎从来没有长寿的人。"

林之洋说:

十七、阴阳颠倒

"刚才他们看我样子年轻,都称我老弟,照九公这样说,我该做他们的老兄才是啊!"

三人又到处逛灯,回到船上天已经快亮了,这趟夜游,十分畅快。枝兰音身体已经完全复原,写了家信,请九公托相熟的船,带回歧舌国去。

由智佳再走几天,就到了女儿国。唐敖以为女儿国一定全是女人,没有男子,有点胆怯,不敢上岸。多九公笑道:

"唐兄不要害怕,这里虽然称作女儿国,国内还是有男有女,不同的只是这里的男人穿裙子、做家务;女人穿靴戴帽,管管家大政,在外做事赚钱养家。内外之分和其他各国刚好相反,所以才叫女儿国。"

"那他们这里的男人脸上化不化妆?两只脚要不要裹成小脚?"

林之洋说:

"我听人家讲,他们这里最注重小脚,无论贫富贵贱,男人都要缠起小脚。至于涂脂抹粉,更是不可少。幸亏我没投胎生在这个女儿国,不然,缠起小脚来,可要我的命了!"

一面说话,一面又从袋中拿出一张货物单来给唐敖看,并说:

"妹夫,这些货就是要在女儿国卖的。"

唐敖一看,单上全是妇女用的胭脂、水粉、梳子、镜子、首饰……觉得很奇怪,就问:

"这里既然也有男人,你为什么只卖这些东西呢?"

多九公说:

"唐兄,你不明白,女儿国向来最喜欢打扮女人,他们从国王到平民,一谈起替家中妇女买穿的、戴的,兴致就全来了。即使手边没钱,也要想法去借。林兄知道这种情形,所以才带了这些货来，一定会大赚，你等着看吧！"

"大哥今天满脸红光，一定赚大钱，我们等着你请客，快去快回吧！"

"今天一大早，两只喜鹊对着我直叫，恐怕又会像上回在君子国那样，白白得到一批燕窝，发笔大财呢！"

林之洋满面笑容，上岸去了。

唐敖也和多九公进城去逛，只见街上来往的人，不论老的少的，虽然穿着男装，说起话来，却都是女人声音，身材也大多苗条娉婷。唐敖忍不住说：

"九公，你看，她们原来都是女人，偏偏要装成男人，实在矫揉造作，太不自然了！"

"只怕她们看见我们也要说，明明是女人，偏要装男人呢！"

唐敖点点头，说：

"不错，所谓习惯成自然。我们觉得她们奇怪，她们却从古以来就是如此，当然也认为我们不对。不知女儿国的男人是什么样子。"

"你看，那边拿着针线绣花的，不是男人吗？"

唐敖朝九公指的方向看，只见一个小户人家，门口坐着一个中年"妇人"，正迎着光在绣花，仔细看他的打扮：一头长发，抹上油，梳成辫子，再盘上去。发上插了好多装饰，亮晶晶的，照得人眼睛发花。耳上戴着长坠子耳环，脸上涂得又红又白，偏偏还一脸络腮胡子，身上穿的玫瑰紫的袄子，苹果绿的长裙，裙下露出小脚，看来只有三寸大小，穿着大红绣花鞋。唐敖觉得这全身上下的装扮，衬着那一嘴大胡子，实在有趣，忍不住笑出声来。

忽然听到一声大喝，像破锣似的，骂道：

十七、阴阳颠倒

"你那妇人,是笑我吗?"

唐敖吓得不敢回答,拉着多九公就走。听见背后那"妇人"还在大骂:

"你们脸上有须,明明是个女人,偏偏穿靴戴帽,假装男人,把本来面目都忘了,也不害羞!幸亏你们今天遇见老娘,如果别人看见,把你们当作男人偷看妇女,打也打得你们半死,才知道厉害呢!"

唐敖、多九公走了一大段路,才敢放慢脚步。

"九公,这女儿国的话倒不难懂,可是听他骂的话,真把我们当女人了!他还自称'老娘',真是千古奇闻。大哥上街去做生意,他们会不会也把他当女人呀?"

"怎么会呢?"

"大哥本来皮肤雪白,前次在厌火国又把胡子烧掉了,看起来更年轻,所以我才有点担心。"

"这里的人对外国人一向很客气,唐兄放心吧!"

路边有一群人在看布告。唐敖和多九公好奇心都重,走过去凑热闹,听到有人在谈河床淤塞的事,唐、多两人想:女儿国的河床淤塞,河水泛滥,无论如何和他们不相干。又继续前行,闲看街上风景,那些妇女,走在人丛中,都躲躲闪闪,怕人碰到,裙下一个个都是金莲小脚,也有抱着孩子、牵着孩子的。其中许多中年妇人,为了冒充年轻,把胡须拔得光光,脸上很明显留有须孔;也有人把白胡须染成黑色,下巴上还留有墨痕。唐、多两人看了,忍不住好笑,又不敢笑,恐怕再挨骂。

慢慢走回船上,天已黑了,林之洋居然还没回来,大家都有点奇怪,想不到等到半夜,仍然不见踪影,吕氏又急又怕,唐敖、多九公提了灯笼、带了水手上岸去找，走到城门边，门已经关了，只好回船。第二天，一清早又到处寻访，没人知道一点儿消息。接连几天，就是问不出线索。吕氏和婉如哭得死去活来。唐敖、多九公一面安慰，一面拼命打听，下定决心一定要弄明白究竟林之洋到哪里去了。

十八、缠足苦刑

林之洋究竟到哪里去了呢?

那一天,他拿着货物单,进城去销货,商店里的人买了一些货之后,告诉他说:

"你这次带的货色很齐备,质量也不错,我们这里国舅府中,妇人很多,你拿到他家去问问看,一定有销路。"

林之洋问了国舅府的地址,自己找上门去。到门口一看,气派大得很,果然是皇亲国戚的府邸。林之洋把货物单交给门房,请他递进去,看看府中要不要买货。

不久,走出来一个宫中服役的内使说:

"我们国王最近选妃子,正需要买这些妇人用物,你和我一起进宫,说明价格。"

原来林之洋为了方便讨价还价,货物单上并没有写明每样东西的价钱。他跟着内使穿过几道金门、玉路,就到了皇宫。内使叫林之洋在一间内殿门口等候,自己进去,不久,出来问道:

"请问大嫂:这胭脂每担多少银子?香粉、发油每担各多少?"

林之洋听到叫他"大嫂",想笑又不敢笑,把价钱一一说了。一会儿,内使出来问:

"这头上戴的翠花一盒多少银子?珍珠串一盒多少?梳子价钱怎么算?"

林之洋又说了。内使很快又走出来,说:

"大嫂单子上这些货色,我们国王多少不等,大约每种都要买一些。只是价钱问来问去,恐怕弄错,最好当面讲清楚。大嫂是中国女人,中国是礼仪之邦,大嫂进去见我们国王,千万不可失礼!"

"当然,当然,不用吩咐!"

林之洋进到内殿,见了国王,鞠了一躬,站在旁边。他看那女儿国的国王,才三十岁出头,皮肤白里透红,是个非常出色的美人,但却全身男子服饰打扮。旁边围着许多宫女,穿着长裙,却又都是男人。林之洋觉得天下真是无奇不有,今天在女儿国实在大开眼界。谁知道,林之洋看国王,国王十指尖尖拿着货物单,却也一直在上上下下仔细打量着林之洋。林之洋暗想:

"这个国王为什么不问货物价钱,只管看我?难道从来没有看过中国人吗?"

国王看了半天,命令宫女招待林之洋吃饭,货单先留下,转身出宫去了。

几个宫女把林之洋带到一座楼上,摆出很丰盛的酒菜。林之洋刚吃完饭,就听到楼下一片人声,紧跟着一群宫女跑上楼来,称他"娘娘",向他磕头道喜。林之洋完全不知道吃这顿饭的时候,发生了什么事,只见好多宫女捧着王妃穿戴的衣服、首饰、凤冠、披肩上楼来了。

大家七手八脚,一下子把林之洋身上衣服全脱了下来,还预备了一大澡盆的热水加香料,替他洗澡。这些"宫女"其实全是男人,个个力大无穷,林之洋在他们手中,简直像被老鹰抓住的鸟雀一样,身不由己!洗完澡,由内到外换上了全套贵族妇女的穿戴,头上擦了好多香油,插了凤钗,脸上涂了香粉,嘴上抹了口红,手

十八、缠足苦刑

上戴了戒指，腕上挂了金镯。林之洋被摆弄得头昏脑涨，好像喝醉酒一样。从宫女口中，他终于弄清楚，原来女儿国的国王看上了他，封他做王妃，选了好日子，就要和他成亲了！

林之洋真是哭笑不得，心中发慌。忽然又有几个中年宫女进来，全都身高体壮，满脸胡须。其中一个白胡子的，手中拿着针，走过来，向林之洋跪下行礼说：

"禀告娘娘，奉国王的命令，要给娘娘穿耳洞。"

接着四个宫女走上来，一边两个，紧紧按住林之洋，那白须宫女上前两步，用手指把林之洋右耳耳垂揉了几下，一针穿过，林之洋大叫一声：

"疼死我了！"

向后一倒，宫女赶快扶住。左耳也难逃一针之痛，林之洋叫喊连天，一点儿用也没有。穿了洞之后，抹点粉，就给他戴上一对八宝金耳环。哪知白须宫女才走，一个黑须宫女又来了。

他手捧一匹白绫，向林之洋行礼说：

"禀告娘娘，奉国王之命，来为娘娘缠脚。"

除了刚才抓住他的四个人，又上来两个宫女，跪在地上，紧紧握住他的右脚，把鞋袜全部脱掉。那黑胡子宫女先拿张矮凳坐下，取剪刀把白绫剪开，撕成两份。拉过林之洋的赤脚放在膝盖上，撒些白矾在脚趾缝中，用力将五根脚趾紧紧合拢，再把脚背用劲一弯，弯成弓形，立刻把白绫紧缠上去，缠两层，就用针线密密缝住，接着再缠、再缝，用力唯恐不大，缠得唯恐不紧。林之洋被六个大力宫女抓住，一点儿动弹不得。只觉得锥心刺骨，两只脚像放在炭火上烧烤一样，又热又烫又痛。忍不住放声大哭，直叫："我要死了！痛死我了！"

哭了半天，实在无法可想，只好哀求这些宫女：

"请诸位老兄帮我在国王面前说说好话吧！我有妻子有女儿，怎能做王妃？这两只大脚，早已放荡惯了，哪能裹成小脚？只求国王发发慈悲，早点放我回去，我妻子、女儿都会感激的！"

"刚才国王已经下令，只等娘娘的脚缠好，就要迎娶，现在谁敢去说这种话？"

不久，晚餐已准备好，摆了满满一大桌，山珍海味，样样俱全，林之洋这时怎么吃得下？全让那群宫女吃了。他坐在床边，两只脚热辣辣地疼，实在支持不住，倒在床上，眼泪不断落下来。

一个宫女看他睡下，连忙过来说：

"娘娘既然疲倦了，就请准备安寝吧！"

于是，众宫女一起忙起来，有的举着蜡烛，有的拿着漱口杯，也有捧脸盆的，也有托香油盒、粉盒的，也有拿面巾、手绢的。乱纷纷，围着林之洋，服侍他洗漱。拿粉的那个宫女，走过来要替他擦粉，林之洋死也不肯。一个年老的宫女劝道：

"这临睡之前擦粉最有好处了，因为这粉内混有冰片、麝香，能使皮肤又白又润，天天擦了再睡，不但面白如玉，还有香气，最能讨人喜欢。娘娘皮肤虽然够白只是还不够润滑，没有香味，一定要多擦粉！"

说了又说，林之洋绝不肯听，他们只好说，明天要报告保姆，娘娘太任性了。

等大家都睡着之后，林之洋实在忍不住脚上的痛，用尽力气，终于把白绫扯了下来，十个脚趾舒舒服服伸开，自由活动，舒服极了，这下才呼呼大睡。

第二天，那负责缠脚的黑胡子宫女一来，发觉林之洋两脚早已

十八、缠足苦刑

光光，气得要命，连忙去报告国王。不久，国王派来保姆，说王妃不听命令，要打二十板。

林之洋看这保姆却是个长胡子，带着四个短胡子的助手，拿了一块长有八尺、宽约三寸的竹板子。那四个助手，人人胳膊粗，个子大，走过来，不管青红皂白，把林之洋按在床上，拉下裤子，保姆举起竹板，对准林之洋屁股、大腿，毫不容情地一板一板用力打下去，林之洋叫得声嘶力竭，才打五六下，已经皮肉破裂，鲜血直流，连床上被褥都染红了，保姆停下手说：

"王妃皮肤太嫩，才打五下，血已流得这么多，如果打到二十下，恐怕受伤太重，一时好不了，耽误了好日子，还是赶快报告国王，询问是否还要再打。"

一个宫女听命而去。不久，回来传话：

"国王说：王妃如果答应从此不再任性，痛改前非，就可以不用再打！"

林之洋实在挨不了竹子厚板，只好说：

"一定改过，不敢任性！"

宫女又奉国王命令，拿来了止痛药、外用药膏和补身体的参汤。黑胡子宫女重新再把林之洋的脚照样缠起来，还扶着他走来走去，他们只盼赶快把脚缠小可以向国王交代，哪知林之洋疼得只想快点死！夜里宫女轮班看守，他痛得睡不着，也没法再扯掉白绫，到了这种地步，五湖四海，到处走遍的林之洋也只有忍气吞声，苦苦挨日子了。

本来两只好好的大脚，天天又缠又压，还用药水泡洗，十天左右，脚背已弯成两折，十根脚趾也都腐烂，鲜血淋漓，干了又烂，烂了又干。林之洋实在熬不下去，暗想：

"我挨了这些日子，只盼妹夫、九公想法子来救我，如今一点儿消息也没有。他们看守得这么紧，我反正逃不掉，既然如此，何必日夜受这种罪？干脆一死，反而痛快！"

下了决心，林之洋甩脱绣花鞋，双手把缠脚的白绫乱扯，口口声声直叫保姆去报告国王，宁愿立刻处死刑，绝不再缠脚了。宫女一齐来劝，乱成一团。保姆看情况不妙，赶快去向国王禀告，不久，回来传话说：

"国王有令：王妃如果不肯缠脚，就将他双脚倒挂，吊在屋梁上。"

林之洋这时只求快死，一切置之度外，听到这个命令，立刻说：

"你们快点动手！我越早死，越感谢，越快越好！"

可是，事情并不如他希望的那样，两只脚被绳子绑住，身子悬空，头上脚上一吊起来，只觉两眼发黑，痛得冷汗直流，吊不了多久，两腿又酸又麻，却越吊越清醒，两只脚旧伤新痛一起交攻，就像用小刀细割，千针万刺直刺一般，连昏迷都不可能，更别想断气死亡！林之洋咬紧牙，拼命忍痛，忍了半天，实在忍不住，不由得大喊出来，只求"饶命"！要知道世上种种折磨人的酷刑，原是要让受刑的人求生不得，求死也不能的啊！

保姆又去报告，不久就把林之洋放下来。从此，他心灰意冷，任凭他们摆布，就像个"活死人"似的。宫女们为了早点把他的脚缠小，讨国王欢心，每天都用力狠缠，根本不管林之洋的死活！

慢慢的，林之洋两只脚上的血肉都腐烂、化脓，全烂光了，只剩几根骨头，看起来又瘦又小，头发天天擦香油，擦得又黑又亮，每天洗香料热水澡、抹香粉，全身又白又香，两条粗粗浓浓的眉毛，也修得细细弯弯，再涂上口红，戴上首饰，确实像个美人！

这天，国王接到报告，亲自来看，越看越高兴，笑着说：

"这样一个美人，当初却穿了男装。如果不是我看出来，岂不太可惜了！"

拿出一副珍珠项链，亲自替林之洋挂上，又将林之洋从头到脚，上上下下，左看右看，摸手摸脚。林之洋真是又羞又愧，只恨不能死！

国王当时就选了好时辰，决定第二天娶林之洋进宫，正式封为王妃。同时下令释放监狱中的囚犯，要全国人民一起庆祝。

林之洋一直抱着一线希望，想唐敖、多九公会设法救他，现在知道明天就要进宫，最后的盼望也落空了，想到妻子和婉如，她们怎么办？从此再也见不到面了，心里像刀割一般，泪水反而流不出来。再看看自己两只脚终于被折磨成残废，走一步路都要人扶，为什么会落到今天这种地步？实在想不明白，一向乐观开朗、热忱风趣的林之洋，到了这个时候，也只有走一步算一步了！

第二天一大早，一大群宫女来为他化妆，把脸上汗毛绞干净，梳头、涂粉、抹胭脂。两只脚穿上高跟大红鞋，头上戴了凤冠，全身叮叮当当挂满首饰，香粉、香水，全都齐备。吃过早饭，女儿国其他各位王妃都来道贺，人来人往，闹哄哄一直乱到下午。几个宫女提着珠灯走来行礼说：

"时候到了，请娘娘上花轿。"

林之洋真是万念俱灰，任凭人家把他扶上轿子，来到皇宫大殿，到处灯烛辉煌，女儿国国王已在等候，各位王妃也都陪在旁边。刚行了礼，忽然听到皇宫外面吵吵闹闹的声音清清楚楚传进宫来，好像有成千上万的人，在大喊大叫，国王吓得心口发慌，不知怎么回事。

十九、一意孤行

原来这正是唐敖的计策。

自从林之洋失踪之后，唐敖、多九公没有一天不从早到晚各处寻访，就是没有一点儿消息。眼看已过了好多日子，大家心急得像火烧一样。

这天，唐敖跑了半天刚回船，正在安慰吕氏和婉如，多九公满头大汗走进来，一进来就说：

"今天终于知道林兄的下落了！"

一句话没说完，吕氏赶忙追问：

"我丈夫现在在哪里？平安无事吧？"

"我到处问来问去，好不容易今天问到他们国舅府中的人，才知道林兄原来被国王看上，留在宫里，要把他的脚缠小，然后就封为王妃。如今已选了明天成亲啦！"

吕氏一听，又惊又急，当下晕倒不省人事。婉如哭着把母亲救醒，两人一起痛哭。吕氏哀求道：

"妹夫、九公，救我丈夫的命！"

多九公说：

"我刚才已经求国舅代我们向国王禀告，情愿把全船货物全部贡献，只求能赎回林兄。可是，国舅说国王已经定了日期，绝不能更改。我实在没有法子，才赶回来，大家商量看看能不能想出什么计策。"

十九、一意孤行

唐敖说：

"时间这么急迫，偏偏今天才打听到确实消息。谁猜得到林兄居然被扣留在皇宫里？难怪一点儿风声也漏不出来。现在没有办法，只有赶着写几张投书，把事情经过说明白，送到他们各个机关衙门去，希望能有好心正直的大臣敢出来劝谏国王。这也是死中求活，成不成功，实在不知道。"

"妹夫这个想法不错，他们这么大一个国家，做官的那么多，难道就没有几个好心人？请妹夫赶快就写，早点投送！"

唐敖立刻取纸笔，写了稿子，然后和多九公、婉如、兰音，分别赶抄，连饭也不吃就去各衙门投送。谁知每个衙门的官，看了投书，都是一样的回答：

"这不关我们的事！你们到别的机关试试看！"

一连跑了十个地方，全是如此，可见女儿国的官府都是打太极拳、推脱的高手！可怜唐敖、多九公饿着肚子一直奔走不停，眼看已经天黑，衙门都休息了，只好回船。吕氏听到这种情形，跟婉如足足哭了一夜。唐敖听着哭声，又急又痛，瞪着眼睛等天亮，拼死想法子。

天一亮，唐敖、多九公又进城来，只听见到处有人说："今天国王娶新王妃，监牢里的囚犯都放了，各衙门的官员都进宫去道贺。"唐、多二人像被兜头泼了一盆冷水，连心都凉了。多九公长叹说：

"这还有什么法子，只好回船去喽！"

"大哥和我就像骨肉手足一样，这些日子，真不知他是怎么挨过的！他一定天天盼我们去救，偏偏我们一点儿办法都没有，我心里真痛得难受。现在如果回去，嫂子和婉如不知要伤心成什么样子，暂时还是先别回去吧！"

多九公点点头。两人信步乱走，也不知要到什么地方去。忽然看见路边一个算命摊子，唐敖无可奈何，抽了根签，让那算命的看看。那人算了半天，抬起头说：

"这卦中本有婚姻的喜事，可是，结果虚而不实，不能成功。不知两位大嫂问的是什么事？"

"我问这件婚事会不会成，这个人现在遭受危难，究竟逃不逃得出来？"

"刚才我已经说过，婚事虚而不实，绝不能成功。这个人灾难已满，很快可以有救，但要真正逃脱，还要十天左右。"

唐敖付了钱，拉着九公走了一段路，才说：

"既然有救，为什么又要再等十天？"

"算命的话，奇奇怪怪，实在不太明白。"

只见远远有队挑夫，挑着几十担礼物，都罩着锦缎。九公连忙问路边的人，原来是国舅送去给新王妃的贺礼。唐敖和九公垂头丧气，看看天色不早，只好往回走，一路上遇见很多刚放出来的囚犯，还穿着囚衣，但人人满面笑容。唐敖想：大哥这么好的人，难道就真的没有法子救他吗？上天也实在太不公平了，为什么偏偏会遇到这不讲理的国王？女儿国真是一个不吉利的地方。

不知不觉又走到上次贴布告的街上，因为河床淤塞，酿成水灾，老百姓年年受害，国王和各级官员都束手无策，只好贴布告征求能治理河道的专家人才。唐敖又看到这张布告，心情和上次大不相同，猛然低头，想了一下，走上前去，就把布告撕下来。九公不明白唐敖的心意，当着这么多人，又不能阻拦，只好站在一边。看守布告的人员，见唐敖撕下布告，就走上来问道：

十九、一意孤行

"你是哪里来的女人？布告上写的是什么？你明白吗？"

这时，街上老百姓，不论老的少的，已经围了一大堆，因为这件事和他们每个人都有切身关系。唐敖看到人越聚越多，大声说：

"我姓唐，是中国人。治河的事，我们中国人最擅长，如今看见你们国王的布告上说，年年水灾，人民受害，特地来帮忙你们解除大患！"

围观的人，有很多已经跪在地上，只求中国来的大贤人发慈悲，救救他们！唐敖知道机会不能错过，接着说：

"各位请起来。只要你们答应我一件事，立刻就可以开工，用不着这么客气。"

"不知贤人要我们答应什么事？"

"你们国王要娶的王妃，是我的内兄，被国王强迫扣留下来。只要大家一起到皇宫前要求，让国王放他回来，我立刻开始治河。如果你们国王不看重人命，那我只好什么都不管了！"

唐敖说话这段时间，群众越聚越多，已有人山人海的趋势，一听完他的话，大家不约而同，齐向宫门涌去，那看守布告的官役，也赶快去回报长官。

多九公这才抓到机会，悄悄在唐敖耳边问：

"你真的会治河吗？"

"我又不是河工，哪里懂得治河？"

"为了救大哥，我不得已才冒这个大险。因为实在已经没有任何法子，只好让他们老百姓去逼他们的国王。反正，只要能拖过今天迎娶的日子，让国王改个日期，我们也好设法。这河道的事，我以前也大略看过一些书，只是没有实际经验，到时候看了他们的河床的情形再说吧！"

多九公皱着眉头，无话可说。

过了不久，官府准备了车马来迎接唐敖，到了客栈，已有一席酒菜等着招待他们，唐敖、多九公整整一天没吃东西，姑且饱饱吃一顿。饭后，多九公回船一趟，把经过情形告诉了吕氏、婉如，请她们安心。再赶回客栈，陪伴唐敖，等候消息。

女儿国的人民，多年来因洪水为患，每逢水涨的季节，田园房屋受害，无法安居。现在听到唐敖的话，想到可以从此永除水患，大家都唯恐唐敖不肯帮忙，一下子聚集了几万人，全挤到宫门前，七嘴八舌，喊声震天，这就是女儿国国王听到的喊声了！

国舅见情况不妙，立刻进宫朝见国王，国王叫王妃们先退下，传国舅进宫，问他外面究竟发生了什么事。国舅年纪已五十岁，有很丰富的行政经验，知道这件事很难处理，他对国王说：

"有个中国妇人揭了布告，说能修治河道，免除水患。说不要金银财宝做酬报，只要国王放回他的亲戚，这亲戚就是国王今天新娶的王妃。现在有数万百姓聚在宫门口，请求国王以天下苍生为重，放了王妃回去，以便早日动工。"

国王说：

"我已娶了王妃，怎可更改。要知道我们国内，从来没有离婚这回事的。"

"我已把这层道理，向大家再三说明，可是百姓说，王妃今天还没有正式娶进宫，要求国王开恩。"

国舅知道"众怒难犯"，这么多人一旦闹起来，事情会不可收拾，再三恳求国王，可是，这女儿国国王就是不听，虽然明知是自己不对，却不肯认错，也舍不得林之洋。听见宫门外闹声越来越大，忍不住发怒，下令道：

十九、一意孤行

"派十万军队,带着大炮,出去镇压!"

军队立刻奉令出动,只听四面枪炮声,震得山摇地动,但百姓却不肯退。大家说:

"反正死在洪水之中和死在枪炮之中,没有多大差别!"

国舅恐怕伤人太多,会酿成大祸,赶快下令军队停火。自己出去对百姓说:

"你们回去休息,我一定把唐先生留下来为大家修治河道。明天你们到我家中来听消息,现在赶快回去吧!"

有了国舅的保证,群众这才渐渐散去,军队也都撤回。

二十、浚河治水

唐敖和多九公在客栈等到夜深，一直没有确切消息，急得一夜睡不着觉。

第二天一大早，国舅上朝去见国王，国王却避不见面。国舅知道，老百姓已经全聚在自己家门口等候回话，没有得到国王的承诺，根本不敢回家。又怕唐敖撒手不管，开船走掉，一面派人加强看守城门，一面送了很多酒菜鱼肉去给唐敖，一心要留住他。

谁知，第三天早晨，国王反而先来叫国舅去见，一进皇宫，国王就问：

"那个说会治河的中国妇人还在不在？"

"现在住在客栈，如果国王不答应他的请求，大概今天就要走了！"

"他如果真能治河，我为天下百姓着想，可以放王妃回去。但是，要先把水患治好才放。"

国舅听了，满心欢喜，连忙行礼退下，立刻到客栈来见唐敖。心中一直在想：国王究竟为什么改变了心意，始终想不明白！

国舅和唐敖相见之后，把事情经过大加掩饰，他说：

"你的亲戚到皇宫中售货，不幸患了重病，只好留下休养，现在还没有复原，只要他身体康复，立刻就送回船上。至于说被封为王妃的事，完全是小民乱说的谣言，唐先生千万不可相信。"

唐敖知道在官场中做官的人，往往都有这种睁着眼说瞎话的本

二十、浚河治水

领,也不争论,只要林之洋能放回来,随便他们怎么说都没关系。

国舅接着说:

"关于治河的事,不知唐先生有何高见?"

"贵国河道的情形,我还没有去实地看过,不敢随便乱讲。不过,当初我们中国最擅治水的大禹,却是采取'疏通'的方法。所谓'来有来源,去有去路',让所有的水各归河道,流得顺畅,自然就没有水灾了。不知国舅以为如何?"

国舅不断点头:

"唐先生说的这'疏通'的道理,实在高明。明天我就陪您去看河床的情形。"

等国舅走了之后,多九公才开口问唐敖:

"真是奇怪!难道林兄并没有被娶进宫去吗?听这口气似乎只要水患治好,他就可以放回来了!"

"大概老百姓这一闹,国王也有点害怕,只好让步了吧!"

"说到治河这件事,我真有点担心,如果出了差错,不但林兄放不出来,我们也不知道会遭遇什么事故。唐兄,你究竟预备怎么做呢?"

"我想,河水会泛滥成灾,大概总是因为河道淤塞的缘故。只要把河床尽量挖深、挖宽,水源处、出口处都加以疏通,应该就不会泛滥了。"

"既然像你说得这么容易,难道他们国中的人就想不到吗?"

"我昨天向客栈中的人打听了一下,原来,他们这个地方铜铁产量极少,国王怕臣民造反,又一向不许用利器,有钱人家用银刀,一般人家都用竹刀,所有铁锄、铁铲之类挖掘的工具,连听都没听过,更别说用了。九公,像这种情形,你说那河床的淤泥还不越积越厚吗？"

"原来如此！好在我们船上带有生铁，唐兄，你明天先画出工具图样来，教他们打造，看来治河的事大有希望。听你这一讲，我放心多了。"

第二天，国舅果然守约而来，陪唐敖去看河道，一连勘察了两天。回到客栈后，唐敖说：

"国舅大人，我这两天仔细看过贵国这条大河的情形，确实是因为没有疏通而造成灾害的。两边河堤，高得像山一样，而河床又高又浅，简直像个盘子，根本容不了多少水。每年水涨的时节，老百姓唯恐河水泛滥，只顾加高堤防。到了水少的时候，又不知道想法挖掉淤泥，疏通河道，下次水大，又会再泛滥成灾。年年如此，河床越来越浅，也越来越高，一旦酿成水灾，大水从高处向四面流下，平地全被淹没，灾区不断蔓延。现在要治水，最彻底的办法就是把河床挖深，河道疏通，这样容水量既多，水又流得顺畅，自然就平安无事了。"

"唐先生说得再明白也没有，真是高明！只求早日动工，不但全国百姓可以保全性命，我们国王也一定感激不尽。只是，要挖淤泥，不知贵国向来使用什么工具？可不可以说明一下？"

"敝国使用的工具，各式各样，种类繁多。贵国既然铜铁产量稀少，我只好帮忙帮到底，用我们船上带来的生铁打造工具。不过，挖掘河道时挖出的泥土，也要好好处理，必须有足够的人手，人手越多，工作越快，不知贵国能一下聚集数十万人吗？"

"唐先生尽管放心，人手绝无问题。敝国水患，为时已久，人民受害太深，听说唐先生肯主持这件大事，全国上下，没有人不愿

二十、浚河治水

出力,何况朝廷还发工钱,供给伙食,大家一定争着来做工!"

"你们这里的河道,泥沙之所以会淤积得这么厚,还有一个原因:在淤泥通过的地方,河道要直,河面要由宽变窄,这样水势奔腾,淤泥自然就冲刷而去。你们这里的情形却刚好相反,不但河道处处弯曲,而且由窄变宽,水势散漫无力,淤泥当然冲刷不掉,越积越多。这也是要加以修治的地方。"

"唐先生,听您一席话,真是胜读十年书。不知选在哪天开始动工?我也好让各级官员,先做准备工作。"

"先要造好器具,然后就可以开工。明天请多派些工匠来,立刻就炼铁,打造工具。"

国舅连声答应,又谈了一会儿,告辞而去。

唐敖连夜画好工具图样,又托多九公负责监督,把船上的生铁运来。第二天早晨,工匠齐集,开炉打造。女儿国这些工匠全是女人,虽然力气不很大,可是心思灵敏,手艺也巧,一听就懂,一教就会,大家同心合力,都想早日治好水患,所以只三天的时间,应用的工具就都差不多齐备了。

唐敖来到河边,把河床分了段落,先筑起临时性的土坝,把第一段河床中的水,车到第二段去,开始动工挖深第一段河床。然后,把土坝弄倒,把第二段的水放入新挖深的河床中,再挖第二段。就这样,继续不断,尽量深掘,到了后来,挖出的泥土,要用滑车吊下竹筐,装满土,再吊上来。虽然很费力气,可是,女儿国的人民,年年受水灾之苦,已经到了"谈水色变"的地步。现在,有了根治的办法,全国可以出力的人,几乎都来参加,一面挖深河道,一面把所有支脉水路,也都加以疏通,希望"一劳永逸",从此不再有水患。唐敖为了早日救出林之洋，也是唯恐不能成功，不分昼夜，每天辛苦监督、指导。女儿国的人，看见他这样认真，尽心尽力，都感动得不得了，大家商量，要为唐敖盖一座庙，永远纪念他。

二十一、太子出奔

　　唐敖治水的事,皇宫中也有很多人在说,林之洋终于也晓得了,他只盼望妹夫早日成功,他也就可以早脱牢笼。原来女儿国国王之所以答应唐敖的要求,一大半还是因为林之洋下定决心采取"不合作态度"。

　　林之洋在成亲那天晚上,想到失去自由的这段日子被国王下令缠脚、穿耳、倒吊、毒打,种种侮辱,真是生不如死。他恨国王的狠毒,越想越气。虽然灯光之下,看那女儿国国王确实温柔美丽,但林之洋总觉得她有一股杀气,像刀子一样。所以,无论国王说什么,林之洋都不理不睬,接连两天晚上,都是如此。国王费尽心机,结果竟是如此,当然气得要命,可是,想到国舅说治河的人一定要以林之洋作为交换条件,也不敢真的杀了他,因为水患确实是女儿国多年来的大灾祸。想来想去,终于决定:留下林之洋。看他这副死相,实在扫兴,干脆答应唐敖的要求,也顺从百姓的愿望。

　　林之洋这才又独自搬回原先的小楼居住,不用再缠脚、擦粉了。可是宫女们知道国王已不要他,也不来招呼,往往连茶、饭都吃不到。不过,林之洋觉得没人理睬,反而自由自在,饿一顿两顿,一点儿不在乎。只是想念妻子、女儿,又想早日回故乡,每次一想,就忍不住要流泪。这一天,林之洋正独坐发呆,忽然女儿国年轻的太子上楼来,向林之洋下跪行礼说:

　　"听说唐先生治河十分顺利。一旦完工,父王一定会送母亲回去，请母亲放心。"

林之洋这些日子对女儿国皇宫中的冷暖炎凉，感受深切，想不到太子居然会来看他，还这么关心、有礼，忍不住眼泪就要夺眶而出。他连忙扶起太子说：

"如果我真能骨肉团圆，一定不忘记太子的好意。希望我妹夫大功告成的那天，能来告诉我一声。更求太子在国王面前帮我说好话，早点放我回去，你就是我的救命恩人了！"

"母亲不要难过，我再去打听，一有好消息，立刻就来禀告。"

从这天开始，太子一直照顾林之洋的生活所需，而且常常告诉他外面的消息，林之洋感激得很，觉得女儿国皇宫中，毕竟还有这一个好人！

林之洋在皇宫中数着日子，盼望唐敖早日成功，算算差不多已将近一个月了，两只受尽折磨的脚，也慢慢不再疼痛，可以自由行走，但是穿上原来的男鞋，却已经又宽又松。这天终于有了期盼已久的好消息，太子匆匆走上楼来，说：

"唐先生已经完成了整治河道的工程，今天父王亲自去看，十分欢喜。现在命令所有朝廷大臣，一齐恭送唐先生回船，同时赠送一万两银子，表示谢意，而且下令明天就送母亲回去。这些消息绝对不会错，母亲可以放心了。"

"太子种种关怀照顾，我永不会忘记，这些日子，真是多谢你了！"

太子看看楼上只有林之洋一人，突然跪下，流泪说：

"如今我马上就有杀身之祸，母亲如果还有一点儿顾念我的心意，请千万救救我。"

林之洋大吃一惊，连忙扶起太子，问道：

二十一、太子出奔

"你有什么大祸?快告诉我!"

"我从八岁就被父王立为太子,如今已有六年。不幸,前年母后去世,西宫王妃得宠,想让他的孩子将来继承王位,屡次设计害我,幸亏我小心谨慎,才能活到现在。可是,最近连父王也被他说得心动,越来越不相信我,越来越疏远我,眼看西宫母后的心愿不久就可达成。我此刻如果不远远逃走,一定难逃毒手。而且,父王这两天就要启程到轩辕国去,祝贺轩辕国王的大寿,朝廷中留下的全是西宫的心腹羽翼,我只要略有疏忽,便性命难保。母亲明天回船,如能带我一起走,实在是逃离虎口的最好机会,请您千万要发慈悲。"

"可是,我们中国的风俗和你们这里大不相同,太子如果到中国去,就要换穿女装,过平民老百姓的生活,怎么能适应得了呢?"

"我情愿改变服装,粗茶淡饭过活,只希望不要不明不白地被害死!"

"我带你一起走,万一被宫女发现,怎么办?不如你自己悄悄出宫,我们在船上等你,这样好不好?"

"不行啊!我没有事不能出宫,即使有事出宫,也一定有护卫人马跟随,哪里能悄悄到船上去?明天请母亲让我躲在轿中,就可以出宫了。"

"只要不被发现,一定遵命!"

好不容易等到天亮,国王果然下令准备轿子,送林之洋回船,同时又叫许多宫女为林之洋换上男人衣服,大家忙忙碌碌,整个楼上全是人。太子知道没有办法偷偷上轿出宫,心中焦急,两眼含泪,等到林之洋就要出发的时候,太子好不容易走到轿旁,悄声说:

"我的性命，全靠母亲拯救！我住的地方是牡丹楼，请不要忘记！"

林之洋在轿中听到太子说话的声音，哽咽发抖，心中十分难受。

唐敖、多九公早在前一天已由国王派了护卫护送回船，林之洋劫后余生，三人重见，都高兴得说不出话来。林之洋赶快进舱去见妻子、女儿，枝兰音也行礼相见，大家又悲又喜，好像在女儿国已不知经历了多少岁月似的，这一个多月以来，种种遭遇，想来真像一场噩梦，如今总算又重聚一室，林之洋也渐渐恢复本性，他先开口说：

"这回真是多谢妹夫。妹夫到海外来，原是为了游玩散心，想不到却成了我的救命大恩人。唉，真是想也想不到的飞来横祸啊！"

多九公说：

"谁说想也想不到？还记得上回在黑齿国，我们不是开玩笑说：万一女儿国的人把你留下，怎么办？林兄说，那就要靠你们去救我喽！看来林兄这场灾难，还是先有预兆的呢！"

"谁知道开玩笑的话，会当真实现？唉！真是倒霉，这都怪厌火国那群乞丐喷火烧了我的胡子，女儿国国王以为我还年轻，才有这场灾难。"

"大哥，你怎么走起路来这么慢？难道那个国王真的给你缠了小脚？"

"唉！不用再提，穿耳洞、缠小脚、擦粉……全套都来。这两只脚恐怕再也不能完全复原了，缠脚简直就是苦刑，实在太可怕了！"

二十一、太子出奔

吕氏安慰说：

"平安回来就好，不要再想，也不要再气了。我们赶快开船，离开这里吧！"

林之洋这才想起女儿国太子的叮咛，连忙说：

"不行，不行，还不能走！"

接着就把太子种种照顾，以及临走时恳切求救的事说了一遍。唐敖听了，立刻说：

"太子既有性命危险，我们当然应该想法子救她，何况她又对大哥这么好。而且，事情一定很紧急，不然，太子也不会想丢了现成的荣华富贵，远走他乡，去过苦日子。"

多九公也表示同意，说：

"以德报德，这是应该做的。但是，要怎么样才能救得出来，却要好好计划一下。"

"妹夫如果真有心帮忙，我有一个现成的好计策，除了妹夫，别人都没办法。"

"只要能够尽力，绝不推辞，大哥不要吞吞吐吐，快把计策说出来吧！"

"我想：妹夫吃过蹑空草，能够跳高，又服食了好多仙草灵芝，力气特别大。只要等到深夜，妹夫背着我，跳过宫墙，把太子找到，再一起跳出来，不是最快、最方便的法子吗？"

"皇宫那么大，太子住在哪里，大哥知道不知道？"

"我临走的时候，太子特地到轿旁悄悄跟我说她住在牡丹楼，我们进了皇宫，只找牡丹花最多的地方就是了！"

"那我今天晚上就和大哥去一趟，先看看情形再说。"

多九公到底年纪大，想得多，他说：

"你们两位见义勇为,奋不顾身,都值得敬佩,可是,未免太鲁莽了。请问林兄:既然是皇宫,外面难道没有兵役守卫?里面难道没有侍卫巡逻?你们有没有想过,冒冒失失跳进去,万一被捉到,怎么脱身?依我看,这种大事,实在不能这么轻率就下决定!"

唐敖知道林之洋一心想早点救出太子,就说:

"我们一定加倍小心,绝不敢轻率大意,九公放心!"

多九公看出他们主意已定,只好不再多说。

吕氏恐怕丈夫一去,又惹出祸事来,她再也受不了牵肠挂肚、苦思忧急地受折磨了,再三苦劝林之洋不要去,可是林之洋就是不听。

到了晚上,唐敖、林之洋都换穿了合身的短衫、长裤,林之洋还特地叫水手去买一双小一点儿的鞋子,因为他以前的鞋子现在穿起来都太松太大了。一切准备妥当,两人就出发进城,到了皇宫墙下。

等到深夜,四顾无人,唐敖背着林之洋,往上一跃,上了墙头,只听宫内巡逻的人敲着梆铃,正在轮班巡视,他们等侍卫走过,轻轻跳下,走不多远,又见一层高墙,唐敖又跳上去,像这样接连越过好几层围墙,已经到了皇宫内院。林之洋悄声说:

"前面那边牡丹花特别多,大概就是牡丹楼了,我们下去吧!"

唐敖跃入内院,林之洋也从他背上轻轻下来,刚刚站稳,谁知树丛中忽然扑出来几只猛犬,一面咬住两人衣服不放,一面大声狂吠,随着狗叫,立刻就有灯笼、脚步声向这边过来,唐敖看情形不妙,用力一撕,衣服破了,自己也乘机跳上了高墙。

二十一、太子出奔

大家赶来,只见林之洋一人被狗扑倒在地上,用灯笼对着他一照,其中有个宫中侍从说:

"奇怪!这不是国王新封的王妃吗?为什么这种打扮,深更半夜到这里来?快去禀告国王,不可怠慢!"

国王当时正在艳阳殿举行夜宴,见了林之洋,不觉心动,问道:

"我已叫人送你回去,怎么又自己回来了?"

林之洋实在无话可说,只有装傻发呆。

国王笑说:

"想来你还是舍不得宫里的荣华富贵。好吧!只要你把脚缠小,不再任性,自然不会亏待你!"

当下吩咐宫女把林之洋送回前次所住楼中,改穿女装,再缠小脚,仍派上回的宫女小心伺候,只等脚缠小,就来报告。

林之洋重回旧地,暗想:

"这次虽然又入牢笼,好在妹夫没有被捉到,他一定马上来救我。我先吓吓这些宫女,免得两只脚又要吃苦。"

于是,抬起头,对着那群宫女说:

"这次是我自己心甘情愿要进宫,恨不得早点把脚缠小,用不着你们动手,我自己会做。你们对我好,我将来也有好处给你们;你们对我使厉害,少不了也有我报仇的日子。只要我得了势,别说你们几个宫女,就是各宫的王妃,也不能不看我脸色!"

那些宫女听了这一席话,再想想当初折磨他、打他的种种情状,都怕林之洋记仇,一齐跪下叩头,求林之洋高抬贵手。林之洋说:

"我只管现在,不论从前,只要你们依我三件事,过去的一切,我全不计较。"

"不知娘娘有什么事？尽管吩咐，我们一定遵命。"

"第一件：缠脚、擦粉这些事，我自己动手，不要你们管，行不行？"

"遵命！"

"第二件：太子来和我说话，你们都要退下，行不行？"

"遵命！"

"这里房间很多，你们另外住一间，不和我同住，行不行？"

这回，众宫女都默默不言。

林之洋说：

"想来你们怕我一个人在房间里，半夜逃走？好吧！我住里面这间，你们就住外面那间，门窗由你们上锁，钥匙我也不要，这样总放心了吧？你们想想，如果我要逃走，今天又何必再来呢？"

大家听了，觉得很对，一齐点头答应。

这时夜已很深，宫女都困得很，把门窗上了锁，各人分头去睡，不久都进入梦乡。

林之洋独自在里间，静静等待。过了一会儿，听到窗上有人轻敲，连忙走到窗前，低声问：

"外面是妹夫吧？"

果然唐敖的声音传来：

"我跳到墙上，看见你被带走，一直等着。又看见你被送到这座楼上来，我也跟来，现在大家都睡沉了，你赶快开门，跟我走吧！"

"不行啊，窗门都上了锁，开不了，一旦用力弄破，他们全会惊醒，以后就更难逃走了。妹夫，我明天和太子商量一下对策，你只看晚上我这楼挂出红灯，就来救我们。现在快回去吧！"

二十一、太子出奔

唐敖想了一下，答应一声，自己走了。

第二天，太子听说林之洋又回来了，便赶来探望。林之洋叫宫女都退下，把事情经过对太子说了一遍。太子感激得泪水盈眶，低头想了一会儿，说：

"事情很巧，明天刚好是我生日，只要设法把宫女调开，就可以走了。"

两人商量妥当，太子告辞而去。次日黄昏，太子派人来请林之洋这里的宫女去牡丹楼中吃寿酒。大家一听太子赐宴，便欢欢喜喜争着去，林之洋故意说：

"既然太子有这番好意，干脆你们大家都去吧！反正我现在也没什么事要你们做！"

宫女感谢不尽，一齐走了。太子趁大家都在别室吃得高兴，悄悄来到林之洋这边，两人开了楼窗，挂出红灯，立刻从屋外跳进一个人，太子知道是唐敖，连忙行礼。唐敖赶快把她扶起，林之洋介绍两人认识，唐敖说：

"现在不是说话的时候，我们快走吧！"

他把林之洋背在身上，再抱起太子，用力一跃，上了墙头，接连翻过几道高墙，幸好没有再遇猛犬，平安到了皇宫外面，这才放下太子和林之洋，三人急急忙忙赶路，回到船上。多九公一见他们回来，立刻动手开船，终于离开了女儿国。

二十二、轩辕大会

　　太子这才放心，和吕氏、婉如、兰音相见，几个女孩一见面都有故交重逢之感，十分投合，婉如帮太子换穿了女装，秀雅出众，实在是个美丽高贵的小姐！九公问太子的姓名，她说叫阴若花。

　　唐敖一听这个名字脑中轰然一声，好像顿时悟出许多事！自己低头沉思：

　　"当初在梦神观，那位老神仙说有十二名花，谪降人间，飘零海外，要我细心寻访，加意照顾。可是，一路上，虽然到处留意，到今天也没看见什么名花。反而遇到这些女孩子，人人都以花木为名；像妩儿小名叫蕙儿，还有黎红薇、卢紫萱、廉锦枫、骆红蕖、魏紫樱、尹红萸、枝兰音、徐丽蓉、薛蘅香、姚芷馨，简直没有一个例外，而且她们都貌美如花，遭遇堪怜，如今又有这个阴'若花'，难道所谓十二名花，说的就是她们？整个事情，虽然奇怪，冥冥中似乎确有神明，引我走了这一趟路！"

　　唐敖自己想心事，那边阴若花已认了林之洋做义父，吕氏为义母。虽然一切变化如此之大，但有婉如、兰音做伴，她相信自己慢慢会习惯女儿身的新生活！

　　经过这次多灾多难的女儿国事件，林之洋、唐敖、多九公三人空闲下来，忍不住把种种细节，又提出来谈论。林之洋说：

　　"这回的遭遇，让我明白了很多道理。不管花容月貌、美酒佳肴、金银珠宝、荣华富贵，只要不动心，无论怎么样都影响不了

二十二、轩辕大会

我。还有那些毒打、倒吊、穿耳、缠脚的苦刑,也能忍受得住,只要心里还有希望,无论如何是死不了的。"

九公笑道:

"林兄真能把这些都看破,将来很可能会成神仙!"

"九公说得不错,可惜从来没见过缠脚的神仙,只听说有赤脚大仙,将来大哥说不定就成了缠脚大仙呢!"

唐敖也说起笑话来了,三人似乎又恢复了当初的情景。然而,这些日子,唐敖心中一直在回想自己生平种种遭遇,林之洋的话更让他有很深的领悟:一切身外的东西,看得重的时候,真可以沉迷陷溺,一往不悔;可是一旦能够不动心,就什么都影响不了,完全看一个人怎么想、怎么做了。

在海上又走了好些日子,这天,远处忽然现出万道彩霞,霞光中隐隐约约有座城池。多九公看看罗盘、海图,对唐敖说:

"唐兄,前面就是轩辕国,这是西海第一大国,我们可以好好畅游几天!"

到了岸边,停好船,林之洋脚伤也差不多好了,自己上岸售货。唐敖和多九公下船一看,远望那城墙就像山岭一样,气势雄浑,和一路上所见城池大不相同。唐敖问:

"要走多远才能进城啊?"

"前面好像有座玉桥,过了玉桥,再穿过梧桐树林,大概就快到了。"

唐敖一进梧桐林,只见到处都是凤凰,飞来飞去,全身彩羽,映着阳光,美丽夺目。唐敖高兴得很:

"怪不得古人说:'轩辕之邱,鸾鸟自歌,凤鸟自舞。'果然一点儿不错。"

刚说凤凰会跳舞,前边就飞来一对凤凰,一上一下盘旋飞舞,唐敖看得呆住,不想走了。多九公说:

"唐兄,这里的凤凰就和别处的鸡鸭一样,到处都是,包你看不完。我们快往前走吧!"

走出梧桐树林,渐渐已有行人,原来轩辕国人全是人头蛇身,一条蛇尾巴高高盘在头顶上,他们穿衣戴帽,和中国很相似,举止态度十分文雅。走进城来,看城中街道都有十几丈宽,街边商店中摆了好多凤凰蛋出售,就像别处卖鸡蛋、鸭蛋一样。街上熙来攘往,非常热闹。

忽然听到有人大声吆喝,叫行人让路,大家都向两旁闪开,只见有个侍从打扮的人,举着一柄黄罗伞,伞上写着"君子国"三个大字,伞下一位王者装扮的人,身穿红袍,头戴金冠,腰佩长剑,相貌威严,骑的是只有花纹的大虎,身后许多随从。这一队刚刚走过,紧跟着又有一柄黄罗伞,上写"女儿国",伞下正是那位要娶林之洋的国王,只见她面白唇红,眉清目秀,头戴雉尾冠,身穿五彩袍,骑的却是一头大犀牛,也有许多随从,浩浩荡荡过去。

唐敖、多九公看了半天热闹,这时,不禁觉得奇怪。唐敖说:

"君子国、女儿国,两位国王都忽然来到轩辕,不知是什么缘故,难道他们都是轩辕的属国,前来朝贺的吗?"

"不对,他们各自称王,并没有臣属于轩辕,也许是敦睦邦交,前来拜望拜望。"

"不大可能。我记得,到海外我们首先经过的就是君子国,其次是大人国、淑士国……一直走了九个多月,才到女儿国,路途这么遥远,纯粹只是来拜访,恐怕太劳师动众了。"

"我们因为要做生意,走的并非直路,路上又有耽搁。他们直

二十二、轩辕大会

接来轩辕，绝对费不了太多时日。可是，究竟为什么事情来呢？我要去打听打听！"

多九公始终改不了好奇好问的老脾气。过了一会儿，高高兴兴回来对唐敖说：

"这回来得真巧，刚好赶上热闹。原来这轩辕国王也是黄帝的后代，确有圣人之风，和各国邻邦，都和睦相处，看见人家有急难，一定帮忙，两国有争端，他也代为调解。因此，免除了好多次战争，少死了成千上万的百姓。今年刚好是他一千岁的大生日，除了全国上下一起庆贺，远近各国国王也都赶来祝寿。明天就是寿诞的日子，皇宫内外大摆宴席，任凭百姓进出，我们正好去看看这次盛会。"

唐敖听了，也很欢喜，他问：

"不知九公晓不晓得这轩辕国国王为什么能享千岁的高寿呢？"

"据说，轩辕人，短命的也要活八百年，一千岁大概还算不了高寿！"

"这样说来，这里的人，不是神仙，也和神仙差不多了！记得书上记载，当初黄帝骑龙上天，好多小臣想跟着去，紧紧攀住龙须不放，结果都掉下来。现在想来，真是好笑，如果凡心未退，即使能跟上天，还是成不了仙；如果真能不动心，要成仙又何必一定要上天呢！"

"唐兄既然这么说，是否已经能够不动心？"

"也差不多了！"

"哈哈，唐兄又说笑话了！"

两人谈谈说说，不觉已到皇宫，先看见一座牌楼，霞光四射，高耸入云，牌楼后面，有扇金门，过了金门，就是一座高达十余丈的大宫殿，上面三个大字写着"千秋殿"，四面亭台楼阁环绕，到处不断传来各种音乐演奏的声音，也有剧团在表演戏剧。唐敖很想看看轩辕国王的模样，向千秋殿走过去。只见一对像凤凰的大鸟，正婉转和鸣，鸣声五音俱全，好像乐器演奏一样，好听极了。这两只鸟身高约有六尺，尾巴却长一丈，全身翠绿羽毛。唐敖说：

"怪不得古人说鸾鸣即'鸾歌'，这两只青鸾的鸣声真比唱歌还好听呢！"

两人挤入人群中，走入宫殿里面。大殿又深又广又高，上面坐了好多奇形怪状的人，都是海外各国的国王。正中间主人席位上坐的轩辕王，头戴金冠，身穿黄袍，后面一条蛇尾巴，高高举起，盘在金冠上。看见轩辕王，再看其他诸王，大部分都没见过，甚至有从来没想过会有的怪人。唐敖越看越奇，挤在人丛中，和九公悄悄谈论。

"这些国王，真是什么奇特模样的都有，我看得眼花缭乱，头都昏了。请问九公，那边有个长头发、脚一直伸到殿中间约有两丈长的，是什么国家的王？"

"哦！那个呀！他是长股国国王，长股国又叫有乔国，我们中国的踩高跷，就是模仿他们的样子。长股王旁边那位，一个大头、三个身体的是三身国国王；三身王对面那个两个翅膀，人面鸟嘴的，是驩兜国王。驩兜王左边那个身长三尺，一个大脑袋的矮子是周饶国国王，他们最善于制造飞车。旁边那个脸上三只眼睛，只有一只长手臂的是奇肱国国王，奇肱王右边三个头、一个身体的是三首国国王。"

多九公真不愧见多识广，唐敖才只问了一句，他已经滔滔不绝把座上列王一一介绍出来，唐敖听到这里，忍不住说：

二十二、轩辕大会

"那边一位三个身子一个头，这边一位三个头一个身子，他们也许彼此都在羡慕对方呢！"

就在这时候，忽然听到有人叫他们，回头一看，原来是林之洋来了，他听说皇宫中有酒、有戏，也赶着来凑凑热闹，多九公、唐敖见了林之洋，又看看座上的女儿国国王，都向这位倒霉的"王妃"开起玩笑来。

"林兄啊，你还是躲远一点儿比较安全。只怕你丈夫看见你把脚放大，到处乱跑，丢他的脸，一生气，又叫保姆打你板子哦！"

"大哥是我妻舅，女儿国国王又是我妻舅的丈夫，这笔账怎么算？我应该称她什么呢？"

"你看殿上那位厌火国国王的大嘴巴，又在冒火花了，林兄，胡子要小心，才留了没几根，不要再被烧掉，露出一张白脸，等下又被人抢去做王妃啦！"

林之洋被他们两个人一人一句，简直招架不住，赶快转移话题，说：

"九公，先别开玩笑，你听那智佳国国王居然一直称呼轩辕王叫'太老太公'，这是什么关系？简直搞不懂。"

"智佳国人向来短寿，大多只能活四五十岁，如今轩辕王已有千岁，算起来和智佳国国王二十代以前的祖宗就有交情，你说，智佳国国王怎么称呼？只好想出'太老太公'这个怪名词来。幸好今天大家来祝寿，都说轩辕话，和我们中国话很相似，只要仔细听，都可以听懂，我们就来听听这些国王的闲话吧！"

只听座上的长臂国国王向长股国国王说：

"我同王兄配在一起，刚好是最好的渔翁。"

长股王说：

"这是怎么说?"

"王兄腿长两丈,我臂长两丈,如果王兄把我背在肩上,到海中捕鱼,你腿长,不怕水淹,我臂长可以往深水处捉鱼,岂不方便?"

"哈哈,我把你背在肩上,可实在有点太重啦!真亏你想得出来!万一大风大浪袭来,我往哪里躲呢?"

翼民国国王插嘴说:

"聂耳王耳朵最大,你就躲到他耳朵里去好了!"

结胸国国王说:

"聂耳王耳朵虽然大,可是他近来耳朵软,喜欢听谗言,常常误了大事,不太妙哦!"

穿胸国国王说:

"据我看,最好是躲在两面王的头巾底下最安全,谁都看不见!"

毛民国国王说:

"他头巾底下已经有张凶脸,两张脸已经叫人摸不清楚,难以防备了,怎么能再添一张?我们可吃不消喽!"

两面国国王立刻反击说:

"那边正有一位三首王,他就有三张脸,毛民王兄怎么不怕呢?"

大人国国王说:

"三首王兄的确有三张脸,但即使再多几张,也没关系,因为他喜怒哀乐,所有表情,全摆在脸上,大家看得明明白白,一点儿没法装假。可是,两面王兄,你却是对着人一张脸,背着人又是另外一张脸,变化无常,捉摸不定,别人都不知道你究竟是好意还是恶意，怎么能不怕？"

淑士国国王看看席上气氛已不太融洽，连忙打岔说：

"我偶然想起中国有部书，是夏朝人写的，晋朝人做的批注，偏偏忘了书名。记得书上有段批注说：'长股人常驮长臂人入海取鱼。'刚才长臂王兄说的话，真像从这本书中引用的典故一样，太凑巧了！"

元股国国王说：

"这本书我从来没听过，不知写的是什么？"

黑齿国国王说：

"我也看过这本书，书名叫《山海经》。书中记的事奇奇怪怪，包罗万象，大约诸位王兄的家谱都写上去了！"

歧舌国国王说：

"提到家谱，我一直有个问题，当初不知为什么叫我们'歧舌'国？还有人叫我们'反舌'国，歧舌已经够讨厌，反舌更荒唐。听说中国有种鸟，名叫反舌，居然把我们比作鸟，不知什么缘故？"

无继国国王开玩笑说：

"据说那种反舌鸟，只要一到五月，就不会叫了，如今已是十月，王兄还照样能说能讲，可见和反舌鸟绝无关系。"

君子国国王说：

"其实，名字相同的事事物物，本来不少，例如中国古时蜀王望帝名叫子规，如今杜鹃也叫子规，又有什么妨碍呢？歧舌王兄不必介意！"

歧舌国国王说：

"可是，这名字实在不雅，我想请诸位替我想想，换一个字。"

长人国国王说：

"王兄的国名干脆改做'长舌'国,和我们长人国算做本家兄弟之邦,岂不很好?"

歧舌王连连摇头说:

"这怎么可以?贵国人人身长,所以叫'长人',我们国家的人又不是长舌头,怎么能叫长舌?真是开玩笑!"

毗骞国国王说:

"王兄如果肯把贵国的音韵之学传授给我,我一定帮你想个好名字,如何?"

"这可不行,万一被老百姓知道,我岂不是立法又犯法了吗?"

伯虑国国王无精打采地坐在一边,听了半天,这时开口说:

"真羡慕诸位王兄精神奕奕!我终年生病,俗事又烦,精神老是不够用,近来更觉得简直像废人一样。真不明白为什么偏偏敝国人都短寿,譬如我,还不到三十岁,已经衰老成这个样子,看女儿王兄,年纪比我大,却如此青春年少,不知有什么养生秘诀,能不能指教我一点儿?"

女儿国国王说:

"王兄真会说笑话,我哪里有什么养生秘诀?"

厌火国国王说:

"伯虑王兄只要把心放宽,少忧虑,不要熬夜,该睡就睡,该起就起,也就是养生最好的方法了!"

劳民国国王说:

"敝国人每天跑来跑去,忙忙碌碌,没有一刻空闲,反而不知什么叫忧愁。到了晚上,头刚放到枕头上就呼呼大睡。大家平时多半无灾无病,也能活到一百岁。"

轩辕王说:

二十二、轩辕大会

"可见劳心和劳力,毕竟是大不相同。"

犬封国国王说:

"伯虑王兄身体既然不大好,精神又不济,为什么不弄些好吃的东西来调养调养?说起来,我平生别无所好,就是喜欢讲究饮食,享点口福。今天吃这几样,明天吃那几样,把吃当作一件功课,每天用心想,自然想出许多好吃的东西来。我认为与其用心机在别的事情上,不如乐得嘴上快活,最有意思。"

伯虑国国王说:

"可惜我对吃一点儿也不懂,实在没办法。"

"这有什么困难?王兄如果有兴趣,我就到贵国去一趟,指点一下你的厨子,包管不到一年,佳肴美味,就层出不穷啦!"

大家正谈得热闹,林之洋、唐敖、多九公因为想听得清楚一点儿,一直往前挤。谁知女儿国国王一眼看见了林之洋,见他立在众人之中,修长白皙,真像鸡群一鹤,不禁呆呆看得出神。诸王见他发呆,也都朝林之洋这边看,那位深目国国王更手举一只大眼,对准林之洋,简直目不转睛,聂耳王将两只大耳朵乱摇,劳民王看得身体不住乱晃,无肠国国王、跂踵国国王也都踮起脚尖细看。林之洋被大家看得受不了,赶快拉了多、唐二人,挤出宫外。多九公一出来,就笑着说:

"看今天这个样子,不但女儿国国王忘不了林兄,就是座中诸王也都恋恋不舍哪!"

说得林之洋满脸通红,又好气又好笑。

他们在轩辕国玩了好几天,林之洋带的货物也卖得差不多了。这天有艘从中国开来的商船,带来了一封唐敖老师尹元托交的信。唐敖高兴得很,拆开一看,信上说尹元离了元股国,带着尹红萸、尹玉姐弟，由水路平安到了水仙村，见到廉夫人，交了唐敖的信，廉夫人十分欢喜，当下两家互相纳聘，结为儿女亲家，一起居住。尹元在水仙村略为休息了几天，就启程前往东口山，拜望骆龙老先生，为唐敖的儿子唐小峰求聘骆红蕖为妻，骆龙当时就答应下来。尹元说，他看见骆老先生体衰多病，念及故人之情，时常前去探望。后来，骆龙去世，红蕖将唐敖所赠银钱买了棺材，把祖父葬在庙旁。廉夫人感激唐敖在困窘中慷慨解囊相助又为儿女求得良配，骆红蕖既是唐敖儿媳，现又孤苦伶仃，就把她接来水仙村同住。由尹元招收几个学生，红蕖她们帮忙做些女红贴补，生活也过得去，而且还积存了一些路费，因为思念家乡太切，大家商量以后，终于决定不等唐敖来接，搭了便船回乡。现已平安抵达，所以托人带信给唐敖，希望唐敖能顺利收到，信中再三感激唐敖的帮忙，盼能与他早日相聚。

  唐敖看完这封长信，知道儿子婚事已定，心中更是少了一层牵挂。

  离开了轩辕国，林之洋的船又继续前行。

二十三、入山不返

途中又经过几个小国，如三苗国、丈夫国等，林之洋船上所有的货都已卖完，预备启程回家。可是，唐敖想起当初在智佳国猜谜，有一题谜面是"永锡难老"，谜底是"不死国"，据多九公说他少年时曾经路过，唐敖很想去看看。因为他从书中读过关于不死国的记载，说不死国中有座员丘山，山上有棵不死神木，吃了树上的果实可以长生；又有红色泉水，喝了赤泉，也可以永远不老。林之洋听唐敖这么一说，也很心动。多九公劝他们说：

"不死国深藏群山之中，要经过许多小岛，绕很远的路，根本没有人真的上去过，还是不要找麻烦，趁早回家，准备过年吧！"

偏偏唐敖、林之洋都要去，多九公劝不听，只好定好罗盘方向，向不死国航去。

这天，三人正在闲谈，多九公忽然看见一块乌云飘来，脸色一变，赶快吩咐水手说：

"马上就会有大风暴，快把帆降下一半，绑紧绳索。恐怕没法靠得了岸，只有随风走了！"

唐敖见九公这么紧张，向天空看看，太阳当空，天气好得很，只有一点儿微风，远处虽有一团乌云，但面积不过一丈方圆，不觉笑着说：

"九公，你未免太紧张了，这种好天气，怎么会有暴风。难道那一小块乌云，就藏得了大风吗？实在不能相信！"

林之洋说：

"妹夫，你不知道，那确实是起暴风的云啊！"

话刚说完，好像要证明多九公的眼力似的，忽然间天地变色，狂风大作，波浪汹涌，他们的船被风吹得比千里马跑得还快，风越吹越大，完全没有要停的迹象。一路上虽然有可以靠岸的地方，但是，风势太强，船舵操纵完全不由自主，只有随风漂行。这场大风一连吹了三天三夜，才有渐渐减弱的趋势。多九公他们费尽力气，终于把船停到一处山脚下，林之洋见船已停妥，才放心说：

"乖乖，真是厉害！我从小在大海大洋中来来往往，暴风雨也经过了好多次，从来没见过像这样三天三夜完全不歇的大风。这下子所有路线全不对了，也不晓得到了什么地方，幸好船很牢固，没有吹坏，算是运气了！"

唐敖说：

"我们究竟被吹了多远，可以算得出来吗？"

多九公说：

"像这样的大风吹着跑，一天可行三五千里，如今连吹三天三夜，大概已经有一万多里路喽！"

林之洋说：

"妹夫，记得当初你要上船同行，我对你说，水上航行，日期难以预定，就是这个意思。一旦遇上天气突然变化，我们就没法自己做主啦！"

唐敖站在船头观望，只见风已渐小，船旁这座大山，细看起来，比东口山、麟凤山似乎更高、更广，而且满山青碧黛绿，全是林木，看得眼睛都清亮了。唐敖很想上去走走，林之洋在女儿国受了大折磨，身体不如以前，又吹了这场大风，精神不振，不能同

二十三、入山不返

行,只有多九公愿意陪唐敖一起去。两人下了船,往山坡上走,多九公说:

"我们是被风一路往南边吹过来的,这里应该是海外极南的地方,我少年时候曾经路过,听说这里有个风景很美的海岛,叫作小蓬莱,不知是不是。我们一面走,一面留心看看。"

又走了一会儿,果然见路边一块石碑,刻着"小蓬莱"三个大字。唐敖说:

"九公真是了不起,又被你说对了!"

两人穿过一片茂林,越往前走,风景越美。水色清澄,山容秀丽,没有一丝俗尘,简直就是人间仙境,不愧叫作"小蓬莱"。唐敖仿佛自言自语似的,低声说:

"上回到东口山,我以为天下再也没有更美的山了。谁知这里比东口山更清雅出尘。山中这些仙鹤、麋鹿,见了人都不惊、不走,任人抚摸;到处都有松实、柏子,随便捡来一嚼,满口清香,连心都干净了。我还要找什么呢?这里就是我找了大半生,真正的归宿。原来这场大风是为了带我到这里来的。"

多九公没听清楚唐敖说些什么,只知道他完全被这座山迷住了,看看天色已经不早,就说:

"等下天黑了,恐怕山路不好走,而且林兄身体又不好,我们该早点回去,免得他牵挂。"

唐敖虽然被九公拉着往回头路走,仍然恋恋不舍,走得很慢,多九公催他:

"像这样走,要什么时候才能回船?等下天就要黑了,怎么办?"

"自从上了这山,我所有争名夺利的心全忘光了,这一辈子的事，像镜子一样，清清楚楚映在眼前，觉得这里才是我真正要找的地方，已经不想下山了。"

"唐兄，我只听说'书呆子'，没听过游山玩水变成'游呆子'的，别开玩笑了，快点走吧！"

就在这时候，一只全身白毛的猿猴，拿着一棵灵芝跑过来，一下子跳到唐敖身边，唐敖伸手一抱，抱住了白猿，把那棵灵芝草拿过来，递给多九公吃了，九公十分高兴，两人一猿下山，回到船上。

婉如见了白猿，很欢喜，用绳子系住，和兰音、若花一起逗它玩。林之洋因为身体仍然不太舒服，很早就睡了，多九公吃了那棵灵芝，不知为什么，泻起肚子来，只有躺着休息。第二天早晨，风已转向，水手都收拾船帆，准备开船，哪里知道，唐敖已经不在船上了。

林之洋、多九公、吕氏等人都急得要命，叫水手分头去找，找了一整天，完全没消息。接连几天，林之洋、多九公都撑着病体、打起精神，亲自上山去找，根本不见踪影。水手急着要回乡，催林之洋赶快开船，不要再找了。多九公把前前后后的事情想了一遍，也劝林之洋说：

"我看唐兄可能早已有脱离红尘、隐居修道的心，他好几次谈话中都流露出看破名利、不动心的意思，只是我们没有注意。这回跟我一起上山，几乎不肯下来，如果不是我催促，也许当天他就不回来了。仔细想想，唐兄也是有仙缘慧根的人，不然上回在东口山，为什么偏偏他一个人吃到了肉芝仙草、朱草那些难得的东西？我看唐兄一定是修仙去了，绝不会让我们找到的，再找多久，也没有用。"

二十三、入山不返

　　林之洋虽然觉得多九公的话也有道理，可是到底和唐敖关系不同，无论如何不能忍心抛下他开船，仍然每天带着人上山去找。

　　眼看已经过了十几天，船上水手人人等得心焦，这天大家约好，一起来对林之洋说：

　　"这座大山根本没有人住，唐先生一人上山这么多天了，他究竟能躲在哪里？也许早已不在了。我们只为了等他一个人，再不开船，船上的水、米都已经快不够吃了，万一风向一转，没法开回去，岂不是大家都要送命吗？"

　　林之洋明知水手说得没错，可是实在不能下决心开船，只拼命抓头发，说不出话来。还是吕氏出来说：

　　"你们说得也对，只是我们和唐先生是骨肉至亲，打听不到他确实的消息，怎么能走？万一我们走了，唐先生下山来，找不到船，岂不断送了他的性命。我也知道你们都急着想回家，这样好了，从明天开始，我们再找半个月，如果实在没有消息，就开船回去！"

　　大家无可奈何，只有耐着性子，再上山去找。林之洋更是从早到晚，满山寻觅。不知不觉，已过了十五天，水手都忙着准备开船，林之洋仍不死心，约了多九公，要再上山去看看。两人跑了半天，满身大汗，正预备回船，经过"小蓬莱"石碑前，忽然发现碑上多了一首诗，是用毛笔写上去的，写得笔势飞动，墨迹淋漓。多九公上前细看，原来是首七言绝句：

　　　　　　逐浪随波几度秋，
　　　　　　此身幸未付东流。
　　　　　　今朝才到源头处，
　　　　　　岂有操舟复出游！

大意是说：

在人海中漂泊了好多年，
幸好没有迷失本性。
如今已经找到安身立命的根源，
怎么肯舍弃这里再去漂泊浪游？

诗后面还写了一行小字："某年某月某日，回到小蓬莱旧地，从此不再入红尘。唐敖题识。"

多九公说：

"林兄，我说得没错吧？唐兄果然成仙去了。再也不要乱找，我们回去吧！"

林之洋热泪盈眶，望着碑上题字呆呆出神，终于被多九公拖着回到船上，把经过情形说给吕氏、婉如、兰音听，兰音、婉如望着小蓬莱山只是流泪。林之洋忽然想起检查一下唐敖的行李，才发现只有笔墨、砚台不见，其余衣服被褥都在，由这些熟悉的用物，再想想唐敖平日待人接物、声音笑貌，真是悲哀不止，但事已如此，也只有让水手开船回家。小蓬莱山在视线中越来越远、越小，终于只剩一片烟波海色，什么都看不见了。

二十四、海外寻亲

林之洋的船,在海上走了好几个月,直到第二年六月,才平安回到岭南。多九公告辞回自己家去,林之洋带了妻女和枝兰音、阴若花回家,先见岳母江氏,谢谢她这些日子照顾家事的辛劳。同时也把唐敖的事,告诉岳母。

"您说,教我怎么对妹妹交代?她骂我一顿还是小事,只怕悲痛得病倒下来,怎么得了?"

吕氏说:

"我看还是暂时瞒住妹妹,只说妹夫回来以后,又赶着到京城去参加考试,等考完试才会回家。先拖一段时候,再慢慢想法子。"

"也只好如此。你已经怀了孕,不能再劳累了,明天我自己去看妹妹,先说个谎。只是妹夫的行李包裹要藏好,万一妹妹回来,被她看到,那可糟了。"

"刚好兰音说,她也想去拜见义母,你明天是不是带她一起去呢?"

"照道理是该把她送到妹夫家去,我只怕她说话的时候,一不小心,说漏了嘴,就不妙了。还是和九公商量一下,让兰音、若花暂时在九公家住,这样,就是妹妹回娘家来,也不怕谎话被拆穿了。"

兰音、若花虽然不太愿意,也没法子,只好答应。幸好多九公把他两个甥女田凤翾、秦小春接来家中跟兰音她们做伴，四个女孩，年纪相当，个个都读过诗书，大家相处得很亲密和睦，林之洋再三拜托多九公多多照顾。回到家中，又叮咛岳母和婉如，千万不要走漏消息，然后才带了女儿国国王送唐敖治水的银子，到唐家来。

唐敖的妻子林氏，自从知道丈夫由探花被降为秀才的消息之后，就天天盼望唐敖回家，谁知没盼到人回来，却收到了信，说跟着大哥、嫂嫂上船出海去了。林氏担心丈夫受不了海上的辛苦，怕他身体吃不消，整天和女儿小山埋怨哥哥嫂嫂，不该带唐敖去。就是唐敏夫妇，也为哥哥操心，全家人就这样日夜等待，过了一年多。

这天，唐敏从外面回来，告诉小山一个消息，说太后武则天已下诏令，让全国十六岁以下的才女，明年到京城去考试，一旦录取，就赐给"才女"匾额悬挂，父母亲也有恩赏，可以分享荣耀。从古以来，只有男子才能参加考试，这个诏令，实在是划时代的创举。唐敏当然为有才学的侄女高兴。

小山知道这个消息之后，虽然天天带着弟弟小峰用功读书、写文章，可是因为牵挂父亲，心中总不能平静。林氏常常派人回娘家去打听消息。想不到，就在这个时候，林之洋居然来了。

林氏见到哥哥，满心欢喜，以为丈夫也一定一块儿回来了。小山、小峰都来拜见舅舅，小山一见就问：

"舅舅已经回来了，父亲怎么没有回来呢？"

林之洋赶快说：

"昨天我们才到家，你父亲因为被夺了探花，降为秀才，怕邻居耻笑，不愿意回家。说要到京城去安心用功，等重考再中了探花

二十四、海外寻亲

才肯回来,我和你舅母再三劝他先回家一趟,就是不听,只托我把在海外赚的银子带回来,他自己就往京城去了。"

林氏一听,心中一痛,眼里全是泪,一句话也说不出来。唐敏忍不住,开口说:

"哥哥虽然一向很看重功名,但也不至于到了家门都不肯回来!怎么会变得这么奇怪?如果这次没有考中,难道就永远不回家了吗?"

林氏也说:

"都怪大哥不该带他到海外去,如今玩得连家都不要了。"

"唉!当初我本来不肯让他去,可是他一定要去,我又有什么法子?"

小山忽然说:

"父亲到海外,是舅舅带去的;父亲上京城,又是舅舅放去的,现在只有求舅舅也陪我一起到京城去,劝父亲回来,即使父亲不肯回来,让我见父亲一面,也好放心。舅舅,你不能不答应!"

林之洋一听,吓了一跳。

"你小小年纪,又娇生惯养,怎么吃得了旅途的辛苦?岭南到京城可不是一点儿点路,有千山万水,你怎么去?你父亲一年到头,总是出门在外的时候多,哪一次不是平平安安回来?我还听说他这个名字'敖'就是'游'的意思,要他待在家里,他反而不痛快,只要一考过试,自然就会回来的,你不要白操心,太性急了!"

唐敏一听小山要去找父亲,也连忙劝说:

"好在明年侄女也要到京城去参加才女的考试,不如明年提早一点儿出发,我陪你去,就可以见到你父亲了,只要他在外面身体没病就好。你舅舅说得没错，喜欢在外面到处游玩确实是你父亲天生的性情，改也改不了的。"

小山见叔叔、舅舅都这么说，无可奈何，只有流着眼泪点头答应。

林之洋将女儿国国王赠送的一万两银子、廉锦枫送的明珠都一一交给妹妹。因为说了谎话，心中实在不安，又见妹妹、小山满面愁容，只好推说家中有事要料理，匆匆告辞走了。

这趟海外之行，林之洋赚了不少钱，多买了几百亩田地。过了几个月，吕氏又生下一个儿子，林之洋心中欢喜，派人送信告诉妹妹。林氏知道哥哥有了儿子，林家有了后代，也十分高兴，带着小山、小峰回娘家向哥哥嫂嫂道喜。可惜吕氏这次怀孕刚好在旅途之中，没能好好调养，生产之后，又受了寒，竟然生起重病来。林之洋忙着请名医治病、服药，家中乱成一团。林氏见嫂嫂这个样子，就在娘家暂时住下，帮忙照顾。

这天，小山和婉如在婉如外婆江氏卧房中闲谈，忽然，那只小蓬莱山上带回的白猿从床底下拖了个枕头出来玩，小山见白猿顽皮淘气，笑着说：

"婆婆，这白猴子真会闹，刚才看它拿了婉如妹妹的字帖乱翻，这下又把舅舅的枕头拿来玩，真是没有一刻安静。好好的枕头，怎么放到床底下去了？"

说着，从白猿手里，拿过枕头。谁知，一看就觉得眼熟，很像自己家里的东西，忍不住掀开床单，蹲下身去看，只见地板上放着一包行李，伸手要去拉出来看，江氏连忙阻止说：

"姑娘，那是我用的旧被，脏得很，不要动它！"

小山看江氏神色惊慌，更觉得疑惑，用力一拖，把包裹拖出

二十四、海外寻亲

来,打开一看,果然是父亲带出门去的行李、被褥、衣物!他又惊又急,向江氏再三追问,江氏、婉如不知如何回答。正在这时,林氏、小峰刚好进来,一见床前地上的东西,一件件都是当时亲手为丈夫整理的行装,再看看江氏、婉如的神情,心中一片冰凉,想来丈夫一定凶多吉少,不禁痛哭起来。小峰看母亲哭,也跟着哭起来。

只有小山,忍着眼泪,走到舅母房中,把林之洋请过来,指着包裹,追问父亲的下落。林之洋见事已如此,只有暗叫糟糕:"为了怕妹妹发现包裹,特别藏到岳母房间里来,想不到还是被看到了,怎么办呢?"

低头想了一下,知道事情再也瞒不住,只好说实话。

"妹夫无灾无病,如今自己在山里修道,你们哭什么?"

林氏一听,勉强止住哭声,听林之洋说。

林之洋能把憋了好久的真话痛快说出来,心里也舒服多了。于是,一五一十,从忽遇大风,吹到小蓬莱,妹夫上山去玩,就此失踪,大家苦苦寻找,足足等了一个月,船上水米都用完了,又在山上发现唐敖留的诗句,才开船回来,前前后后经过,全部细说一遍。这一下,林氏知道丈夫竟已弃绝红尘,更悲痛难忍,说不出话来。小山流着泪说:

"舅舅既然没找到父亲,当时一回来,就该把实话告诉我们,也好再去寻访,怎么一直瞒到今天?如果不是发现了包裹,我们还一直在家里呆等呢!难道就让父亲在海外山中,永远不回家了吗?舅舅,你要把我父亲还来!"

林之洋见甥女这样说,不晓得怎么劝才好。江氏和婉如把她们请到吕氏房中来,吕氏躺在床上,身体还虚得很,勉强靠着枕头半坐起来，劝道：

"甥女向来最明理懂事，现在怎么也说这种话？我们过一阵子又要出海去做生意，到那时一定再去寻访，此刻又有什么法子呢？"

林之洋叫婉如去把唐敖题在石碑上的诗句找来，当时从山上下来，多九公就念给婉如她们听，并抄写了下来。林之洋说：

"甥女，这就是你父亲题的诗，你看舅舅有没有骗你！这最后两句'今朝才到源头处，岂肯操舟复出游！'说得再清楚也没有，妹夫明明是自己不愿再回尘世，所以不论怎么找，就是不肯让我们找到。"

小山和母亲一起把诗句细看了一遍，说：

"母亲不要难过，现在总算知道了父亲在的地方，有地方，总归找得到。等舅母满了月，身体好了，我跟舅舅一块儿到海外去找父亲就是了。"

林氏听了女儿的话，更不放心：

"你从来没出过远门，更没坐过船，怎么能让你去？还是你和弟弟在家里跟着叔叔好好读书，我和你舅舅去。这样，也不会耽误你明年参加考试。"

"父亲现在远隔万里，我一心只想赶快去寻访，哪有心准备考试？还是母亲和弟弟在家，让我去比较好，否则，即使母亲找到了父亲，也未必能劝父亲回来。"

"这是什么缘故？"

"母亲找到了父亲，如果他真的看破红尘，不肯回来，母亲又能如何？换了我去，我可以哭，可以跪下来求，还可以说母亲已经焦虑担忧而生了病，父亲怜我一片孝心，也许肯回家。而且女儿究

二十四、海外寻亲

竟年纪还轻，到处寻访，行动也比较方便。母亲想我说得对不对？"

林氏听了，沉默半天，没有回答。

林之洋说：

"我的意思是：你们都不用去，还是由我去替你们找，最方便、最省事！"

"舅舅说得虽然不错，但是，万一找不到父亲，我一定不死心，还是要麻烦舅舅陪我再去一趟，岂不更添麻烦？还不如这次就跟着舅舅去，到了小蓬莱，不论结果如何，我也甘心！"

林之洋见小山说得这么坚决，只好答应等吕氏满了月，身体复原，备了货物，就一起出发。

林氏也要为女儿置备行装，告辞了哥哥嫂嫂，带着小山、小峰和丈夫的包裹回到家中。唐敏知道实情之后，手足情深，也很伤心，他想陪小山一起去海外，又怕家中田地、事务没人管理，结果还是决定让小山跟舅舅去。

小山在家，自己在院子里练习脚力，把一些桌子椅子重叠起来，上上下下，爬高爬低。林氏不明白女儿的意思，以为她只是胡闹。小山说：

"我听舅舅说，山路不好走，我又从来没走过远路，现在不每天练习，将来到了小蓬莱，怎么上得了山？"

林氏这才明白女儿实在想得周到，念及远方的丈夫，眼圈忍不住又红起来。

很快到了出发的日期，小山拜别了母亲、婶婶，嘱咐弟弟用功、听话。由唐敏把小山送到林家，将路费一千两交给林之洋。又将枝兰音接回去，和林氏做伴，阴若花总觉得女儿身不太习惯，拘束太多,听见林之洋又要出海,想跟着去,林之洋考虑一下,也答应了。若花和小山到现在才见面,两人好像早已认识似的,彼此姐妹相称,谈得十分投合。小山又谢谢兰音代替自己陪伴母亲。

最麻烦的是多九公。林之洋因为九公经验丰富,又多年相处,彼此信任,再三邀他同行,帮忙照应。九公却不想再离家出远门,推说,自从吃了灵芝,泻了一次肚子之后,身体已大不如前,不能再航海受风波之苦。其实是因为上次远航,赚了些钱,日子已经很过得去,在家替人治治病,写写药方,安闲舒适,懒得再动。可是禁不起林之洋再三恳求,多九公见人情难却,终于勉强答应再走一趟。

林之洋一切安排妥当,临出门前,再郑重对小山说:

"上回我同妹夫正月启程,到今年六月才回来,足足走了五百四十天。这次即使一路顺风,没有耽搁,明年六月无论如何也赶不回来,绝对赶不上才女考试。甥女如果不想错过这千载难逢的应考机会,最好还是留下来用功,一旦上了船,就不能想考试的事了!究竟怎么决定,你好好再想一想。"

"我已经再三想过,考试机会固然难得,但是即使参加,也不一定考中;就算侥幸考取,父亲不在,荣耀又有什么意思?我要那'才女'的空衔做什么?"

林之洋见小山心意坚定,绝不动摇,这才带着大家来到海边,上了大船,向茫茫大海航去。

二十五、故人情重

　　一路上,林之洋唯恐小山思念父亲,忧愁过度会生病,每次经过名山、大城,一定叫小山看,谁知她对风景一点儿兴趣也没有,书也不想看,只是常常独坐垂泪。

　　林之洋无可奈何,只好常常想出一些海外奇闻、人情习俗等,讲给她听,有时也把多九公请来闲谈。这天偶然讲起长人国、小人国,林之洋忽然想起上回在长人国卖了好多空酒坛,在小人国卖了很多蚕茧的事,因为大赚了一笔又出乎意料,所以提出来,对小山说一遍,果然,小山觉得奇怪:

　　"舅舅,他们买这些酒坛、蚕茧去,有什么用呢?"

　　"甥女猜不到吧?说给你听听,也让你想象一下,小人有多小,长人又有多长。原来小人国的人买蚕茧去是做帽子用的,他们本来就不擅缝制衣帽,见这些蚕茧不厚不薄,大小适中,买回去,用剪刀一剪两半,镶个边,缝一下,就是一顶最适合的瓜皮小帽,所以大家争着买。至于长人国买空酒坛,是拿去当鼻烟壶用的,他们把鼻烟放在酒坛里,拿在手里闻,不大不小,刚刚好!"

　　小山听了,试想长人、小人的形象,真是闻所未闻,却又像真的见着了一样。

　　虽然有林之洋、吕氏的关怀照顾,婉如、若花也都是细心解事的好伙伴,小山还是受不了海上风浪和生活习惯的突然转变,而生起病来,足足在床上躺了一个月才慢慢恢复,可是身体很弱,脸上也带着病容。

　　这天船经东口山，林之洋把唐敖聘骆红蕖为媳的事，对小山说了，又讲起红蕖杀虎、孝亲、搬往水仙村，和尹元、廉夫人他们回到中国去的种种经过，小山这才知道，原来父亲已经给弟弟小峰聘了妻子，她很想见见红蕖，可惜没有机缘。

　　林之洋的船泊在东口山下，小山想上岸去看看红蕖曾经住过的破庙。林之洋见她病体初愈，稍为走动一下也好，决定自己陪小山一起去，婉如、若花也都同行。三个女孩牵着手，慢慢走，一路歇了好几次才到了"莲花庵"。林之洋看那庙的情况，比当初更破落了，小山停了一会儿，又慢慢下山。

　　刚到岸旁，离船不远，只见多九公站在岸上正和一位上了年纪的老道姑说话。走近一看，那道姑满脸青气流动，身穿一件破旧道袍，手拿一棵灵芝草，样子很奇特。林之洋说：

　　"她来化缘，九公拿些钱、米给她就是了，啰嗦什么！"

　　九公说：

　　"这位道姑疯疯癫癫，不是来要钱要米，她还一直唱歌呢！叫我们让她搭个便船，她就把灵芝草算作船钱。我问她要到哪里去，她却说要到什么'回头岸'去，我多九公在海上跑了这么多年，可从来没听过什么'回头岸'！这不是有点疯癫吗？"

　　正说着，那位道姑又唱起来，仔细听她唱的是：

　　　　我是蓬莱百草仙，
　　　　与卿相聚不知年。
　　　　因怜贬谪来沧海，
　　　　愿献灵芝续旧缘。

二十五、故人情重

小山一听这歌,心中忽然一动,好像不知多少年前的往事在眼前一闪而过。再要细想,却又无从捉摸。她赶快上前,合掌行礼说:

"仙姑既然要乘船,我们就渡你过去。"

那道姑说:

"女施主发慈悲心渡我过去,这棵灵芝,一定奉送。看施主满面病容,不吃这灵芝,大概不易完全复原呢!"

"就请仙姑上船吧,我们还要赶路!"

多九公、林之洋见小山这么说,不好阻止,只有准备开船。但多九公仍然劝小山说:

"唐小姐,这棵灵芝不知是真是假,千万不要轻易受骗。上回我在小蓬莱吃了一棵灵芝,结果腹泻多日,几乎送命,至今元气仍觉受损,身体常感疲倦,都是灵芝害的。"

那道姑一听,就说:

"这该怪老先生与灵芝无缘。譬如桑葚,人吃了有益,斑鸠吃了立刻昏迷;薄荷,人吃了觉得清凉,猫狗吃了就昏醉。灵芝原是仙品,有缘的人吃了,可登仙界,如果误给无缘之人吃,怎么知道他不会生病?岂能一概而论呢!"

多九公知道她有讽刺之意,越想越气,又无可奈何。

小山请道姑到船舱内入座,自己和婉如、若花一起陪坐,刚要开口,道姑已先把灵芝递过来,说:

"请女施主先服了这棵仙芝,洗洗凡心,如果能悟出一些从前的因缘,那我们谈话就更容易了。"

小山接过来,道了谢,把灵芝细细吃完,顿时觉得神清气爽,再看那道姑，只觉满面和气，仙风道骨，哪里还有一丝青气。忍不住悄悄在婉如耳边说：

"这仙姑脸上本来有一股青气，现在忽然没有了，满面慈祥，真是奇怪。"

婉如也悄声回答：

"她脸上的青气，我正看得害怕，姐姐怎么说没了？"

小山好奇心更盛，不明白这道姑究竟是何来历，问道：

"请问仙姑大号！"

"我是百花友人。"

小山暗想："这'百花'两字，真像当头一棒，一听就觉得好亲切、好熟悉，心中生出无限牵挂，难道我和'百花'有什么缘分？她自称是'百花友人'，可见她自己并非'百花'，她究竟是谁？"

小山接着又问：

"仙姑从哪里来的？"

"我从不忍山、烦恼洞、轮回道上来。"

小山暗暗点头，若有所悟："因为不能忍，所以会生烦恼，既然有了烦恼，自然要堕入轮回。她这话不知是说'百花'，还是说她自己，不太明白，但句句都有深义，绝不是随口乱诌的。"

又问道：

"仙姑现在要到哪里去呢？"

"我要到苦海边、回头岸去。"

小山想："这明明是说'苦海无边''回头是岸'嘛！"

连忙追问：

"那'回头岸'上，有没有名山？有没有仙洞？"

"那里有个仙岛，叫'返本岛'，那岛上有个仙洞，叫作

二十五、故人情重

'还原洞'。"

小山等不及她说完,又问:

"仙姑要找什么人?"

"我找的不是别人,是那总管群芳的化身。"

小山听了这话,脑海中似有微光闪现,若迷若悟,似醉似醒,前尘往事,仿佛就在眼前,但偏偏把捉不住。她呆呆出神半天,忽然起身,向道姑下拜行礼说:

"弟子无知,请仙姑超度,如能脱离红尘苦海,情愿做仙姑的徒弟。"

谁知多九公、林之洋因为不放心那道姑,不知她来意如何,是好是坏,一直在门外窃听,现在一见小山居然要拜道姑为师,吓了一跳,林之洋已忍不住冲进去,指着道姑就骂:

"喂!你竟敢在我船上妖言惑众?还不快走,小心吃我一拳!"

"舅舅!不可动手,她是真仙!"

道姑微微一笑,说:

"缠脚大仙,你不要生气!我今天到这里来,原是因为当初和红孩儿大仙有过诺言,想要帮一点儿忙,解除灾患,也不辜负同山修道的情谊,谁知却没有缘分,不能带她同行。既然如此,我只好先走,幸亏前面还有帮忙的人,不会有大难。"

转过头,又对小山说:

"暂且告辞,后会有期!我们在回头岸上,就可重聚!"

说完,下船就走,很快已不见踪影。

小山埋怨舅舅,不该得罪道姑,林之洋一口咬定那道姑是骗子。小山问林之洋:

"刚才她称舅舅叫什么'缠脚大仙',那是什么意思?为什么舅舅一听,脸都红了?"

林之洋呆了一下,忙说:

"你看她疯疯癫癫的样子,还不是随口乱说,我也不明白是为什么。"

小山知道舅舅不愿多说,也就算了。

自从服了那棵灵芝,小山身体、精神都大好,海上风浪也能适应了。

二十六、海中遇怪

这天,林之洋的船刚在水仙村停泊,忽然,水中蹿出一群海怪,个个青面獠牙,全身溜滑,一下跳到船上。林之洋一见,立刻大喊叫水手"放枪"!水手取枪,还没来得及放,那群海怪已经从舱中拖出唐小山,一起跃入海中。整个过程,真是"迅雷不及掩耳",快得要命!林之洋措手不及,呆在当场。

吕氏、婉如、若花都赶出舱外,吕氏对林之洋说:

"我们正坐着闲谈,忽然冲进来这群妖怪,一下子就把甥女抓去了,怎么办呢?"

林之洋急得直跺脚,说:

"怎么办?我也不知道怎么办啊!"

多九公听到消息,从船后赶来,说:

"幸好天气暖和,请会潜水的那个水手先下去看看再说!"

那个水手当初也曾下海去探听廉锦枫的消息,他刚才看到那群海怪的模样,有点害怕,可是,仍然答应下海一趟。不久,上来回报说:

"水中看不出有什么动静,那群海怪不知躲在哪里,没法寻找。"

林之洋只觉眼前一片漆黑,忍不住痛哭,哭了半天,自言自语说:

"我的甥女,你死得好苦!叫我怎么回去见你母亲!舅舅只好跟你一起去了。"

说着向船外纵身一跳，沉入海中。多九公吓得忙叫救命，刚才那个水手，衣服还没换好，连忙跑来跟着跳下去，一会儿工夫，已经把林之洋拖出水面，大家放下绳索，把林之洋救上来，只见他腹胀如鼓，口中只有一丝游气。吕氏、婉如、若花哭成一团。多九公毕竟经验老到，虽慌不乱，叫水手取来一口大铁锅，倒扣在船板上，再把林之洋俯放锅上，立刻嘴中吐出许多海水，肚子就平下去了，人也慢慢醒过来。婉如、若花上前扶起，吕氏拿了干衣来，帮他换过，林之洋口口声声只叫：

"甥女死得好苦！"

多九公劝道：

"林兄刚才喝了海水，肠胃一定不好受，千万不要太悲痛。据我看，唐小姐应该有救星，不会死的。"

林之洋有气无力地说：

"我才掉下去，就被救起来，已经差点儿送命。甥女被拖下海这么久了，哪还能有救？"

多九公说：

"记得上回那个道姑，虽然疯疯癫癫，但是她却说什么有人帮忙，不会有大难。又称你'缠脚大仙'，试想，除了唐兄和你我，谁会知道我们开玩笑说的话？偏偏这道姑就知道，她岂不真的有点来历吗？这么说来，唐小姐应该不会有危险才对。"

林之洋不住点头：

"九公说得很对，我这就去求神仙帮忙。"

立刻命水手摆了桌子，点了香，自己洗净双手，拈香下跪，暗暗祷告，一直跪到天色已晚，多九公来劝他先去休息，明天再求。林之洋不肯：

二十六、海中遇怪

"今晚刚好大月亮,天色一点儿都不黑,我要继续求下去。如果没人来救,我再也不起来了。"

多九公在旁边只有摇头叹气,无话可说。

不知不觉,月亮已升到中天,忽然有两个道士,手执拂尘,飘然而降。月光之下,看得很清楚,两人容貌都非常丑陋,一个黄面獠牙,一个青面獠牙,长发披肩,戴着束发金箍,身后跟随四个小童。林之洋一见果然来了救星,连连叩头,只求:

"神仙救救我甥女的命!"

两个道士说:

"居士不用多礼,我们既然来了,当然要救人,何必苦求!"

转过头,吩咐身后小童说:

"屠龙童儿!剖龟童儿!你们快到苦海中,将孽龙、恶蚌擒来。"

二童答应一声,跃下海去。林之洋站起身来,说:

"我甥女也在海中,求两位神仙救救她!"

两人点头,又向身旁两个童子低声吩咐几句,这两个童子也跟着跳下海去。一会儿,两人先回来向道人行礼说:

"已将百花化身护送回船。"

道士点点头,两个童子侍立两旁,不再说话。

过了一会儿,剖龟童手中牵着一个大蚌从海中上来,随后,屠龙童也上来,向黄脸道人说:

"孽龙不肯上来,嘴巴还凶得很。本想将他杀死,但未奉师父之命,不敢任意而行。"

"这孽龙竟敢如此!等我自己去一趟!"

说罢,也跳入海中,但双脚站在水面,就像在平地上一样,手中拂尘向下一指，海水立刻向两旁分开，中间让出一条大路来，道人笔直向海中走下去。不久，已牵着一条青龙回到岸上，海水也恢复原状。

黄面道人对青龙说："你已经犯了天条，谪入苦海，还不好好静修赎罪，又做这种违法的事，胆子未免太大了吧？"

青龙跪在地上，说：

"小龙不敢！自从被谪降苦海，从来不敢胡作非为。昨天，我在海中，忽然闻到一种奇异香味，芬芳浓郁，直达海底，不知什么缘故。后来向大蚌请教，才知道是唐大仙的女儿由此经过。小龙本不知唐大仙之女是什么人，但大蚌对我说，这个少女是百花的化身，如果能够和她结婚，就可以长生不死、寿与天齐。小龙一时糊涂，命属下把她捉来，没想到她喝了海水，昏迷不醒。我赶到仙岛，想寻'回生草'救她性命，到了蓬莱仙岛，遇见百草仙，求到回生草，急急赶回，就被您捉来。回生草还在身边，小龙说的全是实话，请饶我一命！"

黑面道人听了，转头问大蚌说：

"你这恶蚌，修行也有多年，为什么要设下这种毒计害人？"

大蚌说：

"种种事情，都有前因。前年唐大仙经过这里，救了一个姓廉的孝女，她为了报救命之恩，竟然下海杀了我的儿子，取了壳中明珠，献给唐大仙。我儿子这条命，也等于是唐大仙害的，小蚌记在心中，片刻难忘。昨天刚巧遇到唐大仙的女儿，她身上异香传入海底，小蚌要报杀子之仇，所以才想出这个计策。"

黑面道人说：

"你不要花言巧语。当初你儿子贪馋好吃，海中水族，任意捕

二十六、海中遇怪

杀，伤生太多，所以才借廉家孝女的刀除掉水族的祸患，怎么能怪唐大仙，更移恨到他女儿身上？你如此奸险，做错了事，还不知悔改，留下来实是大患。剖龟童儿，立刻把它剖了！"

黄面道人见兄发怒，劝道：

"上苍有好生之德，道兄暂且息怒，先别杀它。那孽龙既然已求得回生草，百花化身服了这草，不仅可以起死回生，而且大有补益。它有这件功劳，就免了它的死罪。据小弟之意，不如把这两个畜生囚禁在无肠国的厕所里，让它们每天闻臭气、吃秽物，也足以作为警诫了，不知道兄意如何？"

"道兄说得也对。但这两个畜生必须关在无肠国有钱人家的厕所里，才足以抵它们的罪！"

黄面道人点头同意，把回生草递给林之洋，转身要走。林之洋下拜行礼说：

"请两位神仙留下姓名，我们永远铭记不忘！"

黄面道人指着黑面道人说："他是百介山人，专管天下甲介之类；我是百鳞山人，专管天下鳞虫之属。偶然闲游，经过这里，碰巧遇到这件事，想来也有因缘，何必道谢！"

那龙、蚌见它们要被带走，一齐跪下哀求：

"大仙判我们囚禁在无肠国的厕所，已经难以忍受，何况还是有钱人家的厕所，怎么得了！不但那吃过三四回再拉出来的粪臭不可闻，他们家中那股铜臭，更熏人欲呕，还求大仙开恩，开恩！"

林之洋这时心情大好，恢复了本性，又想说笑话了，上前行了一礼，说：

"我向两位大仙讲个人情！它们俩既然不愿住厕所，就让它们做无肠国有钱人家的家庭教师吧！"

龙、蚌一听，连说：

"家教虽然有点酸味，毕竟比铜臭气好受，我们情愿做家教！"

两位道人说：

"不要啰嗦，我们自有道理！"

一行人带着龙、蚌一齐去了。水手目睹这幕奇景，人人目瞪口呆，接着又议论纷纷，谈个不休。

林之洋进了舱房，小山果然已经送回，双眼紧闭，躺在床上。九公设法弄开她的嘴巴，林之洋把回生草强行塞入。过了一会儿，小山口中吐出几口海水，立刻清醒过来，精神清爽，眼眸明亮，大家都高兴得很，向她道喜。小山说：

"只要寻到父亲，受些磨难，也心甘情愿。只是累得你们大家操心，真过意不去！"

二十七、桃李之妖

　　船继续向小蓬莱进发，沿途许多国家都未停留。这天已经到了上回遇到大暴风的地方。从这里再往南走，多九公对航线不太熟悉，他们找到一处小港口，停船问路。

　　原来这里叫丈夫国，向当地人问起到小蓬莱的路线，大家都说：

　　"难走，难走！一定要经过田木岛、玄木山才能到，那个地方近来有许多妖怪，来来往往的商船，经常都不知下落，你们还是不要去比较好！"

　　船上水手一听，都不愿意再往前走。小山坚决要去，多、林两人再三苦劝，但是，小山说："宁死也要去！"拗不过她，只好劝服水手，继续前行。

　　又走了好多天，迎面有座高山挡路，必须从山脚绕过去，才有出口。正在绕山而行，迎面一阵果香，大家抬头看，只见满山全是密密层层的果林，桃、李、橘、枣……四季水果全有，水手个个闻得直流口水，一心想上岸摘果子吃。林之洋只好答应把船靠岸，大家一拥而上，伸手摘来就吃，都说滋味鲜美，芬芳多汁。林之洋、多九公也大吃一顿，又摘了许多，送上船来，让吕氏和小山姐妹一起分享。小山没吃水果，先对林之洋说：

　　"舅舅，上回停船问路，人家不是说这附近有妖怪害人吗？为什么要把船靠岸呢？"

"一闻到这山上的果子香,我自己也迷糊了,只想吃,哪里还管什么妖怪?甥女说得对,我这就去催他们开船吧!"

哪知那群水手,一个个都躺在果树下,说:

"吃了这些果子,我们全身软绵绵的,就像喝醉酒一样,好舒服,只想睡觉,没力气开船!"

林之洋正要发火,忽然觉得天旋地转,全身无力,只想躺下。多九公也扶着船上栏杆,站都站不稳。就在这时候,山中走出来一群女人,他们把吕氏、小山、婉如、若花和多九公一起扶到岸上,林之洋也被扶起来,岸上水手一个个被拖起来往山上走。大家心里都很清楚,就是全身发软,没有力气,也说不出话,只好跟着走。

小山并没吃水果,但见大家都已如此,寡不敌众,只好也假装醉倒,看看究竟会发生什么事,再想办法。不久,来到一个石洞前,进了石洞,里面很深广,走过两层庭院,才到一间大厅,大厅上坐着四个妖怪,两丑两俊。当中是一个头戴凤冠非常美丽的女妖,这女妖不但美,而且妩媚多姿,面如桃花。她身边是个不到二十岁的男妖,却穿着女人衣服,面白唇红,皮肤像美人一样,又白又嫩。多九公、林之洋一见,大吃一惊,尤其是林之洋,简直像女儿国的旧事重演。两旁另外两个男妖,却真是名实相符的妖怪:一个脸皮像黑枣,又黑又皱;另外一个,一头蓬乱红发,一张蜡黄脸,跟橘子皮的颜色没有分别。大家坐在地上,站都站不起来,只有听凭摆布。只见那女妖开口一笑,娇滴滴地说:

"他们只晓得水果好吃,却不知道水果里面藏有酿酒用的酒曲,果然轻轻松松全都捉来,我们可以好好享受一顿了。只是这回抓来的'裸儿'有三十多个,一下子吃不完,怎么办?"

那半男半女的妖怪说:

二十七、桃李之妖

"他们刚才已吃了酒曲,皮肉都有了酒味,干脆把这群裸儿全都酿成好酒,就叫'裸儿酒',再来细细品尝,你们觉得如何?"

女妖高兴得很:

"这个法子真妙!"

黄橘脸的男妖说:

"这批裸儿中,酒量大的恐怕也不少,不如先拿些好酒,让他们尽量灌下去,灌得烂醉,再拿来酿酒,岂不省事?酒味也更香、更浓啊!"

女妖点头同意,称赞他想得周到,于是当下吩咐部下,把大家带到后面关起来,多拿些好酒,先让他们尽量喝,然后全部蒸熟,用来酿美酒。

群妖答应一声,七手八脚,忙着去取酒。小山跪在地上,暗暗祷告说:

"我唐小山远到海外寻亲,如今遇到妖魔,眼看性命不保,祈求神明拯救。"

小山仍在垂头低语,忽然一位道姑出现在身旁,低声说:

"女施主不要害怕,这些小小妖魔,绝不能害你们!"

这时,一群小妖已经把酒取来,那位道姑说:

"我的酒量最大,拿来我喝!"

"咦!刚才我们没有算清,原来有五个女裸儿,不是四个。"

把酒送到道姑面前,道姑一口喝干。小妖已经又把酒送来,她又一下喝完。群妖忙着拿酒,简直来不及,都说:"乖乖!真是好酒量!"

道姑一面喝,一面催小妖拿酒,片刻工夫已经把妖精洞内存酒喝得一滴不剩。小妖无酒可取,只得去报告女妖。女妖不肯相信,四妖一起赶到后面来。

　　道姑一见四妖全到，对着他们，把嘴一张，立刻一道酒泉，滔滔不绝，直喷过去。洞内洞外，一片酒果之香弥漫。原来这酒，是由百种鲜果酿制而成，芬芳浓郁。喜欢喝酒的人，别说尝到滋味，只要一闻酒香，也会神迷心醉，垂涎三尺。道姑口中喷出美酒如泉，同时右手一伸，只听见一声雷鸣，雷声中现出一朵彩云，彩云上，端端正正四样水果：桃、李、枣、橘，对准四妖头顶直打下去。

　　道姑大喝一声：

　　"四个畜生！还不快现原形！"

　　四妖刚想要逃，彩云上四种水果已经落下，打得四妖满地乱滚，立刻现出原形，远远看去，只见个个小如弹丸，不知是什么东西。道姑走过去，一一拾起，群妖见洞主已死，也都各现本相，全是些山精水怪，四散奔逃，一霎时全跑光了，道姑也不追赶。

　　这时，酒力渐退，大家慢慢站起来，都向道姑行礼致谢。小山问：

　　"敢问仙姑大名？这四个是什么妖怪？"

　　"我是百果山人，与女施主有缘，所以特来相救。"

　　说着把手一伸，手掌中握的原来是四粒果核：

　　"这就是四妖的原形了！"

　　大家全走近围观，四粒果核是：李子核、桃核、枣核和橘核。

　　"这些果核都生于周朝，到今天已有一千多年，它们受了日月精华，修炼成形，在此作怪，幸好遇到了我，也是它们该当命绝。"

　　小山又问：

二十七、桃李之妖

"仙姑,从这里到小蓬莱,不知还有多少路程?"

"远在天边,近在眼前。女施主只要问自己的心,何必问我?"

说罢出洞,飘然而去。

小山低头沉思:百果山人、百介山人、百鳞山人、百草仙人,这些神仙仿佛都很熟悉,又很陌生,拼命追忆,却只有一些模糊闪动的光影,就是记不清楚。真是"远在天边,近在眼前",只恨没法问个明白。

大家在回船路上,不断谈论仙姑相救的事。多九公说:

"多亏唐小姐一片孝心,所以每次都有神仙相救。听上次大蚌的话,唐兄一定已经成仙了。"

林之洋说:

"妹夫如果成了神仙,甥女有灾难,自然会有仙人来救,俗话说'官官相护',想来神仙也会'仙仙相护'。这倒不奇怪,我最不懂的是他们说什么'百花化身',难道甥女是百花谪降到人间来的吗?"

小山笑着说:

"舅舅,既然说'百花',应该是一百种花,哪里会一百种花化身为一个人?简直说不通,而且我也不愿意做什么百花的化身。"

"为什么不愿意呢?"

"舅舅,你想,百花不过是草木之类,如果要修成仙,必须先修到人身,有了根基,才能再进一步修仙。要花两层工夫,岂不费神?"

"唉!我倒希望你少胡思乱想,安安分分,免得又生出事来!"

阴若花插嘴问道:

"刚才那个少年男妖,为什么偏装成女人模样?"

多九公说:

"你还问这个?这不是从你们女儿国学来的吗?说不定他还缠了小脚,穿了耳洞呢!"

林之洋忍不住又好气又好笑。小山不明白这段经过,再三追问。婉如只好把女儿国那件事说了一遍,小山恍然大悟:

"怪不得那位百草仙称舅舅为'缠脚大仙',舅舅还脸红呢!原来是这么回事!"

上船以后,又继续旅程。走了不久,忽然听到水手大声说:

"刚刚走得好好的,前面又有山挡路了!"

多九公、林之洋赶到船头一看,果然船前海上又是一座大山。多九公说:

"前年那次,被大风刮得昏头昏脑,也没认路。怎么这一次来,老是碰到大山?像这个样子,哪一天才能到啊?"

林之洋说:

"我们上山去探探路径再说吧!"

水手停好船,两人上山走了一阵子,迎面一块石碑,写的正是"小蓬莱"。多九公拍着头说:

"怪不得那道姑说什么远在天边,近在眼前,原来真的已经到了。"

二人赶快回船,告诉小山。小山恨不得立刻就去,但天已经黑了,只好决定第二天一大早再一起上山。

次日清晨,吃饱早饭,林之洋陪小山出发,婉如、若花也要求同行。上了山坡,山径弯曲难行,必须攀着路旁的古藤、老树才能行走。到了石碑前,只见唐敖当初所题诗句,墨迹仍然清晰,小山

二十七、桃李之妖

用手一字字触摸,眼中含泪,抬头四望,心中顿有所悟,暗想:

"看了这山,真像回到久别的故乡一样,难怪父亲不肯离开了。前面山峦连绵,望不到尽头,不知还有多少路程。回船和舅舅商量之后,我自己再一个人来吧!"

黄昏时分,回到船上,吃过饭,小山和舅舅、舅母、若花、婉如围坐商谈。

"我今天看了一下这山的情形,路途实在很远,三五天绝对没法走遍。父亲既然立意修行,一定隐在山深处,如果不愿意见我们,恐怕找一年都找不到。我想,舅舅不用陪我,明天让我自己一个人上山去,慢慢寻访,或者父亲能出来和我相见。"

"甥女一个人去,我怎么放心?我当然要陪你去。"

"舅舅一走,船上的事,交给谁呢?九公到底上了年纪,舅舅牵挂着船上,我也没法安心细访,不如让我自己去。好在这山上没有人家,似乎也没有野兽,简直就像神仙住的地方,舅舅只管放心。我这一趟,最多去一个月,如果找到父亲,当然最好,即使找不到,我也会先回来告诉舅舅一声,绝不会让大家为我担心。"

若花这时开口说:

"我一向就会骑马、射箭、使用兵器,义父如果不放心,不如让我陪小山妹妹去,也好沿途照应。"

婉如说:

"如果这样,那我也要去!"

小山说:

"你一向不常走山路,怎么能去?若花姐姐如果愿意陪我,倒是可以做伴。"

吕氏还想劝阻,但小山已经打定主意,绝不更改。只得细心替她们俩准备了豆面、麻子种种耐饥、耐渴的特别干粮,以及御寒衣物,收拾妥当。第二天清晨,小山和若花就出发了。林之洋、吕氏、婉如都忧心忡忡,遥遥目送。

二十八、镜花水月

　　姐妹两人，背着包袱，佩着防身用的长剑，每遇山路弯曲的地方，小山就用剑在山石树木上画一圆圈，或刻"唐小山"三字，免得回来的时候迷路。走了一整天，途中休息了几次，看看已近黄昏，两人商量找个今晚可以住宿的地方。只见路旁许多古松，树干都很粗大，要好几个人才抱得拢，其中一株，因年代太久，主干已枯，只剩一层薄皮，里面却是空心的。小山、若花觉得，这真是最好的过夜之地，便一起钻进去，里面积有厚厚一层松叶，软绵绵的，又很暖和，不久就沉沉睡着了。

　　一夜酣眠，两人都神采奕奕，第二天，又继续前行，黄昏时找了个石洞过夜。就这样，行行重行行，一路上怪石奇树，异草香花，翠竹烟云，山景如画。可是，小山一心只想寻访父亲的消息，并不留意。

　　一连走了好几天，并无丝毫踪迹，再看前面，仍是一望无际的峰岭。小山说：

　　"姐姐，看这个样子，大概还要再走几十天。我对舅舅说过，不论找不找得到，都要先回去告诉他一声，如今再往前走，走得太远，恐怕一个月内没法回去通知舅舅，岂不失信了吗？"

　　"既然已经走到这里，我看还是继续前行。即使慢些日子，义父也不会埋怨的，何必又特地转回去！"

　　"我的意思，是想请姐姐就此回去，顺便告诉舅舅一声，我自己再慢慢寻访。"

"我当然要和你一起去,你怎么说这种话?"

"我这几天仔细观察这山的形势,实在太辽阔广远,究竟什么时候能完全走遍,根本没法预定。因此想让姐姐先回去。我找到了父亲,和父亲一起在山中修行,也是人生难得的机缘。万一找不到,我实在没法回家见母亲的面,只有一直走到山的尽头。如果姐姐一路同行,我又怎能不顾一切,只管往前走呢?而且也不能让舅舅老是在等候啊!"

"我怕路远的话,也不来了!这回如果寻访不到确实消息,不只你不该回去,我也绝不半途而废。何况,我本是虎口余生,捡来的性命,什么富贵荣华,早已看破,即使耽搁太久,义父不能等候,我就和你在这山中一块儿修行,也未尝不可。妹妹不必顾虑我,这次陪你来,我难道是为名、为利吗?只是念妹妹一片孝心,怕你没有人照应。你以为我只是一时高兴,上山来玩玩,没有考虑后果,那就想错了。"

小山听了若花的话,不觉流下泪来,两人不再多说,又向前行。路上遍地松实、柏子,小山随手拾来吃,只觉满口清香,若花也吃了一些,竟然也可吃饱,两人谈谈诗文,讲讲古迹,不知不觉又走了六七天。

这天,走在路上,似乎看见迎面有个人走过来。小山说:

"我们走了十几天,没有遇到一个人,怎么今天居然有人过来了?"

"难道前面已有人家了吗?"

只见那人渐渐走近,樵夫打扮,满头白发。小山见是老年人,恭敬地让到路旁,行礼请问说:

二十八、镜花水月

"老先生,这山叫什么名字?前面有没有人家?"

老樵停下脚步说:

"这山总名叫'小蓬莱',前面这条长长山岭,叫'镜花岭',岭下有一荒冢,过了那个荒冢,有个小村,叫'水月村'。这里已经算是水月村的村界啦,村子里住的,只有几个山中人,你问这个做什么?"

"我是来寻人的,我们中国有位姓唐的,前年曾经到这山中来,不知是否住在前面村子里,求老先生指示,感激不尽。"

"你问的人莫非是岭南唐以亭吗?"

以亭正是唐敖的字,小山一听,满脸笑容,连连点头说:

"正是,老先生见过他吗?"

"我们常在一起,怎么没见过?前天,他托我带封家信到山下,看看有没有要回中国去的船,托他们把信带回岭南河源去。今天真凑巧,刚好就有你来找他。"

说着从怀中取出信来,放在斧头柄上,递给小山。小山连忙接过一看,只见信封上写的是:

"吾女闺臣开拆。"

虽然确是父亲笔迹,但名字却不是自己的名字,不禁呆住了。老樵夫又说:

"你看信吧!看了信,再到前面'泣红亭'去看看,就都明白了。"

说罢,飘然而行,很快就隐入烟云之中去了。

小山低头看了信,对若花说:

"父亲信上说,要等我考中才女过后,才和我重聚。为什么不现在就一起回去呢?又叫我把名字改为'闺臣',然后才去参加考试，不知是什么意思。"

"据我想来，叫你改名，大有深意。姑丈的意思大概是说：妹妹将来即使在太后的周朝中了才女，仍然是唐朝闺中之臣，表示不忘本。"

"姐姐说得很对。父亲信中还要我赶快回去，不要误了考期。可是，我走了几万里路，好不容易才到这里，又明知父亲就在这山中，怎么能不见一面就回去？我们还是到前面去看看再说吧！"

走过"镜花岭"，果然看见路边有座坟墓。小山说：

"这里明明是仙境，怎么忽然有座坟墓？大概就是刚才那位樵夫说的荒冢了。"

"你看，那边岩壁上刻着'镜花冢'三个大字，原来墓中葬的是'镜中花'，不知是什么样子，可惜刚才没问清楚。"

绕过荒冢、岩壁，走了不远，迎面出现高高的白玉牌楼，上面刻的字是"水月村"，小山、若花急忙走过牌楼，四面张望，哪有什么村子？连一个人影都没有。只见一条长长溪水拦路，并无桥梁。

幸好，溪边一株古老大松，长得歪歪斜斜，由这边一直延伸到对岸山坡，好像有人故意推倒，搭成一座松根桥似的。两人攀着松枝，小心翼翼，渡过溪水。

只见四面山清水秀，宁静祥和。远处山峰上似乎全是琼台玉洞，金殿瑶池。一片祥云紫雾缤纷缭绕中，忽然现出一座红亭，红亭中发出万道金光，辉煌灿烂，华彩夺目。

小山、若花走近红亭，亭子四周全是参天的奇松怪柏、野竹枯藤，环绕护卫，还有许多不知名的奇花异草，在红亭前后遍地滋生。亭子正前方，悬着一块金字匾额，上面写的是"泣红亭"，两

二十八、镜花水月

边还有一副对联：

> 桃花流水杳然去，
> 朗月清风到处游。

小山低声念出亭名和对联，若花说：

"妹妹真有学问，你怎么认得这些蝌蚪古文呢？"

小山正要说，明明就是普通楷书嘛，什么蝌蚪古文！就在这时，亭子里面，一声巨响，万道红光中现出一位女装打扮的神仙，左手执笔，右手执斗，玉貌如花，驾着彩云，周身红光环绕，一下子升上天空，往北斗星的方向去了。若花说：

"看这模样，明明是掌管天下文章的魁星。可是魁星一向都是男身，怎么也有女魁星呢？真怪！"

"将来回到家乡，如果见庙宇中有魁星，我一定要另塑一尊女魁星，供在旁边，也不枉今天这次遇合！"

两人走入亭中，只见迎面一块高约八尺的白玉碑，像一面大镜子一样，矗立眼前，洁净晶莹，毫无瑕疵，玉碑两旁，两根石柱，柱上也有一副对联：

> 红颜莫道人间少，
> 薄命谁言座上无？

石柱上方也有一块匾，匾上写的是"镜花水月"四个大字。

唐小山一见这块玉碑，恍如雷击电掣，心中顿有所悟。过去、现在、未来，流转不息，前尘往事像走马灯般，不断在心头闪现，种种烦恼、忧愁、焦虑、期待……也像擦拭如新的镜面一样，不再系怀。

她定定神，仔细看那玉碑，只见碑上现出一百人的姓名，姓名上都冠有"司××花仙子"的称号。小山从头看了一遍，发现自己新改的名字"唐闺臣"，还有阴若花、林婉如、枝兰音、骆红蕖、廉锦枫……这些熟悉的名字全在上面。暗想：

"听说古人有梦中看见天榜的事情，难道这就是天榜？为什么又有'司花'的名号呢？"

"若花姐姐，你看这是不是天榜啊？"

"我看碑上全是认不得的古文，谁知道什么天榜、地榜呢！"

"我是真心请教，姐姐怎么开起玩笑来了？"

若花揉揉眼睛，再细看一下，说：

"上面的字，和外面的匾一样，都是蝌蚪古文嘛！我真的一个字都不认识，绝不是开玩笑骗你！"

小山觉得很奇怪：

"明明是清清楚楚的楷书，为什么姐姐看在眼中，却变成了蝌蚪文呢？这么说来，也许真的有机缘了，姐姐和这碑文大概无缘，所以没法认得。"

"我虽然认不得，幸好你看得清楚，说给我听听，还不是一样吗？"

"上面写的都是人名，约有一百人之多，我们姐妹的名字全在上面。姐姐既然认不得碑上文字，可见天机不可泄露。我如果编造谎话，说给你听，未免欺骗姐姐；如果照实说出来，又怕泄露天机，会有灾祸，还是不说的好。姐姐不会生气吧？"

"妹妹说得很对，我怎么会生气？你慢慢细看，我到亭子外面

二十八、镜花水月

走走。"

小山又从头看了一遍,只见人名榜后,还有四句偈语,写的是:

> 茫茫大荒,
> 事涉荒唐,
> 唐时遇唐,
> 流布退荒。

她想:"这'唐时遇唐,流布退荒',似乎正对我而说:现在是唐朝,我又姓唐,刚好见到,认得这碑文,难道叫我流传海内吗?但这碑上人名这么多,又没带笔墨砚台来,一下子怎么能背得呢?"

这时,阴若花走进来说:

"妹妹,外面风景实在太美了,要不要出去看看?"

"姐姐,你来得正好,帮我想个法子。这碑上文字,我一时背不下来,想抄写,又没有笔砚,你说怎么办?"

"这有什么难?刚好有现成的纸笔可以利用。"

若花到外面摘了几片大蕉叶,又用剑削了几根细竹签拿进亭子来。

"妹妹暂且用竹签写在蕉叶上,回去以后,再誊清岂不正好?"

小山试写几个字,笔画分明,很好写,于是,高高兴兴埋头抄录。刚抄了一行,忽然又抬头说:

"刚才远远望见对面山峰上全是琼台玉洞,好像仙人住的地方。想来我父亲一定就在那上面，我们应该先往前走，找到父亲，再回来抄写也不迟。"

"妹妹说得也对，不过，如果见不到，也不要太失望，我们到前面去看看再说。"

两人背起行囊，走了半天，只见山上那些楼台渐渐接近，心中欢喜。忽然听到如雷鸣一般的流水声，两人快步走过去一看，只见迎面一片深潭，山中各处瀑布的水都汇归到潭中，全潭有几十丈宽，完全无路可通。小山失望已极，心中暗暗叫苦。两人绕着潭边走来走去，就是想不出任何渡过深潭的方法。小山到了这个地步，眼见仙境就在面前，偏偏"可望而不可即"，跋涉千山万水，到头来还是见不到父亲一面，不禁心痛泪滴。若花劝道：

"妹妹，不要难过。你看，今天我们遇见的那个老樵夫，来得奇怪，去得又无影无踪，明明是仙人来指引我们。我想姑丈一定已经修仙有成，他信中既然叫妹妹先去应试，考过之后，自可重聚，这话一定有道理。如今，我们还是快点抄了碑文赶回去，免得姑母在家中苦苦盼望，让她看了姑丈的信，也好放心，妹妹觉得我说得对不对？"

小山知道若花的话有理，但望着潭水对岸的山峰楼阁，就是痴痴不忍离去，犹豫彷徨，不知如何是好。忽然发现路边岩壁上，不知什么时候，有人写了几行字，走近一看，又是一首七言绝句：

义关至性岂能忘？
踏遍天涯枉断肠！
聚首还须回首忆，
蓬莱顶上是家乡。

二十八、镜花水月

大意是说：

> 说到父女的天性至情，本来不易割舍，
> 可是走遍天涯海角仍然没有用，
> 想要重聚，必须回头细细思量，
> 蓬莱绝顶才是真正的故乡！

诗的后面，还有一行比较小的字，写着"某年某月某日岭南唐以亭即事偶题"。

小山念到"聚首还须回首忆，蓬莱顶上是家乡"两句，好像有所领悟，似乎想起了很久很久以前的一些事，但专心细想，却又记不清楚，只管呆呆出神。若花说：

"妹妹不要发呆了。你看，诗后面写的年月，恰好就是今天，而且'即事偶题'，明明是说姑丈针对妹妹来寻亲这件事才写了这首诗。刚才我们也从这里经过，并没有看见壁上有字迹，转眼间，却有了这首诗，如果姑丈不是神仙，怎么做得到？我们还是听姑丈的吩咐，先回去吧！"

若花说完，拉着小山的手，回到泣红亭来，一路上又摘了许多蕉叶，削了几根竹签。到了亭中，若花问：

"这碑文要多久才能抄完？"

"快一点儿抄，大概明天就可以写完。"

"既然如此，你只管专心抄写，不要分心。这里到处都是美丽风景，我慢慢欣赏，十天也看不厌的。"

小山果然专心抄录。天黑了，就和若花在亭内住了一夜。第二天，正要继续写，忽然玉碑之上，人名之下，又多出一些字句，写的是各人一生事迹的重点摘要。小山先看自己"唐闺臣"名字下面，写着"只因一局之误，致遭七情之磨"。暗想："我从来不会下棋，这'一局之误'，从何说起？"实在想不明白，只好照样抄下。若花偶然进来看看，惊道：

"原来妹妹不但会认蝌蚪文，还会写蝌蚪文啊！"

"姐姐别开玩笑，我怎么会写古文！"

若花揉揉眼睛，再看那蕉叶上，明明都是古篆文，一个字也不认得。

"你抄的笔画和那玉碑上的字一模一样，我当然不认得喽！"

小山叹气说：

"怪不得人家说'有缘千里来相会，无缘对面不相识'，姐姐想来真是无缘了。"

"我能到这里来，也不能算无缘吧！而且，有缘虽然好，无缘也未尝不自由自在。你看，现在我可以尽情欣赏遍山美景，妹妹却要埋头苦写，岂不是没有我自在吗？"

"姐姐，你不过看看风景，我却饱览仙机，能知未来，你们一生的吉凶我都知道，岂不比看风景强多了！"

"你说我们的一生你都知道？我问你，你自己的来历、自己的结果，你知不知道呢？"

小山听了，不禁冷汗直流，说不出话来。若花又说：

"你知道，固然好；我不知，也未尝不好。总之，到头来，不论知与不知，都逃不了一死，又有什么差别？"

说完，又出亭闲游去了。小山心中思潮起伏，停笔想了好久，

二十八、镜花水月

才又提笔继续抄写。

第二天,终于抄完。把蕉叶收好,放进行囊中,小山走出泣红亭,朝着对面山峰跪下行礼,暗暗下定决心:只要应完这次考试,一定重来,和父亲相聚,其他一切都不再挂心。

两人穿过松林,走过松根桥,过了水月村,越过镜花岭。这天,正往前走,只见路旁一条大瀑布,奔腾而下,水声如雷,壁上刻着字,写的是"流翠浦"。若花、小山手牵手,小心走过滑溜的道路。只见前面出现许多分岔的小径,不知该走哪条路才对。小山说:

"我们来的时候,好像没看到有这么大的瀑布,难道走错了?赶快找找我刻下的记号。"

找了半天,终于在路旁树上找到,奇怪的是,"唐小山"三字,已变成"唐闺臣"。若花说:

"看来又是姑丈显神通,要不然,怎么说得通呢?"

小山也放下心,跟着记号走,每次到歧路、转弯的地方,总会出现"唐闺臣"的标志指路,她们只管往前走,天晚了就找石洞、树洞休息。若花还吃干粮,小山觉得吃松实、柏子就不饿了,而且特别有精神。

又走了好几天,小山说:

"算算日子,我们也该快走到了吧?舅舅、舅母不知怎么盼望呢!"

"婉如妹妹少了伴,只怕更盼望我们快点回去。"

正说着话,只听前面松林内,有人喊道:

"好了!好了!你们终于回来了!"

小山、若花吃了一惊，原来是林之洋气吁吁地跑过来：

"我远远看见两个人，背着包袱，就猜大概是你们。唉！总算回来啦！差点儿没把我急死。"

"舅母身体还好吧？舅舅为什么不在船上等，还到山上来，岂不辛苦？"

"义父上山来多久了？义母和婉如妹妹都好吧？"

"你们是不是迷了路？前面就是'小蓬莱'石碑，马上就下山啦！你们走了快一个月了，我实在不放心，每天都上来看看，终于被我等到了！"

回到船上，换了衣服，坐下来，小山把一路经过择重要的说了一遍，又把父亲的信拿出来给舅舅看。林之洋看了，高兴得很：

"妹夫既然说等甥女考中才女，就可相见，那最多也不过一年时间，快得很！你母亲这下也可以放心了。"

小山说：

"不知道父亲会不会骗我。"

林之洋连忙说：

"绝不会！否则为什么要写信给你？只管放心好了！将来你考过试，如果妹夫没有回家，舅舅再带你来，这可不用担心了吧？现在还是早点回去，免得你母亲在家不能安心。"

小山听了，正中下怀，暗暗欢喜。说：

"既然舅舅答应再带我来，那我就先回去再说。"

"这才对呀！还有，妹夫既然要你改名字，一定有他的道理，你从今就改了吧！"

又对婉如说：

"你以后就叫她闺臣姐姐，别叫小山姐姐了！"

二十八、镜花水月

于是,开船回航。唐闺臣悄悄把蕉叶上的碑文,重写在纸上,然后把蕉叶包好,投入海中。自己暗想:

"这碑上写了各人种种经历,不知将来是否能遇到有缘的人,把这些笔迹,铺叙出来,写成一部书,让大家都能读到啊!"

二十九、遇盗绝粮

说也奇怪,回程路上,全是顺风,一点儿阻碍也没有。船走得特别快。这天已经到了两面国。

水手把船靠岸休息。林之洋和闺臣、若花闲谈:

"我在海外走了这么多年,最怕的还是两面国人,他们头巾下藏着一张恶脸,已经叫人难以防备,而且还常常做强盗,抢人钱财。"

阴若花说:

"既然知道两面国人的习性,就该特别留意,晚上要派人守夜,小心一点儿总是好。"

林之洋连连点头,吩咐水手,自己也和多九公各处查看。到了天亮,正收拾准备开船,忽然无数小船拥过来,一下子把大船全部包围,枪炮声响成一片,许多强盗跳上船来,人人戴着头巾,拿着刀,满脸杀气。为头的一个首领,大声下令说:

"查查船上有多少货物,全给我搜出来!"

众喽罗答应一声,分头乱搜,吕氏、婉如、若花、闺臣都被看守起来,林之洋更被盗首用刀抵住,动也不敢动。一会儿,喽罗回报说:

"船上东西并不多,只有一百多担白米,二十担蔬菜,十几口皮箱。"

盗首听了,似乎有点失望:

二十九、遇盗绝粮

"怎么只有这么一点儿东西？好！全给我拿走，一粒米也不要留。"

有人问：

"首领，这些人要不要杀了？"

"反正他们没粮食也会活活饿死，算了，我们走吧！"

说着，群盗席卷一空，呼啸而去。

林之洋这才定定神，检点劫后情况，只见全船粮米，真的全被搬空，一粒也不剩，急得多、林两人直跺脚，不知如何是好！叫水手收拾开船，谁知大家说：

"我们连饭都没得吃了，哪里还有力气开船？"

要上岸买米吧，又怕再碰上强盗，只好和水手商量，先开船往前走，路上遇到客船，再向人家商量分点粮米。

谁知一连走了两天，没有遇到一艘船。两天粒米未进，大家都饿得头昏眼花，四肢瘫软。偏偏风向又变，迎面吹来，没法行船，只好找个岸边，停下船，满船的人饿得只有呻吟声，连说话也没力气了。

忽然岸上走来一个道姑，手中提个竹篮，脸色焦黄，好像也没吃饱，要来化缘。有个水手有气没力地说：

"我们船上一颗米都没有，你还想来化缘哪！"

那道姑听了水手的话，竟唱起曲子来：

我是蓬莱百谷仙，

与卿相聚不知年。

因怜贬谪来沧海，

愿献清肠续旧缘。

闺臣在舱中一听这曲子，忽然想起东口山遇到的百草仙人，只是不知"清肠"是什么东西。勉强撑着走出来，问道：

"仙姑，请上船来谈谈，好不好？"

"我还要赶路，哪有工夫闲谈呢？"

闺臣暗想，她这"赶路"二字，莫非在说我？又问：

"仙姑，请问你们出家人，为什么也要赶路？"

"女施主，你要晓得，赶了这趟路之后，也就功德圆满，所有大事都完了。"

闺臣点头说：

"原来如此。请问仙姑是从哪里来的？"

"我从聚首山回首洞来的。"

闺臣猛然想起父亲的诗中有"聚首还须回首忆"的句子，心中怦然一动，问道：

"仙姑现在赶到哪里去？"

"我到飞升岛极乐洞去。"

"请教仙姑，这极乐洞、飞升岛究竟在哪里呢？"

"无非总在心里。"

闺臣连连点头，更有领悟，说：

"多谢仙姑指点。仙姑来化缘，按理应该敬奉，可是，船上已断粮好几天，实在没有法子，还请仙姑原谅。"

"我一向化缘，和别人不同，只论有缘无缘。如果无缘，即使他米粮堆积如山，我也不要；如果有缘嘛，纵然缺了粮，我这篮里的稻米，也可以帮忙捐助一点儿。"

阴若花站在旁边静听，这时笑着说：

"你这小小竹篮，能装多少米？我们船上有三十多个人，就是

二十九、遇盗绝粮

全捐出来,又能帮什么忙?"

"女施主可别小看这篮子,它与众不同,能大能小,随心而化。"

"大的话,能装多少?"

"大可尽收天下百谷。"

"小呢?"

"小也足供你们船上三个月的粮食。"

闺臣说:

"仙姑竹篮既然如此奇妙,不知我们船上的人,和仙姑有缘没缘?"

"船上既然有三十多人,哪能个个有缘?"

"那我们这几人,可和仙姑有缘?"

"今天既然相逢,怎会无缘?不但有缘,而且都有宿缘;因有宿缘,所以来结善缘;结了善缘,不免又续旧缘;因为要续旧缘,所以普结众缘;结了众缘,然后才了尘缘。"

说完,将竹篮掷上船头说:

"可惜,篮中之稻不多,每人只能结'半半之缘'!"

婉如接了篮子,把篮中稻米取出,请水手将竹篮还给道姑,道姑接过,对闺臣说:

"女施主千万保重,不久即将重会,暂且告辞!"

提着竹篮,飘然而逝。

婉如惊呼:

"姐姐,快看!道姑送的米好大啊!每粒竟然有一尺长,可是,只有八粒。"

多九公听到婉如在船头叫,赶过来一看,问道:

"这是从哪里来的？"

闺臣告诉他刚才道姑送米的事。九公说：

"这就是'清肠稻'！当初我在海外曾经吃过一粒，足足有一整年，肚子不饿。现在我们船上一共三十二人，把清肠稻每粒切成四段，刚好一人一段，大概也可以几十天不饿了！"

"怪不得那道姑说'只能结得半半之缘'，原来是按人数分配，每人只吃到四分之一，恰好是一半的一半哪！"

多九公把清肠稻拿去分好，用几口大锅煮了，大家饱餐一顿，满口清香，精神立刻好起来，都深深感谢道姑救命之恩。

闺臣经历了这次断粮的事，又遇到百谷仙姑的开导，她本来天生的宿慧，越来越觉醒过来，暗念"结了众缘，才了尘缘"，参加才女考试大概就是最后一桩尘缘吧！

三十、了结尘缘

吃过清肠稻之后,风向忽然转成顺风,水手收拾开船,只见那船像箭一样在海上行驶,快得就如飞行一般,林之洋、多九公都说从来没遇过这样的事。

"也许是神仙帮忙,要让你们都赶上考试的日期吧!"

只有闺臣并不惊奇,他们果然在赴考之前回到家里。林氏已经到娘家来等消息,闺臣见了母亲,将父亲的信取出来,又把上山寻访的经过说了一遍。林氏心中伤痛,无可奈何,幸好女儿平安回来,总算放了心。

大家热热闹闹谈着进京城赴考的事,又在担心能不能考取,会不会来不及,只有闺臣心如止水,她说:

"不用操心,我们都一定会取的,只是……"

只是,考取之后,也就是分手的时候了,"聚首还须回首忆,蓬莱顶上是家乡!"她虽然回到了家乡,却觉得真正的家乡不在这里。看着年迈的母亲,她想,一定要把家中事先安排一下,才能没有牵挂。

林氏辞别哥哥嫂嫂,带着闺臣回家,才不过两天,想不到廉夫人带着廉亮、廉锦枫、骆红蕖登门来访。林氏早已听女儿说过,红蕖是丈夫聘定的儿媳,这时才亲眼看见,原来是一位容貌温雅秀丽又兼文武全才的姑娘,欢喜得把这些日子的忧愁都抛开了,只殷勤周到地招待客人。

镜花缘：镜里奇遇记

不久，考试日期将到，闺臣、红蕖、锦枫、婉如、若花，还有九公的外甥女秦小春、田凤翾一起进京赴考。在京城中，遇到好多才貌双全的女孩子，连当初在黑齿国让多九公大失面子的两位黑丫头黎红薇、卢紫萱也千里迢迢地赶来参加这亘古未有的考试。

榜发出来，果然众位才女全都考中，奇怪的是，不多不少刚好一百人。唐闺臣把榜文和玉碑上的名字暗暗对照，心中更觉过去未来种种，莫非皆有前因！她那原被俗世尘缘沾染的"心镜"，如今已恢复清澄明洁，所有才女的荣耀、赞誉，京城的繁华、富庶，权贵之家的声势、豪奢，都再也不能浸染闺臣的"心镜"了。

回到家中后，林氏选了重阳佳节为小峰和红蕖成婚，众位姐妹，原已订了婚姻的，也都各选良辰，纷纷完婚。闺臣帮着母亲忙完了弟弟的婚事，又有许多媒人不断来为闺臣做媒。她只推说要等父亲回来，由父亲做主，把媒人一一回绝。

终于等到林之洋又要出海，闺臣对母亲表明，要再去小蓬莱寻访父亲，林氏似乎心有所感，知道这个女儿也留不住了，虽然嘱咐她在外小心，尽快回来，眼中的泪水却没法止住。闺臣拜别了母亲、叔、婶，向弟弟告别，又向红蕖行礼说：

"我这趟远行，母亲跟前，全仗妹妹偏劳，家中事都要你多费心了。"

红蕖也拭泪还礼，唐闺臣从此走出家门。上船之后，一路都很顺利，抵达小蓬莱，正是暮春，百花盛开的季节。这天清晨，闺臣拜别舅舅、舅母，独自上山，再也不见踪影。

林之洋足足等了两个多月，每天上山等候，完全没有消息。终于，又到秋凉时候，海上潮生，山林萧瑟，黄昏将临，忽然一个女

三十、了结尘缘

道童从山径下来,交给林之洋一封信,说是"唐仙姑的家书",信中只说,尘缘已满,不再下山,请舅舅不要再等。

林之洋望着满山秋色,怅然良久,只得开船回乡去。

三十一、梦中之梦

　　百花仙子谪降人间，历劫期满，又回到了蓬莱仙山薄命岩红颜洞中，她虽然经历轮回，却没有丧失原有的灵慧，终于返本归原，重归清净无垢、长生不灭的仙界。

　　可是，仙界真是永恒的洞天福地，还是清静寂寥的冰凉世界？没有人能真正知道。然而，向往神仙，渴求长生不老，千百年来都是凡人的大梦。虽然，这场大梦，就像镜中之花、水中之月一样，难以把捉，但红尘扰攘，做梦的人仍然会将这"梦中之梦"一代又一代地做下去，究竟谁是真正有缘的人？

附录一

蓬莱诡戏
——论《镜花缘》的世界观
乐蘅军

　　对于现代的读者来讲，要回过头去读那些已逝时代的作品，往往是件苦差事。这犹如面对一个久被弃置的古董间，只有时间堆积的灰尘，徒然给人不快之感而已，至于这些艺术品当初如何被赋予生命的创造兴味，却大半已消隐在文明的残渣中。但是，另一面，例如就造型艺术而言，许多史前和原始的作品正不断地从尘土中慎重地移置到博物馆，视觉艺术中尺幅古画，价值连城；而独独只有文学作品却不曾受到同样的优遇。当这些现代眼光一审视到文学作品时，他们原先给予古老艺术的幽默同情和宽大胸襟，立刻变成了苛刻的知性批判。文学作品得不到任何艺术自身永恒的辩护。相反地，人们认为文学作品必须相当具有时代性；它既然和我们的生存形式与内容同时并在，于是也就被剥去了像艺术品一样的纯粹独立的审美价值。譬如，一部不能够用现代语言（非文体的）来了解的作品很可能就不及一枚汉简或一张羊皮书那样饶有趣味了。而不幸中国旧小说中，正多得是这一类作品。这些作品在过去时代中，曾经在不加论究的状态下存在着；但是到今天，它们显然已经不起现代的风暴。假如完全听凭

镜花缘：镜里奇遇记

读者兴趣来选择，绝大多数作品既不被阅读，更不被讨论，也就是毫无意义，将被永远压埋在文学的地质层。甚至，就是在它仍被阅读的时代，由于它的可能意义和价值未尽被掘发，一部文学作品不论优劣，对读者来说都是一种残缺的存在，或者是根本不具有文学意义的存在，而不再被阅读的（包括就一般读者和文学研究者而言）作品，当然只是一个连审美价值都失去了的"古董"，而非"古典"。

无疑，《镜花缘》正在"古董化"中。虽然在中国近代小说里，它也算得上是一部显赫的作品，胡适之先生对它的研究，曾影响深远；并且胡先生还以女权意识，以及李辰冬教授以民族意识等这些尚未完全冷却的社会学或历史的课题来诠释它[①]，但是这一切并不能挽救这本不过写在十九世纪二十年代的作品面临"存案"的局面——而胡适之先生曾引来与它比论的《格列佛游记》，虽出版于一七二六年，却仍然在西方现代文评家笔下不断出现——我相信在《红楼梦》的读者都日渐式微中，一般读者现在恐怕绝不读《镜花缘》这部书了。即使文史家、批评家偶择一两个观念，之后，也不会再对它期待什么文学的或美学的感兴的。这种命运似乎显示着：它不再能效劳于人类所关切的问题了。它属于一个完全逝去的时代。所以落得如此，主要原因当然还是它本身有相当严重的缺点，例如它不加节制的冗赘叙述、毫无必要的事件的堆积，以及语言的陈旧等，都是文学作品的美学上的大谬误。而它的神话架构和

[①] 见胡适之先生《胡适文存》第二集第二卷《镜花缘引论》第四节《〈镜花缘〉是一部讨论妇女问题的书》，及李辰冬教授为台湾世界书局《镜花缘》刊本所作序文：《〈镜花缘〉的价值》。此文又收在李教授的《文学欣赏的新途径》（台湾三民书局）中。

附录一　蓬莱诡戏

一些荒诞的异域故事，对现代的一般读者来讲，又仅仅是幼稚而无聊的趣味，同时批评家也还没有将这些跟现代文学中的怪诞和神话运用来模拟论述。但是，除了这些阻碍《镜花缘》成为一部有较高可读性的种种缺点之外，这一个运用心思、设计完整的神话故事，就作者用心来说，应该不是毫无意义的。

本来，神话的运用，在中国旧小说里原就占着相当的地位，几乎所有浪漫的和写实的作品里，都会有神话的渗透，这可能是"人天交感"这一个通俗信仰的文学投射；在许多小说里神话出现的频繁，甚至快成了一种自动性机能。但是，尽管神话的描述是中国小说的传统性色彩，而《镜花缘》却在不同的完全自觉的意识下，结构了一个自身完整的神话。所谓"自身完整"的神话，一方面是全书的情节都完全纳入到这个神话中来，其次这个神话从头到尾都指向一个统一的目的，从而使全书成为一个意义上也自我完足的神话世界。这个自我完足的神话，也像古代民族创造的神话一样，表露出人类某些最基本的欲念，例如蓬莱山百花仙子违背了天帝的戒律，而欲到尘世间做一些类于英雄式的寻求，就跟窃上帝息壤以填掩洪水拯救人类的鲧颇有相似处。不过和古代创生的神话不同的是，作者一面建立他的神话，一面又加以冷然的嘲弄。首先是用了一个反讽式的结构：他安排故事主角为了满足追求的欲望而走出天界，结果在尘世间的一切作为，却变成了重回天界的努力。第二个手法是：在全书中，作者对荒唐或琐细的事情，全采用夸大的故作庄严的语调来叙述，最显著的如蓬莱山西王母寿诞时，群仙大闹蟠桃会、武则天醉中下令百花齐放、林之洋在女儿国、书末群雄勤王，攻打武氏兄弟把守的"酒、色、财、气"四大关等，不一而足。这种明显的假庄严的

镜花缘：镜里奇遇记

语言风格，似乎是为了增强神话故事的真实气氛，而结果却刚好相反地表明了作者对他自己构设的神话并不如古代人那般虔信。因为假庄严实际上仍是嬉戏，一种冷漠讥刺而洞晓真相的嬉戏；也就是一种似是而非的反讽，一种完全不相信的嘲谑。譬如全书中虽然采用了若干古老的神话——包括蓬莱山西王母故事和《山海经》《博物志》等早期志怪书所记，这些神话故事当时至少是在疑信两可的情状下存在着的——但作者却仅仅袭用原来神话的片段，而另加上嘲讽的情节（例如《山海经》记呕丝之野有女子据树呕丝，李汝珍就因而构想蚕妇呕丝缚人以讥刺"情欲毁人"），这就是有意在破坏原始神话的素朴状态。进一步说，作者根本是在利用嘲谑和戏弄的语调来表明他的神话都是荒唐之言，无端崖之辞而已。这一番自我反证，不仅针对一些超现实的小故事，并且主要在指出全书整个神话结构都呈现着一个反讽的主题：既然故事本身都不真实存在，那么剧中人的所行所事，也不过是些泡影。他们寻求的意义，跟故事所使用的语言同样的荒诞。说起来，"镜花缘"整个的含义就在这儿，而假装正经的嬉戏语调，则对这个主题更加彻底地虚诞化。在这种语言风格之下，使得真正严肃地来讥刺人生都变成多余了。虔信的神话堕落后，也就意味着整个人生只是一个不足信的游戏式的神话而已。

对于"人生一切作为只是一场神话的游戏"这层嘲讽，作者开卷不久，就用一个上界和尘界对立的情景喻示出来，上界是风光婆娑、景物分明，尘界只是这一个真实世界的倒影。一切意旨必须先发动于上界。界里的众神群仙，并不像奥林帕斯山的诸神那样大多时候去追寻自己的快乐，而是各有所司地，严密地掌管着尘界的大小事宜；其中包括开花的时序，以至于花的须瓣多少，

附录一 蓬莱诡戏

颜色浓淡等。因此上界是秩序严明的,有一个绝对威严的纪律笼罩着这个世界,并且直贯尘界。这个纪律不但是行为的规约,也是内在世界的法纪;一旦有了非分的逾越——包括动念几微之间——当时惩罚就被决定,而且立刻逐步付诸执行。当事者即使并没有进一步确实违背什么,但是他已经无法逃避,他开始陷进安排好了的惩罚的圈套;也就是他被引导向一些错误的行为,为了使得纪律实施它的名正言顺的惩罚,这很像是"上帝"让他的僚属们玩一个绝对没有正确出口的迷阵游戏,失误者不幸落入阵中,只有继续不断地顺着错路走下去。执行者上帝把惩罚寄寓在游戏的形式里。

当蓬莱山的百花仙子在赴西王母蟠桃圣会路上,看到主掌人文的魁星,显形女像,预言下界人文兴盛,就不禁怦然动了羡慕的心思,于是毫不容迟地,百花仙子就在这顷刻间掉进了那个游戏的陷阱中。后来,百花仙子为了坚持不肯违令开花替王母祝寿,而和嫦娥、风姨争吵,以致说出假使以后任令百花齐放,就"情愿堕落红尘,受孽海无边之苦,永无反悔"这最冒渎天纪、妄动"我念"的话。话言未毕,女魁星就用笔点百花顶上而去,西王母在旁暗暗点头叹说:"善哉!善哉!这妮子道行浅薄,只顾为着游戏小事,角口生嫌,岂料后来许多因果,莫不从此而萌。适才彩毫点额,已露玄机,无奈这妮子犹在梦中,毫无知觉。这也是群花定数,莫可如何!"西王母的评论固然说明一个分毫不爽的因果论的世界,但实际上还是执行者"上帝"所玩弄的一个诡计,否则何必说"群花定数,莫可如何"呢!百花仙子发誓之先,这一个惩罚的游戏已经开始了。而现在这个游戏正一路玩下去,不可暂回。所以后来就有心月狐临凡的武则天皇帝,醉中宣旨百花齐放,而

镜花缘：镜里奇遇记

百花仙子和麻姑斗棋忘记时间，以致因为洞主不在，群花擅自应命上林苑，终于促成百花获谴红尘的结果。在这一连串的相关事件中，百花仙子并非"亲辨因果"，只不过是居在被动地位的一次"自由选择"而已。在不逸出那一绝对的纪律下，上界的仙神是"自由""自主"的，在"上帝"的天庭里游戏。但是一旦有了差池，就变成了"上帝"手中的牵线傀儡。"上帝"现在把百花仙子放到舞台上去演出，在该动作的时候动作，该收场的时候收场。百花仙子转化为尘身的唐小山，唐小山一生的大事只有两件，一件是参加武则天开的女科考试，中了第十一名；一件是到小蓬莱寻父。前者使她凤愿了结，后者使她重返天界，但是二者都不过是"上帝"的一番预计而已。

不仅唐小山的一生经历是上帝的预计，由天界反映下来的意思看，这个供唐小山活动的世界，只是一个模糊的不真实倒影，是一个机械的对上界的错误模拟。例如武则天皇帝再度在西王母蟠桃宴之后，命令百花齐放，而这次居然奏效成功了（其实仍是受命于上界整个的大计划），可是这个命令的成功却直接造成了包括百花仙子及群花之神的谪降大罪案。因此这个举动只是对上界一次错误的模拟。就像《水浒传》洪太尉固执地打开了伏魔殿的石碣，而放走了一百零八个魔君，甚至像潘多拉揭开盒盖，放出疾病悲伤一样，完全是错误而鲁莽的举动。然而事情的微妙却不在这里，而是，下界虽然出了错，但错误的命运却是上界代为拟定的（洪太尉在石碣上看到的是"遇洪而开"四个字，而朱庇特当然也知道潘多拉是好奇的）。隐藏在上界的"上帝"好像是一个恶意而狡猾的教师，他故意拿一个错的句子，让无知的学生一再地错抄误写；而为了上界的尊严，上帝把错误的责任转嫁到人

附录一 蓬莱诡戏

类的身上,并且最后要人类自己来证明自己的错误。因此唐小山虽代自己神性的前身百花仙子在尘世完了夙愿,亲与人文盛会,荣膺才女之誉,但是这一切却没有获得什么具体可见的结果,相反却促成小山更快地弃绝红尘,回归道山,恢复原身。唐小山走了一圈迷阵,并没有找到另外一个出口,仍旧从原来的地方回到了"上帝"门廊下。这是必然的。"上帝"只能让唐小山给百花仙子一个不能证明什么的证明,上界的永恒纪律和秩序才是绝对的,而上界也才是一个独一的、绝对的存在,其他意念都是妄行妄作。那么,作者是不是在这儿轻描淡写地就彻底否定了一个有机世界中生命的意义呢?

但是生命是否绝对不能有所作为,这样的一个问题实在是太大了,作者未必肯骤下定论,而我们读者也无能越俎代庖。我们暂时搁下这部作品空虚沉寂的结局,回头再来看看别的。也许还可以得到其他的消息,或者把上面的问题再推展一步。

首先,在对有机生命怀疑的阴暗之上,作者是不是相对地肯定了一个"实在"(以可怀疑的有机生命来肯定"实在"当然已是一个吊诡)?由于抽象思考这类形上的问题,不是一个小说家的任务,作者只能用一个完全属于人的"感觉",去反映出他对这个"真实"上界的意见,或者说在一个形上的实在笼罩下,来"感觉"人的存在问题。先我们看到众神中,百花仙子被赋以"人"的气质。这就是一切故事的发轫。具有了"人"的气质的第一个意义是:百花仙子开始做了怀疑者。她先怀疑自己本然的存在,所以虽然身在蓬莱,已成正果,却不以为是最终极的形式;因此当魁星预兆将有才女兴起的时候,百花仙子就思虑着:假使自己无缘亲与,那么这一切文光神兆,都只是"镜花水月"将要"终虚所望"了。

镜花缘：镜里奇遇记

显然，百花仙子在她神性的存在里，却另有所希冀。第二个意义是，百花仙子由开始怀疑而进一步背叛这个天庭统治者"上帝"的命令。对于这层意思，作者是用暗喻的反面手法表现的。当嫦娥和众仙兴高忘情，一同催促百花齐放时，百花仙子说"上帝于花号令极严、稽查最密""小仙奉令唯谨，不敢参差，亦不敢延缓"。然而这仅仅是一个理智的服从行为，内里却不是如此。有两个理由可证：第一，百花仙子虽然没有直接命令开花，而是群花纷纷擅自违时，可是百花神和群花仙的关系是必须看成一体的；群花只是百花神的分化体（群花之数含百花仙子在内恰为一百），陈受颐的文学史也认为百花仙子谪降歧化为一百个少女①。我们大致也可以这样看：百花仙子本身代表知性的超自我，而群花是百花仙子潜意识的一部分。第二，群花乱时同放，干犯天令后，麻姑劝她具表自检，以求赦罪，而百花仙子却说："当年我原有言在先：如爽前约，教我堕落红尘。今晚犯了此誓，神明鉴察，岂能逃过此厄？"于是终不肯自行检举。将不肯自行检举和早有企慕红尘的意识加起来，我们就可以看到对"上帝"命令反叛的形迹——就像这样，于是百花神取得了"人"的基本性质。"人"首先是要怀疑天国的和谐与幸福的，"人"也要求从神的纪律里挣脱出来，然后才成为人，像亚当和夏娃终于走出伊甸园一样。或者依佛家之说，百花神有了因于业的造作，于是乃求努力实现自身。她在一片属于神的宁静纪律中，有了要求自我生命的骚动。一种原始蒙昧的生之欲望和意志，像丛林隐约的鼓声一样，从深处嘭嘭然逐渐响起来。有时甚至跳跃

---

① 见陈受颐 Chinese Literature-A Historical Inrotdoction（The Ronald press Company. New York）Chapter.30 Ch'ing Fiction. p.590。

附录一　蓬莱诡戏

出潜在的意识圈。像她和麻姑下棋的时候，就曾说："小仙闻得下界高手甚多，我去凡间访求明师，就便将弈秋请来，看你可怕！"虽然是戏谑的话，可是却被麻姑点破而说她"这句话未免动了红尘之念"（第三回）。其实，像百花神在上界的圆满宇宙里，而企求成为一个有情之物，不过是一个和《创世记》以及和人类自己一样古老的故事罢了。

然而要做一个有情之物，也就是要抛掉超时空的神性，而做一个绝对在时空之内的有机生命。"有机生命只在它在时间之中演化的时候存在。"①于是百花仙子先必须把自己投到时间之流里去，然后才洗礼而为一个真正的人。恰好，我们看到百花神处处为"时间"问题受窘：西王母寿筵上，百鸟百兽之神都可以率鸟兽群献歌献舞，而百花仙子偏偏就受制于时令，这是一。人皇武则天命令限时开花，百花仙子却在这个关口上玩棋忘返，终至被"时间"的差池而决定了谪降的命运，这是二。至于对尘间的向往，也便是对"未来"这所谓的时间的第三向度的微渺追求。"思想到未来，和生活在未来之中，是人本性的一个必然的部分。"②在这些时间的命定意义下，百花仙子来到尘间，具有了肉身。而这种经验的形式（时间）自然更不可能有什么改变。整个的生存就是一个时间的历程。就百花仙子转化的尘身唐小山而言，作者用了若干事件来加以表明，例如唐小山去小蓬莱寻找父亲，虽然主要是内在考验的象征性历程，但同时也寓有时间的历程在内。唐小山原被期待在八月女科考试前赶回来，可是在来回途中，都有许多险难延阻行程，而不

---

① 恩斯特·卡西尔（Ernst Cassirer）语，见刘述先先生译《论人》第一部第四章，第50页。
② 同前注，第61页。

断地制造着时间的焦虑感。作者在第五十三回中曾特别做了戏剧性的强调。那时小山已决心遵奉唐敖信上嘱咐，赶回家乡参加考试，但是她们正走到需要绕行半年的门户山，而时节已交季夏。林之洋说就是"无日无夜朝前赶进"也赶不上考期了，小山因此"闷闷不乐，每日在船唯有唉声叹气"。当时船上共有五位女郎是要参加考试的。正在大家都被这"时间"困顿得无可如何之际，忽然涛声如雷，只见曾经大禹开凿过的门户山，豁然而通，船"如快马一般，蹿了过去"。因此而得以顺利赶上试期。时间的节奏，是如此绝对地掌握着人生。然而在世上千年、山中一日的状态里，时间是凝固的。麻姑长鬓如霜、王母年年祝寿，没有向前推移的时间，也就不能有任何新的事物可以寄托。百花仙子对于个体生命和经验的追求，所得收获，第一个就是被抛出没有钟摆的世界，带着希求与疑惧心，朝着一个必然会燃尽的烛光前进。

百花仙子被时间之流冲下山巅以后，接着便展视两岸的空间。空间问题的广泛喻义就是个体生命的寻求扩大，是企求突破素朴生命的、单纯而生的繁华欲（如佛家所言，繁华欲是生存欲分驶于外的一端。作者在书中曾以第五回群花一经挂上红彩和金牌的奖励后，开得更加鲜艳稀罕，如并蒂、抱子等来对这种祈求繁华的欲望，做最鲜活的象喻）。百花仙子在她司掌的天职之外渴求到尘世做一名小小的才女，渴求看来可能是光辉的文化生活，否则天国的快乐也是虚幻的。这个向外扩张的历程，荣登才女榜固然是它最具体、最终极的表现，但企求繁华的欲望既多且杂，而空间的扩张似乎也是无止境的，且看全书十之九的事件，莫不是对这种繁华欲的描绘。其中又特别以唐敖和小山自己海外旅游的神话（两事同时也是全书主要的情节间架）做具体的阐述。第一步，作者把包含多

附录一 蓬莱诡戏

义的人生的空间生存,具象为物理空间的途程;进一步,作者则就两事分别取喻。小山的历程(往小蓬莱寻父)是对她内在信心的考验,包括寻父的意志和返本归真的禅机的领悟;寻父是伦理的努力,禅悟是宿慧的验证。作者似乎把这两种灵魂上的考验,作为唐小山生命的自我扩张的立足点,通过了这些考验,小山日后固然可以还原为仙,而同时也因这一行接受神谕,肯定了她做才女的荣耀(第一,她默许了回乡考试;第二,她在泣红亭预睹了天榜),以及某种程度地完成了伦理的责任。不过所有这一切还都是属于唐小山个人的内在经验,至于唐敖的游历就更进一步扩大了人生的空间。唐敖这个角色,在初步来讲,是在对唐小山具有两层意义而存在的。第一,他对小山的关系,颇接近于天路历程中,传道对基督徒的关系,传道第一个把窄门和远处明灯的消息告诉基督徒;唐敖首先仙隐小蓬莱,对小山当然也是有引领意义的。同时,由于唐敖赋予了小山"寻父"的责任,小山走出闺阁,参与广大的世界,"普结众缘、才了尘缘"(第五十一回)。第二,唐敖的游历,与小山自己的故事交替地描绘了小山整个生存空间的貌相。唐敖游历奇人异国故事所指涉的,从制度形态、风习浸淫到物质的营求等,几乎网罗了人类所有的活动;这些以人类意念为核心而辐射出去的世界,就是围绕着唐小山而存在的世界。小山自己虽未必亲身从事,可是作为人类一分子,小山是属于它的。百花仙,借干犯上天戒律而走出蓬莱,其寻求生命扩大的欲求,完全被吞没在这一番营营扰扰的景象中。甚至,像众才女从海内外各地四方云集的热闹、同登名榜的荣宠,以及宗伯府夸才逞智的得意等,也都是对上述同一世界的华丽回响。

照说,像这样由时空交织起来的世界,应该可以成为一个虽有缺点而仍然是实质的世界,来和上界做不等式的对比存在的。不过,不幸的是,作者却无意于做这种证词。他在故事中间,就不断地警告我们,所见的都是幻象;他好像是一个自嘲的魔术师,随手玩着,随手就把他的魔术世界揭穿。可以捡几件明显的事件来看看。比如整个《镜花缘》的历史定点,武则天所统治的天下。站在李汝珍异族之痛的处境,他可能在这部分情节中参有若干民族意识,不过就全书题意来谈,我们不把重点放在这儿。我们可以确定,武则天统治的世界,并不具有多少历史的或政治的现实意义,相反地,是借它来象喻一个荒诞的存在。当武则天平定徐敬业的变乱后,她修筑了四座高大的关塞,把她自己坐镇的长安"团团围在居中,真是水泄不通";且看这四座关名是:酉水关、巴刀关、才贝关、无火关,分别以酒、色、财、气四种幻象设阵,使凡入关者自取败亡。后来四关全被由才女们联络起来的一班武士借神刀攻毁(分见第三回、第九十六回至第九十九回)。因此,作者为武则天努力建造的百花齐放的世界,只是一个充满了空虚欲望的世界;尽管她曾经夺天帝之命,曾经有革新的恩诏、有爱才的盛举,可是她仍旧只象征着一个欲望的暴君。甚且,她由女后而帝,也喻说着人生颠倒纷乱阴阳失错的乖讹形式(这应该就是作者为什么选定武则天这个历史时间的根本原因)。总之,她所统治的世界只是一个应该被毁弃的荒诞世界。

再拿唐敖所游来看,更不用说,充满着格列佛式的嘲讽,大有"以天下为沉浊,不可与庄语"的浩叹;然而不单单是这样,就以《格列佛游记》和《镜花缘》相比来看,至少两书有两个大不相同的地方,只要一加比较,我们就可以看出李汝珍是如何不惜揭穿自己的幻术。首先,格列佛总是直接进入并参与那些怪异国度的生

附录一　蓬莱诡戏

活,他取得了那些国度人民的共同经验,和他们具有长久得多的关系;但唐敖则纯粹是一个观光客,即使和当地人小有纠葛,也是暂时性的,而绝大多时他只作壁上观。其次,格列佛最后还是回到他本土的家,虽然带着对文明社会憎恶和讥刺的眼光;而唐敖却悄悄地遁隐入小蓬莱,永世不出。他对多九公说,登上小蓬莱"不但名利之心都尽,只觉万事皆空",而"懒入红尘"。这两种相反的归宿,和游历时心态的差异,正反映着李汝珍对这个世界的看法和斯威夫特同中大有异处,当斯威夫特在 Houyhnhnms 国把人类低贬为 Yahoos 这种畜类时,格列佛对于人类怀着痛切而难言的责备;可是唐敖呢?他和着多九公、林之洋用笑谑的方法,观览了光怪陆离的世界之后,像吹拂灰尘一样轻轻地把这个世界拂掉。对于人类的缺点,斯威夫特如此耿耿于怀;但李汝珍却用这些现象重复地证明给他的人物:这些罪恶之华只是镜中幻影。所以唐敖不须回到他所从来的那一个镜中世界去,为虚荣式的人类受苦。他正侥幸从那个幻影的世界逃离出来,去追求另一个世界的真实与纯洁。唐敖在小蓬莱留诗道:"逐浪随波几度秋,此身幸未付东流;今朝才到源头处,岂肯操舟复出游。"他干脆"贪嗔痴灭",做了个"无余涅槃"。

其实,不止像唐敖这个逐浪随波、曾被革去了探花、从竞争世界中被放逐出来的挫败者做了这个选择而已。李汝珍以为对于表象世界的警告是普遍性的。因此小山必须步唐敖的后尘,而且在才女的荣宠之后。以小山一生的形式来看,当然跟她父亲不同,而且正好成微妙的对比。唐敖是一生无成、旋得旋失,就连他入山仙隐也是顺着这种消极的格式而成就的。例如他相信求仙入道只需"远离红尘、断绝七情六欲"(第七回)。后来和林之洋、多九

镜花缘：镜里奇遇记

公游山，唐敖独有缘吃了所谓能超凡入圣的朱草，结果一阵浊气下降之后，唐敖把毕生所能，十忘其九（第九回）。在轩辕国，因论黄帝当年骑龙上天，小臣号呼攀援，唐敖感叹说："若凡心未退，纵能跟去，又有何益？倘主意拿定，心如死灰，何处不可去。"（第三十八回）因此唐敖在一路放弃之下，窥破红尘，修成正果。而小山则不然，她既天赋异禀，智慧超常，早就可以预见将有天启的光荣加于她；而且她天生有尊严的荣誉感与责任心，和勇往精进的气魄。当她听到父亲在小蓬莱不回，立刻决心去寻找。她开始以跳越桌椅来锻炼自己将来走山路的能力，至于后来在沿途所受的考验，更是危难震惧，动心忍性，而小山都以大无畏的坚忍克服。无论她有没有把父亲找回来，这种执着的努力，也算是作为"人"的成就了；至于才女的荣誉也经一番努力而获致（作者用归途上种种危险，诸如猛虎、匪盗、饥饿等意象，来隐喻它的过程之艰难——恰好小山来回途程分别象征她两大努力）。总之，对比于唐敖，小山完全展现出一种积极的人生意态。她一生两大努力：伦理（也就是感情的、道德的）、名业（也就是理智的、意志的），应是人类自信可以依赖的两种事物了，而小山，也算得是人类肯定精神的典型了；但纵使如此，也仍旧逃不过作者最后的揭穿。唐小山曾屡遭警告，最严重的一次是她第一回到小蓬莱的时候。小山在小蓬莱所见的景物，纯然是一个充满禅机的暗示的世界。李汝珍只用几个字词，就架构了一个徒具名相的世界的图画，他的构图大致如此：一条名叫"镜花"的山岭，围绕着一个封闭的荒凉的世界，岭下有一堆荒坟，题名"镜花冢"，再过去是一座白玉牌楼，曰"水月村"，据指路樵夫（自然就是唐敖）说水月村住着几个山民，但实际既无屋舍又看不到人影。越过一条溪，又有一座"金光万道、瑞

附录一 蓬莱诡戏

气千条",且悬着金字大匾的"泣红亭",泣红亭里碧玉的座上,竖着白玉碑,碑上刻着一百才女名榜;而碑上正面写的是"镜花水月"。这一连串的象征喻义已经无需费词解释了。不过,其中倒有一点儿不妨略为提醒,就是作者一再使用对比的词字所造成的语调;白玉牌楼下是空无所有的水月村,金光瑞气围绕着泣红亭,美玉载录的才女榜,被总括进"镜花水月"中。那么,人生的荒谬不在这里的话,又在哪里呢?就是对于像唐小山这样的一个人(她从上界寻求到下界)又怎能逃过"金玉其相"的世界呢!

而作者以为这个对比还不够。于是小山远远望见对面山峰下另有一番天地,那是"琼台玉洞、金殿瑶池,宛如天堂一般",相形之下,镜花岭的风光未免寒碜。当然,天堂之境是绝不可攀登的,有一个几丈宽的深潭,把山分成两段,"无一线之可通"。因此它只冷漠地、不动心地下临着。于是掉头回顾镜花岭的一切,越发遏制不住荒凉的恐惧感。

那么唐小山又寻求到了什么呢?你也许说泣红亭的才女榜虽属镜花水月,但是千里跋涉来寻找父亲,那总是一件实实在在的人性的大光辉;不错,作者也没有忘记这件事,然而对它的交代却是这样的:小山并没有看到真实的作为"父亲"的唐敖。她只看到一个化身的唐敖——一个觌面不相认的白发樵夫;她只听到一个隐形的唐敖,他藏起来,用一首诗来训令这个称他为父亲的女孩。小山彷徨中在石壁上看到这样的句子:"义关至性岂能忘,踏遍天涯枉断肠。聚首还须回首忆,蓬莱顶上是家乡。"似乎唐敖虽然不愿看父女之"情"的分上,却站在人类"大义"的立场,来承认这件事;然而就现在已"成仙入道"的唐敖来讲,它终竟是枉然的。唐敖告诉小山,他们应该建立一种新的关系,也就是只有在新的情况

· 215 ·

下，他们才能彼此互认——可是这又是一个大吊诡。假使在靠着伦理才建立起来的人类社会中，父亲已不愿承认亲子关系，那么在无需伦理的蓬莱顶上又何来父女的聚首呢？如此看来，唐敖实际上已经把小山人伦的努力，绝对地转变成对永恒的"家乡"的追求。因此小山的这一种尘世间的成就也便无可陈述了。

于是唐敖对于小山，不是骨肉的血亲父亲，而是精神上引领的"父亲"。小山对其中奥义也深有领会，所以她荣取才女后，立刻屏当一切，重访小蓬莱，并且做一去不回的打算。当然在这之前，小山因为宿慧的禀赋，再屡经道姑的启发，已有朦胧的感悟，只是镜花岩所见则具有"大彻大悟"的意境。那里的景物像一面巨大的迎面而立的镜子，把人生过去、未来、结局种种赫然呈现眼前[1]，而小山正是其中最主要的影像。因此镜花岩俨然是一个"现前地"[2]。在这之前的小山，可能还有与"红尘"牵扯不清的地方。此后的小山，就很像是贾宝玉重游太虚幻境之后一样，别用一只眼睛看世界。（例如小山未至镜花岩之前，读唐敖信时说："父亲既说等我中过才女与我相聚，何不就在此时同我回去，岂不更便！"可见这时小山"我执"犹存。镜花岩以后才能诸事随缘而化。）而且在寻求血亲的父亲变成寻求永恒的父亲之后，本来是光

---

[1] 佛家有"大圆镜"之喻，熊十力《佛家名相通释》卷下，第121页（台湾广文书局本）在"四智心品"条下云："已说菩提即四智。四智者何？一大圆镜相应心品。谓金刚喻定现在前时，即大圆镜智现起，同时有净第八识俱起，与此镜智相应，是名大圆镜相应心品。此智寂静圆明，故喻圆镜。具无边功德，故喻如圆镜能现众像，即从喻立名。"唯本文此处仅随意譬喻，而与大圆镜"能现众像"的意思不谋而合。

[2] 同前注书卷下，第120页。"十地"条下："六现前地，谓观诸法缘起，有胜智故，能引发最胜般若令现前故。"

附录一　蓬莱诡戏

祖荣身的才女试，也变成了返本归真的一个手段了。这些语意的转变，都显示出作者在题旨上的苦心经营。

繁华由来一梦，就是天生异禀的人，也不能凭其特别的智慧彻底超越。因此作者在第四十九回借阴若花向小山说："你知，固好；我不知也未尝不妙。总而言之，大家无常一到，不独我不知的，化为飞灰，依然无用；就是你知的，也不过同我一样，安能有什么妙术？"然则，生命的过程与归宿都是绝对平等的。唐小山这一切朝向返本归真、蓬莱顶上的努力，究其竟也就是对有机生命的结局——死亡的努力而已。但作者却要努力想象一种超越死亡的死亡。他借着宗教的语言说："苦海边，就是回头岸。"（第四十四回）或是借用神话的不死之蓬莱以为陈述。起初百花仙子只居住在一个未经证实的永恒里，今而后，百花仙子似乎可以凭借唐小山的故事来证明：蓬莱才是唯一的永恒的洞天福地。但是我们还不能如此快地就代作肯定。在一本小说里，与其说李汝珍（并非宗教小说家）既没有宗教的信念，也没有哲学的权威，仅凭纯粹理智就构建起一个永恒的实在，毋宁说，他仍旧回到我们常人的忧虑里。他对上界的真实疑云重重，蛛丝马迹如：不死的蓬莱山，却有薄命岩，岩上有红颜洞（第一回）、百草仙子化身的道姑自称从"不忍山、烦恼洞、轮回道上来"（第四十四回）、西王母宴上极像人生战场（第一、二回），而泣红亭中才女榜唐闺臣（即小山）的绰名是"梦中梦"（第四十八回），那么，下界同属一梦，上界却也不免是一个大梦了。换言之，不但小山这一场英雄式的生之寻求到头来是一吊诡，就是全书，或者说全宇宙的设计，也是一大吊诡了。

所以李汝珍虽然时常在宗教的笼盖下诠释人生，可是最后却出离了宗教所保证的乐园和天堂,徘徊于文学的游移和暧昧中(这也许就是文学比宗教甚至哲学都自由的地方)。而无疑的是,一百多年前,李汝珍所表现的这些追求生时的不安,与向往死后的永恒,会像三棱镜中的光影一样,将永远在人们心中反复映照无穷。

附录二　原典精选

第十二回　双宰辅畅谈俗弊　两书生敬服良箴

话说吴之和道："小子向闻贵处世俗，于殡葬一事，做子孙的，并不计及'死者以入土为安'，往往因选风水，置父母之柩多年不能入土，甚至耽延两代三代之久，相习成风。以至庵观寺院，停柩如山；圹野荒郊，浮厝无数。并且当日有力时，因选风水蹉跎；及至后来无力，虽要求其将就殡葬，亦不可得：久而久之，竟无入土之期。此等情形，死者稍有所知，安能瞑目！况善风水之人，岂无父母？若有好地，何不留为自用？如果一得美地，即能发达，那通晓地理的，发达曾有几人？今以父母未曾入土之骸骨，稽迟岁月，求我将来毫无影响之富贵，为人子者，于心不安，亦且不忍。此皆不明'人杰地灵'之义，所以如此。即如伏羲、文王、孔子之陵，皆生蓍草，卜筮极灵；他处虽有，质既不佳，卜亦无效。人杰地灵，即此可见。今人选择阴地，无非欲令子孙兴旺，怕其衰败。试以兴衰而论，如陈氏之昌，则有'凤鸣'之卜；季氏之兴，则有'同复'之筮：此由气数使然呢，阴地所致呢？卜筮既有先兆，可见阴地好丑，又有何用。总之：天下事非大善不能转祸为福，非大恶亦不能转福为祸。《易经》'余庆余殃'之言，即是明证。今以阴地，意欲挽回造化，别有希冀，岂非'缘木求鱼'？与其选择徒多浪费,何不遵着《易经》'积善之家,必有余庆'之意,替父母多做好事,广积阴功,日后安享余庆之福?较之阴地渺渺茫茫,岂不胜如万万?据小子愚见:殡葬一事,无力之家,自应急办,不可蹉跎;至有力之家,亦唯择高阜之处,得免水患,即是美地。父母瞑目无恨,人子扪心亦安。此海外愚谈,不知可合尊意?"

唐、多二人正要回答,只见吴之祥道:"小子闻得贵处世俗,凡生子女,向有三朝、满月、百日、周岁之称。富贵家至期非张筵,即演戏,必猪羊鸡鸭类大为宰杀。吾闻'上天有好生之德'。今上天既赐子女予人,而人不知仰体好生之意,反因子女宰杀许多生灵。是上天赐一生灵,反伤无数生灵,天又何必再以子女与人?凡父母一经得有子女,或西庙烧香,或东庵许愿,莫不望其无灾无病,福寿绵长。今以他的毫无紧要之事,杀无数生灵,花许多浪费,是先替他造孽,忏悔犹恐不及,何能望其福寿?往往贫寒家子女多享长年,富贵家子女每多夭折,揆其所以,虽未必尽由于此,亦不可不以为戒。为人父母的,倘以子女开筵花费之资,尽为周济贫寒及买物放生之用,自必不求福而福自至,不求寿而寿自长。并闻贵处世俗,有将子女送入空门的,谓之'舍身'。盖因俗传做了佛家弟子,定蒙神佛护佑,其有疾者从此自能脱体,寿短者亦可渐渐长年。此是僧尼诱人上门之语,而愚夫愚妇无知,莫不奉为神明,相沿既久,故僧尼日见其盛。此教固无害于人,第为数过多,不独阴阳有失配合之正,亦生出无穷淫奔之事。据小子愚见:凡乡愚误将子女送入空门的,本地父老即将'寿夭有命'以及'无后为大'之义,向其父母剀切劝谕。久之舍身无人,其教自能渐息。此教既息,不唯阴阳得配合之正,并且乡愚亦可保全无穷贞妇。总之，天下少一僧或少一道，则世间即多一贞妇。此中固贤愚不等，一生未近女色者，自不乏人；然如好色之辈，一生一世，又岂止奸淫一妇女而已？鄙见是否，尚求指教。"

吴之和道："吾闻贵处向有争讼之说。小子读古人书，虽于'讼'字之义略知梗概，但敝地从无此事，不知究竟从何而起。细访贵乡兴讼之由，始知其端不一：或因口角不睦，不能容忍；或因财产较量，以致相争。偶因一时尚气，鸣之于官。讼端既起，彼此控告无休。其初莫不苦思恶想，掉弄笔头，不独妄造虚言，并以毫无影响之事，硬行牵入，唯期耸听，不管丧尽天良。自讼之后，即使百般浪费，并不爱惜钱财；终日屈膝公堂，亦不顾及颜面。幸而官事了结，花却无穷浪费，焦头烂额，已属不堪；设或命运坎坷，从中别生枝节，拖延日久，虽要将就了事，欲罢不能，家道由此而衰，事业因此而废。此皆不能容忍，以致身不由己。即使醒悟，亦复何及。尤可怪的，又有一等唆讼之人，哄骗愚民，勾引兴讼，捕风捉影，设计铺谋，或诬控良善，或妄扳无辜。引人上路，却于暗中分肥，设有败露，他即远走高飞。小民无知，往往为其所愚，莫不被害。此固唆讼之人造孽无穷，亦由本人贪心自取。据小子看来，争讼一事，任你百般强横，万种机巧，久而久之，究竟不利于己。所以《易经》说：'讼则终凶。'世人若明此义，共臻美俗，又何争讼之有！再闻贵处世俗，每每屠宰耕牛，小子以为必是祭祀之用。及细为探听，却是市井小人，为获利起见，因而饕餮口馋之辈，竞相购买，以为口食。全不想人非五谷不生，五谷非耕牛不长。牛为世人养命之源，不思所以酬报，反去把他饱餐，岂非恩将仇报？虽说此牛并非因我而杀，我一人所食无几；要知小民屠宰，希图获利，那良善君子倘尽绝口不食，购买无人，听其腐烂，

镜花缘：镜里奇遇记

他又安肯再为屠宰？可见宰牛的固然有罪，而吃牛肉之人其罪更不可逃。若以罪之大小而论，那宰牛的原算罪魁；但此辈无非市井庸愚，只知唯利是趋，岂知善恶果报之道，况世间之牛，又焉知不是若辈后身？据小子愚见：'《春秋》责备贤者'，其罪似应全归买肉之人。倘仁人君子终身以此为戒，胜如吃斋百倍，冥冥中岂无善报！又闻贵处宴客，往往珍馐罗列，穷极奢华，桌椅既设，宾主就位之初，除果品冷菜十余种外；酒过一二巡，则上小盘小碗——其名南唤'小吃'，北呼'热炒'——少者或四或八，多者十余种至二十余种不等；其间或上点心一二道；小吃上完，方及正肴，菜既奇丰，碗亦奇大，或八九种至十余种不等。主人虽如此盛设，其实小吃未完而客已饱，此后所上的，不过虚设，如同供献而已。更可怪者：其肴不辨味之好丑，唯以价贵的为尊。因燕窝价贵，一看可抵十肴之费，故宴会必以此物为首。既不恶其形似粉条，亦不厌其味同嚼蜡。及至食毕，客人只算吃了一碗粉条子，又算喝了半碗鸡汤，而主人只觉客人满嘴吃的都是'元丝课'。岂不可笑？至主人待客，偶以盛馔一二品，略为多费，亦所不免，然唯美味则可；若主人花钱而客人嚼蜡，这等浪费，未免令人不解。敝地此物甚多，其价甚贱，贫者以此代粮，不知可以为菜，向来市中交易，每谷一升，可换燕窝一担。庶民因其淡而无味，不及米谷之香，吃者甚少；唯贫家每多囤积，以备荒年。不意贵处尊为众肴之首。可见口之于味，竟有不同嗜者。孟子云：'鱼我所欲，熊掌亦我所欲。'鱼则取其味鲜，熊掌取其肥美。今贵处以燕窝为美，不知何所取义；若取其味淡，何如嚼蜡？如取其滋补，宴会非滋补之时，况荤腥满腹，些须燕窝，岂能补人？如谓希图好看，可以夸富，何不即以元宝放在菜中？——其实燕窝纵贵，又安能以此夸富？这总怪世

附录二 原典精选

人眼界过浅,把它过于尊重,以致相沿竟为众肴之首,而并有主人亲上此菜者。此在贵处固为敬客之道,若在敝地观之,竟是捧了一碗粉条子上来,岂不肉麻可笑?幸而贵处倭瓜甚贱;倘竟贵于诸菜,自必以他为首。到了宴会,主人恭恭敬敬捧一碗倭瓜上来,能不令人喷饭?若不论菜之好丑,亦不辨其有味无味,竟取价贵的为尊,久而久之,一经宴会,无可卖弄,势必煎炒真珠,烹调美玉,或煮黄金,或煨白银,以为首菜了。当日天朝士大夫曾作《五簋论》一篇,戒世俗宴会不可过奢,菜以五样为度,故曰'五簋'。其中所言,不丰不俭,酌乎其中,可为千古定论,后世最宜效法。敝处至今敬谨遵守。无如流传不广。倘惜福君子,将《五簋论》刊刻流传,并于乡党中不时劝诫,宴会不致奢华,居家饮食自亦节俭,一归纯朴,何患家室不能充足。此话虽近迂拙,不合时宜,后之君子,岂无采取?"

吴之祥道:"吾闻贵地有三姑六婆,一经招引入门,妇女无知,往往为其所害,或哄骗银钱,或拐带衣物。及至妇女察知其恶,唯恐声张家长得知,莫不忍气吞声,为之容隐。此皆事之小者。最可怕的,来往既熟,彼此亲密,若辈必于此中设法,生出奸情一事,以为两处起发银钱地步。怂恿之初,或以美酒迷乱其性,或以淫词摇荡其心,一俟言语可入,非夸某人豪富无比,即赞某人美貌无双。诸如哄骗上庙,引诱朝山,其法种种不一。总之:若辈一经用了手脚,随你三贞九烈,玉洁冰清,亦不能跳出圈外。甚至以男作女,暗中奸骗,百般淫秽,更不堪言。良家妇女因此失身的不知凡几。幸而其事不破,败坏门风,吃亏已属不小;设或败露,名节尽丧,丑声外扬,而家长如同聋聩,仍在梦中。此固由于妇女无知所致,但家长不能预为防范,预为开导,以致'绿头巾'戴在顶上,亦由自取,归咎何人?小子闻《礼经》有云:'内言不出于阃,外言不入于阃。'古人于妇女之言,尚且如此谨慎;况三姑六婆,里外搬弄是非,何能不生事端?至于出头露面,上庙朝山,其中暧昧不明,更不可问。倘明哲君子,洞察其奸,于家中妇女不时正言规劝,以三姑六婆视为寇仇,诸事预为防范,毋许入门,他又何所施其伎俩?再闻贵处向有'后母'之称,此等人待前妻儿女莫不视为祸根,百般荼毒。或以苦役致使劳顿,或以疾病故令缠绵,或任听饥寒,或时常打骂。种种磨折,苦不堪言。其父纵能爱护,安有后眼?此种情形,实为儿女第一黑暗地狱——贫寒之家,其苦尤甚。至富贵家,虽有乳母亲族照管,不能过于磨折;一经生有儿女,希冀独吞家财,莫不铺谋设计,枕边逸言,或诬其女不听教训,或诬其儿忤逆晚娘,或诬好吃懒做,或诬胡作非为,甚至诬男近于偷盗,诬女事涉奸淫。种种陷害。此等弱女幼儿,从何分辩?一任拷打,无非哀号,因此磨折而死或忧忿而亡。历来命丧后母者,岂能胜计,无如其父始而保护婴儿,亦知防范,继而逸言入耳,即身不由己;久之染了后母习气,不但不能保护,并且自己渐渐亦施毒手。是后母之外,又添'后父'。里外夹攻,百般凌辱。以致'枉死城'中,不知添了若干小鬼。此皆耳软心活,只重夫妇之情,罔顾父子之恩。请看大舜捐阶焚廪,闵子冬月芦衣,申生遭谤,伯奇负冤,千古之下,一经谈起,莫不心伤。处此境者视此前车之鉴,仍不加意留意,岂不可悲!"

吴之和道:"吾闻尊处向有妇女缠足之说。始缠之时,其女百般痛苦,抚足哀号,甚至皮腐肉败,鲜血淋漓。当此之际,夜不成寐,食不下咽,种种疾病,由此而生。小子以为此女或有不肖,其母不忍置之于死,故以此法治之。谁知系为美观而设;若不如此，即不为美！试问鼻大者削之使小，额高者削之使平，人必谓为残废之人；何以两足残缺，步履艰难，却又为美？即如西子、王嫱，皆绝世佳人，彼时又何尝将其两足削去一半？况细推其由，与造淫具何异？此圣人之所必诛，贤者之所不取。唯世之君子，尽绝其习，此风自可渐息。又闻贵处世俗，于风鉴卜筮外，有算命合婚之说。至境界不顺，希冀运转时来，偶一推算，此亦人情之常，即使推算不准，亦属无伤。婚姻一事，关系男女终身，理宜慎重，岂可草草。既要联姻，如果品行纯正，年貌相当，门第相对，即属绝好良姻，何必再去推算？左氏云：'卜以决疑，不疑何卜。'若谓必须推算，方可联姻，当日河上公、陶宏景未立命格之先，又将如何？命书岂可做得定准？那推算之人，又安能保其一无错误？尤可笑的：俗传女命北以属羊为劣，南以属虎为凶。其说不知何意？至今相沿，殊不可解。人值未年而生，何至比之于羊？寅年而生，又何至竟变为虎？——且世间惧内之人，未必皆系属虎之妇。况鼠好偷窃，蛇最阴毒，那属鼠、属蛇的，岂皆偷窃、阴毒之辈？龙为四灵之一，自然莫贵于此，岂辰年所生，都是贵命？此皆愚民无知，造此谬论，往往读书人亦染此风，殊为可笑。总之，婚姻一事，若不论门第相对，不管年貌相当，唯以合婚为准，势必将就勉强从事，虽有极美良姻，亦必当面错过，以致日后儿女抱恨终身，追悔无及。为人父母的，倘能洞察合婚之谬，唯以品行、年貌、门第为重，至于富贵寿考，亦唯听之天命，即日后别有不虞，此心亦可对住儿女，儿女似亦无怨了。"

吴之祥道："小子向闻贵地世俗最尚奢华，即如嫁娶、殡葬、饮食、衣服以及居家用度，莫不失之过侈。此在富贵家不知惜福，妄自浪费，已属造孽；何况无力下民，只图目前适意，不顾日后饥寒，倘惜福君子于乡党中不时开导，毋得奢华，各留余地，所谓'常将有日思无日，莫待无时思有时'。如此剀切劝谕，奢侈之风，自可渐息，一归俭朴，何患家无盖藏。即偶遇饥岁，亦可无虞。况世道俭朴，愚民稍可糊口，即不致流为奸匪；奸匪既少，盗风不禁自息，天下自更太平。可见'俭朴'二字，所关也非细事……"

正说得高兴，有一老仆，慌慌张张进来道："禀二位相爷：适才官吏来报，国主因各处国王约赴轩辕祝寿，有军国大事，面与二位相爷相商，少刻就到。"多九公听了，暗暗忖道："我们家乡每每有人会客，因客坐久不走，又不好催他动身，只好暗向仆人丢个眼色。仆人会意，登时就来回话，不是'某大老即刻来拜'，就是'某大老立等说话'。如此一说，客人自然动身。谁知此处也有这个风气，并且还以相爷吓人——即或就是相爷，又待如何？未免可笑。"因同唐敖打躬告别。吴氏弟兄忙还礼道："蒙二位大贤光降，不意国主就临敝宅，不能屈留大驾，殊觉抱歉。倘大贤尚有耽搁，愚弟兄俟送过国主，再至宝舟奉拜。"

唐、多二人匆匆告别，离了吴氏相府。只见外面洒道清尘，那些庶民都远远回避。二人看了，这才明白果是实情。于是回归旧路。多九公道："老夫看那吴氏弟兄举止大雅，器宇轩昂，以为若非高人，必是隐士。及至见了国王那块匾额，老夫就觉疑惑：这二人不过是个进士，何能就得国王替他题额？哪知却是两位宰辅！如此谦恭和蔼，可谓脱尽仕途习气。若令器小易盈、妄自尊大那些骄傲俗吏看见，真要愧死！"唐敖道："听他那番议论，却也不愧'君子'二字。"不多时，回到船上。林之洋业已回来，大家谈起货物之事。原来此地连年商贩甚多，各色货物，无不充足，一切价钱，均不得利。

正要开船，吴氏弟兄差家人拿着名帖，送了许多点心、果品，并赏众水手倭瓜十担，燕窝十担。名帖写着："同学教弟吴之和、吴之祥顿首拜。"唐敖同多九公商量把礼收了，因吴氏弟兄位尊，回帖上写的是："天朝后学教弟多某、唐某顿首拜。"来人刚去，吴之和随即来拜，让至船上，见礼让坐。唐、多二人，再三道谢。吴之和道："舍弟因国主现在敝宅，不能过来奉候。小弟适将二位光降之话奏明，国主闻系天朝大贤到此，特命前来奉拜。小弟理应恭候解缆，因要伺候国主，只得暂且失陪。倘宝舟尚缓开行，容日再来领教。"即匆匆去了。

众水手把倭瓜、燕窝搬到后梢，到晚吃饭，煮了许多倭瓜燕窝汤。都欢喜道："我们向日只听人说燕窝贵重，却未吃过；今日倭瓜叨了燕窝的光，口味自然另有不同。连日辛辛苦苦，开开胃口，也是好的。"彼此用箸，都把燕窝夹一整瓢，放在嘴里嚼了一嚼，不觉皱眉道："好奇怪！为何这样好东西，到了我们嘴里把味都走了！"内中有几个咂嘴道："这明明是粉条子，怎么把他混充燕窝？我们被他骗了！"及至把饭吃完，倭瓜早已干干净净，还剩许多燕窝。林之洋闻知，暗暗欢喜，即托多九公照粉条子价钱给了几贯钱向众人买了，收在舱里道："怪不得连日喜鹊只管朝俺叫，原来却有这股财气！"

第十七回　因字声粗谈切韵　闻雁唳细问来宾

话说紫衣女子道："婢子闻得要读书必先识字，要识字必先知音。若不先将其音辨明，一概似是而非，其义何能分别？可见字音一道，乃读书人不可忽略的。大贤学问渊博，故视为无关紧要；我们后学，却是不可少的。婢子以此细事上渎高贤，真是贻笑大方。即以声音而论，婢子素又闻得：要知音，必先明反切；要明反切，必先辨字母，若不辨字母，无以知切；不知切，无以知音；不知音，无以识字。以此而论：切音一道，又是读书人不可少的。但昔人有言：每每学士大夫论及反切，便瞠目无语，莫不视为绝学。若据此说，大约其义失传已久。所以自古以来，韵书虽多，并无初学善本。婢子素于此道潜研细讨，略知一二，第义甚精微，未能穷其秘奥。大贤天资颖悟，自能得其三昧，应如何习学可以精通之处，尚求指教。"多九公道："老夫幼年也曾留心于此，无如未得真传，不能十分精通。才女才说学士大夫论及反切尚且瞠目无语，何况我们不过略知皮毛，岂敢乱谈，贻笑大方！"紫衣女子听了，望着红衣女子轻轻笑道："若以本题而论，岂'吴郡大老倚闾满盈'么？"红衣女子点头笑了一笑。唐敖听了，甚觉不解。

多九公道："适因才女谈论切音，老夫偶然想起《毛诗》句子总是叶着音韵。如'爰居爰处'，为何次句却用'爰丧其马'末句又是'于林之下'？'处'与'马''下'二字，岂非声音不同，另有假借么？"紫衣女子道："古人读'马'为'姥'，读'下'为'虎'，与'处'字声音本归一律，如何不同？即如'吉日庚午，既差我马'，岂非以'马'为'姥'？'率西水浒，至于岐下'，岂非以'下'为'虎'？韵书始于晋朝，秦、汉以前，并无韵书。诸如'下'字读'虎'，'马'字读'姥'，古人口音，原是如此，并非另有假借。即如'风'字毛诗读作'分'字，'服'读作'逼'字，共十余处，总是如此。若说假借，不应处处都是假借，倒把本音置之不问，断无此理。即如《汉书》《晋书》所载童谣，每多叶韵之句。既称为童谣，自然都是街上小儿随口唱的歌儿。若说小儿唱歌也会假借，必无此事。其音本出天然，可想而知。但每每读去，其音总与《毛诗》相同，却与近时不同。即偶有一二与近时相同，也只得《晋书》。因晋去古已远，非汉可比，故晋朝声音与今相近。音随世转，即此可见。"多九公道："据才女所讲各音古今不同，老夫心中终觉疑惑，必须才女把古人找来，老夫同他谈谈，听他到底是个什么声音，才能放心。若不如此，这番高论，只好将来遇见古人，才女再同他谈罢。"

紫衣女子道："大贤所说'爱居爱处，爱丧其马，于以求之，于林之下'这四句，音虽辨明，不知其义怎讲？"多九公道："毛《传》、郑《笺》、孔《疏》之意，大约言军士自言，'我等从军，或有死的、病的，有亡其马的。于何居呢？于何处呢？于何丧其马呢？若我家人日后求我，到何处求呢？当在山林之下。'是这个意思。才女有何高见？"紫衣女子道："先儒虽如此解，据婢子愚见，上文言'从孙子仲，平陈与宋，不我以归，忧心有忡。'军士因不得归，所以心中忧郁。至于'爱居爱处……'四句，细绎经文，倒像承着上文不归之意，复又述他忧郁不宁，精神恍惚之状，意谓：偶于居处之地，忽然丧失其马；以为其马必定不见了，于是各处找求，谁知仍在树林之下。这总是军士忧郁不宁，精神恍惚，所以那马明明近在咫尺，却误为丧失不见，就如'心不在焉，视而不见'之意。如此解说，似与经义略觉相近。尚求指教。"多九公道："凡言诗，总要不以文害辞，不以辞害志，方能体贴诗人之意。即以此诗而论。前人批注，何等详明，何等亲切。今才女忽发此论，据老夫看来，不独妄作聪明，竟是'愚而好自用'了。"

紫衣女子道："大贤责备，婢子也不敢辩。适又想起《论语》

有一段书，因前人批注，甚觉疑惑，意欲以管见请示；唯恐大贤又要责备，所以不敢乱言，只好以待将来另质高明了。"唐敖道："适才敝友失言，休要介意。才女如有下问，何不明示？《论语》又是常见之书，或者大家可以参酌。"紫衣女子道："婢子要请教的，并无深微奥妙，乃'颜路请子之车，以为之椁'这句书，不知怎讲？"多九公笑道："古今各家注解，言颜渊死，颜路因家贫不能置椁，要求孔子把车卖了，以便买椁。都是这样说。才女有何见教？"紫衣女子道："先儒虽如此解，大贤可另有高见？"多九公道："据老夫之意，也不过如此，怎敢妄作聪明，乱发议论。"紫衣女子道："可惜婢子虽另有管见，恨未考据的确，原想质之高明，以释此疑，不意大贤也是如此，这就不必谈了。"唐敖道："才女虽未考据精详，何不略将大概说说呢？"紫衣女子道："婢子向于此书前后大旨细细参详，颜路请车为椁，其中似有别的意思。若说因贫不能买椁，自应求夫子资助，为何指名定要求卖孔子之车？难道他就料定孔子家中，除车之外，就无他物可卖么？即如今人求人资助，自有求助之话，岂有指名要他卖物资助之理！此世俗庸愚所不肯言，何况圣门贤者。及至夫子答他之话，言当日鲤死也是有棺无椁，我不肯徒行，以为之椁。若照上文批注，又是卖车买椁之意。何以当日鲤死之时，孔子注意要卖的在此一车；今日回死之际，颜路觊觎要卖的又在此一车？况椁非稀世之宝，即使昂贵，亦不过价倍于棺。颜路既能置棺，岂难置椁？且下章又有门人厚葬之说，何不即以厚葬之资买椁，必定硬派孔子卖车，这是何意？若按'以为之椁'这个'为'字而论，倒像以车之木要制为椁之意，其中并无买卖字义，若将'为'字为'买'，似有未协。但当年死者必要大夫之车为椁，不知是何取义？婢子历考诸书，不得其说。既无其说,是为无稽之谈,只好存疑,以待能者。第千古疑团,不能质之高贤一旦顿释,亦是一件恨事。"多九公道:"若非卖车买椟,前人何必如此注解?才女所发议论,过于勉强,而且毫无考据,全是谬执一偏之见。据老夫看来,才女自己批评那句'无稽之谈',却有自知之明;至于学问,似乎还欠功夫。日后倘能虚心用功,或者还有几分进益;若只管闹这偏锋,只怕越趋越下,岂能长进!况此等小聪明,也未有甚见长之处,实在学问,全不在此。即如那个'敦'字,就再记几音,也不见得就算通家;少记几音,也不见得不通。若认几个冷字,不论腹中好歹,就要假作高明,混充文人,只怕敝处丫鬟小厮比你们还高哩!"

正在谈论,忽听天边雁声嘹亮。唐敖道:"此时才交初夏,鸿雁从何来?可见各处时令自有不同。"只见红衣女子道:"婢子因这雁声,偶然想起《礼记》'鸿雁来宾',郑康成批注及《吕览》《淮南》诸注,各有意见。请教大贤,应从某说为是?"多九公见问,虽略略晓得,因记不清楚,难以回答。唐敖道:"老夫记得郑康成注《礼记》,谓'季秋鸿雁来宾'者,言其客止未去,有似宾客,故曰'来宾'。而许慎注《淮南子》,谓先至为主,后至为宾。迨高诱注《吕氏春秋》,谓'鸿雁来'为一句,'宾爵入大水为蛤'为一句,盖以仲秋来的是其父母,其子翯翼稚弱,不能随从,故于九月方来;所谓'宾爵'者,就是老雀,常栖人堂宇,有似宾客,故谓之'宾爵'。鄙意'宾爵'二字,见之《古今注》,虽亦可连;但按《月令》,仲秋已有'鸿雁来'之句,若将'宾'字截入下句,季秋又是'鸿雁来',未免重复。如谓仲秋来的是其父母,季秋来的是其子孙,此又谁得而知?况《夏小正》于'雀入于海为蛤'之句上无'宾'字,以此更见高氏之误。据老夫愚见似以郑注为当，才女以为何如？"两个女子一齐点头道："大贤高论极是。可见读书人见解自有不同，敢不佩服！"

多九公忖道："这女子明知郑注为是，他却故意要问，看你怎样回答。据这光景，她们哪里是来请教，明是考我们的。若非唐兄，几乎出丑。他既如此可恶，我也搜寻几条，难他一难。"因说道："老夫因才女讲《论语》，偶然想起'未若贫而乐，富而好礼'之句。以近来人情而论，莫不乐富恶贫，而圣人言'贫而乐'，难道贫有什么好处么？"红衣女子刚要回答，紫衣女子即接着道："按《论语》自遭秦火，到了汉时，或孔壁所得，或口授相传，遂有三本，一名《古论》，二名《齐论》，三名《鲁论》。今世所传，就是《鲁论》，向有今本、古本之别。以皇侃古本《论语义疏》而论，其'贫而乐'一句，'乐'字下有一'道'字，盖'未若贫而乐道'与下句'富而好礼'相对。即如'古者言之不出'，古本'出'字上有一'妄'字。又如'虽有粟吾得而食诸'，古本'得'字上有一'岂'字。似此之类，不能析举。《史记·世家》亦多类此。此皆秦火后阙遗之误。请看古本，自知其详。"

多九公见她伶牙俐齿，一时要拿话驳她，竟无从下手。因见案上摆着一本书，取来一看，是本《论语》。随手翻了两篇，忽然翻到'颜渊、季路侍'一章，只见"衣轻裘"之旁写着"衣，读平声"。看罢，暗暗喜道："如今被我捉住错处了！"因向唐敖道："唐兄，老夫记得'愿车马衣轻裘'之'衣'倒像应读去声。今此处读作平声，不知何意？"紫衣女子道："'子华使于齐，……乘肥马，衣轻裘'之'衣'，自应读作去声，盖言子华所骑的是肥马，所穿的是轻裘。至此处'衣'字，按本文明明分着'车''马''衣''裘'四样，如何读作去声？若将'衣'讲作穿的意思，不但与'愿'字文气不连，而且有裘无衣，语气文义，都觉不足。若读去声，难道子路裘可与友共，衣就不可与友共么？这总因'裘'字上有一'轻'字，所以如此；若无'轻'字，自然读作"愿车马衣裘与朋友共"了。或者'裘'字上既有'轻'字，'马'字上再有'肥'字，后人读时，自必以车与肥马为二，衣与轻裘为二，断不读作去声。况'衣'字所包甚广，'轻裘'二字可包藏其内；故'轻裘'二字倒可不用，'衣'字却不可少。今不用'衣'字，只用'轻裘'，那个'衣'字何能包藏'轻裘'之内？若读去声，岂非缺了一样么？"多九公不觉皱眉道："我看才女也过于混闹了！你说那个'衣'所包甚广，无非纱的、绵的，总在其内。但子路于这轻裘贵重之服，尚且与朋友共，何况别的衣服？言外自有'衣'字神情在内。今才女必要吹毛求疵，乱加批评，莫怪老夫直言，这宗行为，不但近于狂妄，而且随嘴乱说，竟是不知人事了！"因又忖道："这两个女子既要赴试，自必时常用功，大约随常经书也难她不住。我闻外国向无《易经》，何不以此难她一难？或者将她难倒，也未可知。"

第十八回　辟清谈幼女讲羲经　发至论书生尊孟子

话说多九公思忖多时，得了主意，因向两女子道："老夫闻《周易》一书，外邦见者甚少。贵处人文极盛，兼之二位才女博览广读，于此书自能得其精奥。自秦、汉以来，注解各家，较之说《礼》，尤为歧途迭出。才女识见过人，此中善本，当以某家为最，想高明自有卓见定其优劣了？"紫衣女子道："自汉、晋以来，至于隋季，讲《易》各家，据婢子所知的，除子夏《周易传》

二卷，尚有九十三家。若论优劣，以上各家，莫非先儒注疏，婢子见闻既寡，何敢以井蛙之见，妄发议论。尚求指示。"

多九公忖道："《周易》一书，素日耳之所闻，目之所见，至多不过五六十种；适听此女所说；竟有九十余种。但她并无一字评论。大约腹中并无此书，不过略略记得几种，她就大言不惭，以为吓人地步。我且考她一考，教她出出丑，就是唐兄看着，也觉欢喜。"因说道："老夫向日所见，解《易》各家，约有百余种，不意此地竟有九十三种，也算难得了。至某人注疏若干卷，某人章句若干卷，才女也还记得么？"紫衣女子笑道："各书精微，虽未十分精熟，至注家名姓、卷帙，还略略记得。"多九公吃惊道："才女何不道其一二？其卷帙、名姓，可与天朝一样？"紫衣女子就把当时天下所传的《周易》九十三种，某人若干卷，由汉至隋，说了一遍，道："大贤才言《周易》有一百余种，不知就是才说这几种，还是另有百余种？请大贤略述一二，以广闻见。"多九公见紫衣女子所说书名倒像素日读熟一般，口中滔滔不绝。细细听去，内中竟有大半所言卷帙、姓名，丝毫不错。其余或知其名，未见其书，或知其书，不记其名；还有连姓名、卷帙一概不知的。登时惊得目瞪神呆，唯恐她们盘问，就要出丑。正在发慌，适听紫衣女子问他书名，连忙答道："老夫向日见的，无非都是才女所说之类，奈年迈善忘，此时都已模模糊糊，记不清了。"紫衣女子道："书中大旨，或大贤记不明白，婢子也不敢请教，苦人所难。但卷帙、姓名，乃书坊中三尺之童所能道的，大贤何必吝教？"多九公道："实是记不清楚，并非有意推辞。"紫衣女子道："大贤若不说出几个书名，那原谅的不过说是吝教，那不原谅的就要疑心大贤竟是妄造狂言欺骗人了。"多九公听罢，只急得汗如雨下，无言可答。

紫衣女子道:"刚才大贤曾言百余种之多,此刻只求大贤除婢子所言九十三种,再说七个,共凑一百之数。此事极其容易,难道还吝教么?"多九公只急得抓耳搔腮,不知怎样才好。紫衣女子道:"如此易事,谁知还是吝教!刚才婢子费了唇舌,说了许多书名,原是抛砖引玉,以为借此长长见识,不意竟是如此!但除我们所说之外,大贤若不加增,未免太觉空疏了!"红衣女子道:"倘大贤七个凑不出,就说五个;五个不能,就是两个也是好的。"紫衣女子接着道:"如两个不能,就是一个;一个不能,就是半个也可解嘲了。"红衣女子笑道:"请教姐姐,何为半个?难道是半卷书么?"紫衣女子道:"妹子唯恐大贤善忘,或记卷帙,忘其姓名;或记姓名,忘其卷帙;皆可谓之半个——并非半卷。我们不可闲谈,请大贤或说一个,或半个罢。"多九公被两个女子冷言冷语,只管催逼,急得满面通红,恨无地缝可钻。莫讲所有之书,俱被紫衣女子说过;即或尚未说过,此时心内一急,也就想不出了。

那个老者坐在下面,看了几篇书,见他们你一言、我一语,不知说些什么。后来看见多九公面上红一阵、白一阵,头上只管出汗,只当怕热,因取一把扇子,道:"天朝时令交了初夏,大约凉爽不用凉扇。今到敝处,未免受热,所以只管出汗。请大贤扇扇,略为凉爽,慢慢再谈。莫要受热,生出别的病来。你们都是异乡人,身子务要保重——你看,这汗还是不止,这却怎好?"因用汗巾替九公揩道:"有年纪的人,身体是个虚的,哪里受的惯热!唉!可怜,可怜!"多九公接过扇子道:"此处天气果然较别处甚热。"老者又献两杯茶道:"小子这茶虽不甚佳,但有灯芯在内,既能解热,又可清心。大贤吃了,就是受热,也无妨了。今虽幸会,奈小子福薄重听,不能畅聆大教,真是恨事。大贤既肯屈尊同她们细谈，日后还可造就么？"多九公连连点头道："令爱来岁一定高发的。"

只见紫衣女子又接着说道："大贤既执意不肯赐教，我们也不必苦苦相求。况记几个书名，若不晓得其中旨趣，不过是个卖书佣，何足为奇。但不知大贤所说百余种，其中讲解，当以某家为最？"多九公道："当日仲尼既作《十翼》，《易》道大明。自商瞿受《易》于孔子，嗣后传授不绝。前汉有京房、费直各家，后汉有马融、郑元诸人。据老夫愚见，两汉解《易》各家，多溺于象占之学。到了魏时，王弼注释《周易》，撇了象占旧解，独出心裁，畅言义理，于是天下后世，凡言《易》者，莫不宗之，诸书皆废。以此看来，由汉至隋，当以王弼为最。"紫衣女子听了，不觉笑道："大贤这篇议论，似与各家批注及王弼之书尚未了然，不过撷拾前人牙慧，以为评论，岂是教诲后辈之道！汉儒所论象占，固不足尽《周易》之义；王弼扫弃旧闻，自标新解，唯重义理，孔子说'《易》有圣人之道四焉'，岂止'义理'二字？晋时韩康伯见王弼之书盛行，因缺《系辞》之注，于是本王弼之义，注《系辞》二卷，因而后人遂有王、韩之称，其书既欠精详，而又妄改古字，如以'向'为'乡'，以'驱'为'驱'之类，不能枚举。所以昔人云：'若使当年传汉《易》，王、韩俗字久无存。当日范宁说王弼的罪甚于桀、纣，岂是无因而发。今大贤说他注的为最，甚至此书一出，群书皆废，何至如此？可谓痴人说梦！总之，学问从实地上用功，议论自然确有根据；若浮光掠影，中无成见，自然随波逐流，无所适从。大贤恰受此病。并且强不知以为知，一味大言欺人，未免把人看得过于不知文了！"

多九公听了，满脸是汗，走又走不得，坐又坐不得，只管发愣,无言可答。正想脱身,那个老者又献两杯茶道:"斗室屈尊,致令大贤受热,殊抱不安。但汗为人之津液,也须忍耐少出才好。大约大贤素日喜吃麻黄,所以如此。今出这场痛汗,虽痢疟之症,可以放心,以后如麻黄发汗之物,究以少吃为是。"二人欠身接过茶杯。多九公自言自语道:"他说我吃麻黄,哪知我在这里吃黄连哩!"

只见紫衣女子又接着说道:"刚才进门就说经书之义尽知,我们听了甚觉钦慕,以为今日遇见读书人,可以长长见识,所以任凭批评,无不谨谨受命。谁知谈来谈去,却又不然。若以'秀才'两字而论,可谓有名无实。适才自称'忝列胶庠',谈了半日,唯这'忝'字还用得切题。"红衣女子道:"据我看来,大约此中亦有贤愚不等,或者这位先生同我们一样,也是常在三等、四等的亦未可知。"紫衣女子道:"大家幸会谈文,原是一件雅事,即使学问渊博,亦应处处虚心,庶不失谦谦君子之道。谁知腹中虽离渊博尚远,那目空一切,旁若无人光景,却处处摆在脸上。可谓'螳臂当车,自不量力'!"两个女子,你一言,我一语,把多九公说得脸上青一阵,黄一阵。身如针刺,无计可施。唐敖在旁,甚觉无趣。

正在为难之际,只听外面喊道:"请问女学生可买脂粉么?"一面说着,手中提着包袱进来。唐敖一看,不是别人,却是林之洋。多九公趁势立起道:"林兄为何此时才来?唯恐船上众人候久,我们回去罢。"即同唐敖拜辞老者。老者仍要挽留献茶。林之洋因走得口渴,正想歇息,无奈二人执意要走。老者送出门外,自去课读。

三人匆匆出了小巷,来至大街。林之洋见他二人举动怆惶,面色如土,不觉诧异道:"俺看你们这等惊慌,必定古怪。毕竟为着甚事？"二人略略喘息，将神定了一定，把汗揩了，慢慢走着。多九公把前后各话，略略告诉一遍。唐敖道："小弟从未见过世上竟有这等渊博才女！而且伶牙俐齿，能言善辩！"多九公道："渊博倒也罢了，可恨他丝毫不肯放松，竟将老夫骂得要死。这个亏吃的不小！老夫活了八十多岁，今日这个闷气却是头一次！此时想起，唯有怨恨自己！"林之洋道："九公，你恨什么？"多九公道："恨老夫从前少读十年书；又恨自己既知学问未深，不该冒昧同人谈文。"

唐敖道："若非舅兄前去相救，竟有走不出门之苦。不知舅兄何以不约而同，也到他家？"林之洋道："刚才你们要来游玩，俺也打算上来卖货，奈这地方从未做过交易，不知哪样得利。后来俺因他们脸上比炭还黑，俺就带了脂粉上来。哪知这些女人因擦脂粉反觉丑陋，都不肯买，倒是买书的甚多。俺因女人不买脂粉，倒要买书，不知甚意。细细打听，才知这里向来分别贵贱，就在几本书上。"唐敖道："这是何故？"林之洋道："他们风俗，无论贫富，都以才学高的为贵，不读书的为贱。就是女人，也是这样，到了年纪略大，有了才名，才有人求亲；若无才学，就是生在大户人家，也无人同她配婚。因此，她们国中，不论男女，自幼都要读书。闻得明年国母又有什么女试大典，这些女子得了这个信息，都想中个才女，更要买书。俺听这话，原知货物不能出脱，正要回船，因从女学馆经过，又想进去碰碰财气，哪知凑巧遇见你们二位。俺进去话未说得一句，茶未喝得一口，就被你们拉出，原来二位却被两个黑女难住。"唐敖道："小弟约九公上来，原想看他国人生的怎样丑陋。谁知只顾谈文，他们面上好丑，我们还未看明，今倒被他们先把我们腹中丑处看去了！"多九公道："起初如果只做门外汉，随他谈什么，也不致出丑。无奈我们过于大意，一进门去,就充文人,以致露出马脚,补救无及。偏偏她的先生又是聋子,不然,拿这老秀才出出气,也可解嘲。"唐敖道:"据小弟看来:幸而老者是个聋子。他若不聋,只怕我们更要吃亏。你只看他小小学生尚且如此,何况先生!固然有'青出于蓝而胜于蓝'的,究竟是他受业之师,况紫衣女子又是他女,学问岂能悬殊?若以寻常老秀才看待,又是'以貌取人'了。世人只知'纱帽底下好题诗',哪里晓得草野中每每埋没许多鸿儒!大约这位老翁就是榜样。"

多九公道:"刚才那女子以'衣轻裘'之'衣'读作平声,其言似觉近理。若果真如此,那当日解作去声的,其书岂不该废么?"唐敖道:"九公此话未免罪过!小弟闻得这位解作去声的乃彼时大儒,祖居新安。其书阐发孔、孟大旨,殚尽心力,折中旧解,言近旨远,文简义明,一经诵习,圣贤之道,莫不灿然在目。汉、晋以来,注解各家,莫此为善,实为功于圣门,有益于后学的,岂可妄加评论。即偶有一二注解错误,亦不能以蚊睫一毛,掩其日月之光。即如孟子'诛一夫'及'视君如寇仇'之说,后人虽多评论,但以其书体要而论,昔人有云:'总群圣之道者,莫大乎六经;绍六经之教者,莫尚乎孟子。'当日孔子既没,儒分为八;其他纵横捭阖,波谲云诡。唯孟子挺命世之才,距杨、墨,放淫辞;明王政之易行,以救时弊,阐性善之本量,以断群疑。致孔子之教,独尊千古。是有功圣门,莫如孟子,学者岂可訾议。况孟子'闻诛一夫'之言,亦因当时之君,唯知战斗,不务修德,故以此语警诫;至'寇仇'之言,亦是劝勉宣王,待臣宜加恩礼:都为要救时弊起见。时当战国,邪说横行,不知仁义为何物,若单讲道学,徒费唇舌;必须喻之利害,方能动听,故不觉言之过当。读者不以文害辞，不以辞害志，自得其义。总而言之，尊崇孔子之教，实出孟子之力；阐发孔、孟之学，却是新安之功。小弟愚见如此，九公以为何如？"多九公听了，不觉连连点头。

第十九回　受女辱潜逃黑齿邦　观民风联步小人国

话说多九公闻唐敖之言，不觉点头道："唐兄此言，至公至当，可为千载定论。老夫适才所说，乃就事论事，未将全体看明，不无执著一偏。即如左思《三都赋》序，他说扬雄《甘泉赋》'玉树青葱'，非本土所出，以为误用。谁知那个玉树，却是汉武帝以众宝做成，并非地土所产。诸如此类，若不看他全赋，止就此序而论，必定说他如此小事尚且考究未精，何况其余。哪知他的好处甚多，全不在此。所以当时争着传写，洛阳为之纸贵。以此看来，若只就事论事，未免将他好处都埋没了。"

说话间，又到人烟辏集处。唐敖道："刚才小弟因这国人过黑，未将他的面目十分留神，此时一路看来，只觉个个美貌无比。而且无论男妇，都是满脸书卷秀气，那种风流儒雅光景，倒像都从这个黑气中透出来的。细细看去，不但面上这股黑气万不可少，并且回想那些脂粉之流，反觉其丑。小弟看来看去，只觉自惭形秽。如今我们杂在众人中，被这书卷秀气四面一衬，只觉面目可憎，俗气逼人。与其教他们看着耻笑，莫若趁早走罢！"三人于是躲躲闪闪，联步而行。一面走着，看那国人都是端方大雅；再看自己，只觉无穷丑态。相形之下，走也不好，不走也不好；紧走也不好，慢走也不好，不紧不慢也不好：不知怎样才好！只好叠着精神，稳着步儿，探着腰儿，挺着胸儿，直着颈儿，一步一趋，望前而行。好容易走出城外,喜得人烟稀少,这才把腰伸了一伸,颈项摇了两摇,嘘了一口气,略为松动松动。林之洋道:"刚才被妹夫说破,细看他们,果都大大方方,见那样子,不怕你不好好行走。俺素日散漫惯了,今被二位拘住,少不得也装斯文混充儒雅。谁知只顾拿架子,腰也酸了,腿也直了,颈也痛了,脚也麻了,头也晕了,眼也花了,舌也燥了,口也干了,受也受不得了,支也支不住了。再要拿架子,俺就瘫了!快逃命罢!此时走得只觉发热——原来九公却带着扇子。借俺扇扇,俺今日也出汗了!"

多九公听了,这才想起老者那把扇子还在手中,随即站住,打开一齐观看。只见一面写着曹大家七篇《女诫》,一面写着苏若兰《璇玑全图》,都是蝇头小楷,绝精细字。两面俱落名款:一面写着"墨溪夫子大人命书",下写"女弟子红红谨录";一面写着"女亭亭谨录"。下面还有两方图章:"红红"之下是"黎氏红薇","亭亭"之下是"卢氏紫萱"。唐敖道:"据这图章,大约红红、亭亭是她乳名,红薇、紫萱方是学名。"多九公道:"两个黑女既如此善书而又能文,馆中自然该是诗书满架,为何却自寥寥?不意腹中虽然渊博,案上倒是空疏,竟与别处不同。他们如果诗书满架,我们见了,自然另有准备,岂肯冒昧,自讨苦吃?"林之洋接过扇子扇着道:"这样说,日后回家,俺要多买几担书摆在桌上作陈设了。"唐敖道:"奉劝舅兄:断断不要树这文人招牌!请看我们今日光景,就是榜样。小弟足足够了!今日过了黑齿,将来所到各国,不知哪几处文风最盛?倒要请教,好做准备,免得又去'太岁头上动土'。"林之洋道:"俺们向日来往,只知卖货,哪里管他文风、武风。据俺看来,将来路过的,如靖人、跂踵、长人、穿胸、厌火各国,大约同俺一样,都是文墨不通;就只可怕的

镜花缘：镜里奇遇记

前面有个白民国，倒像有些道理；还有两面、轩辕各国，出来人物，也就不凡。这几处才学好丑，想来九公必知，妹夫问他就知道了。"唐敖道："请教九公……"说了一句，再回头一看，不觉诧异道："怎么九公不见了？又到何处去了？"林之洋道："俺们只顾说话，哪知他又跑开。莫非九公恨那黑女，又去同他讲理么？俺们且等一等，少不得就要回来。"二人闲谈，候了多时，只见多九公从城内走来道："唐兄，你道他们案上并无多书，却是为何？其中有个缘故。"唐敖笑道："原来九公为这小事又去打听。如此高年，还是这等兴致，可见遇事留心，自然无所不知。我们慢慢走着，请九公把这缘故谈谈。"多九公举步道："老夫才去问问风俗，原来此地读书人虽多，书籍甚少。历年天朝虽有人贩卖，无如刚到君子、大人境内，就被二国买去。此地之书，大约都从彼二国以重价买的，至于古书，往往出了重价，亦不可得，唯访亲友家，如有此书，方能借来抄写。要求一书，真是种种费事。并且无论男妇，都是绝顶聪明，日读万言的不计其数，因此，那书更不够他读了。本地向无盗贼，从不偷窃，就是遗金在地，也无拾取之人。他们见了无义之财，叫作'临财毋苟得'。就只有个毛病：若见了书籍，登时就把'毋苟得'三字撇在九霄云外，不是借去不还，就是设法偷骗，那做贼的心肠也由不得自己了。所以此地把窃物之人叫作'偷儿'，把偷书之人却叫作'窃儿'；借物不还的叫作'拐儿'，借书不还的叫作'骗儿'。因有这些名号，那藏书之家，见了这些窃儿、骗儿，莫不害怕，都将书籍深藏内室，非至亲好友，不能借观。家家如此。我们只知以他案上之书定他腹中学问，无怪要受累了。"

说话间，不觉来到船上。林之洋道："俺们快逃罢！"吩咐水手,起锚扬帆。唐敖因那扇子写得甚好,来到后面,向多九公讨了。多九公道:"今日唐兄同那老者见面,曾说'识荆'二字,是何出处?"唐敖道:"再过几十年,九公就看见了。小弟才想紫衣女子所说'吴郡大老倚闾满盈'那句话,再也不解。九公久惯江湖,自然晓得这句乡谈了?"九公道:"老夫细细参详,也解不出。我们何不问问林兄?"唐敖随把林之洋找来,林之洋也回不知。唐敖道:"若说这句隐着骂话,以字义推求,又无深奥之处。据小弟愚见:其中必定含着机关。大家必须细细猜详,就如猜谜光景,务必把它猜出。若不猜出,被她骂了还不知哩!"林之洋道:"这话当时是甚起的?二位先把来路说说。看来,这事唯有俺林之洋还能猜,你们猜不出的。"唐敖道:"何以见得?"林之洋道:"二位老兄才被她们考得胆战心惊,如今怕还怕不来,哪里还敢乱猜!若猜的不是,被黑女听见,岂不又要吃苦出汗么?"多九公道:"林兄且慢取笑。我把来路说说:当时谈论切音,那紫衣女子因我们不知反切,向红衣女子轻轻笑道:'若以本题而论,岂非"吴郡大老倚闾满盈"么?'那红衣女子听了,也笑一笑。这就是当时说话光景。"林之洋道:"这话既是谈论反切起的,据俺看来:她这本题两字自然就是什么反切。你们只管向这反切书上找去,包你找得出。"多九公猛然醒悟道:"唐兄,我们被女子骂了!按反切而论:'吴郡'是个'问'字,'大老'是个'道'字,'倚闾'是个'于'字,'满盈'是个'盲'字。她因请教反切,我们都回不知,所以她说:'岂非"问道于盲"么!'"林之洋道:"你们都是双目炯炯,为甚比作瞽目?大约彼时因她年轻,不将她们放在眼里,未免旁若无人,因此把你比作瞽目,却也凑巧。"多九公道:"为何凑巧?"林之洋道:"那'旁若无人'者,就如两旁明明有人，她却如未看见。既未看见，岂非瞽目么？此话将来可作'旁若无人'的批语。海外女子这等淘气，将来到了女儿国，她们成群打伙，聚在一处，更不知怎样利害。好在俺从来不会谈文，她要同俺论文，俺有绝好主意，只得南方话一句，一概给她'弗得知'。任她说得天花乱坠，俺总是弗得知，她又其奈俺何！"多九公笑道："倘女儿国执意要你谈文，你不同她谈文，把你留在国中，看你怎样？"林之洋道："把俺留下，俺也给她一概弗得知。你们今日被那黑女难住，走也走不出，若非俺去相救，怎出他门？这样大情，二位怎样报俺？"唐敖道："九公才说恐女儿国将舅兄留下，日后倘有此事，我们就去救你出来，也算'以德报德'了。"多九公道："据老夫看来，这不是'以德报德'，倒是'以怨报德'。"唐敖道："此话怎讲？"多九公道："林兄如被女儿国留下，他在那里，何等有趣，你却把他救出，岂非'以怨报德'么？"林之洋道："九公既说那里有趣，将来到了女儿国，俺去通知国王，就请九公住他国中。"多九公笑道："老夫倒想住在那里，却教哪个替你管舵呢？"唐敖道："岂但管舵，小弟还要求教韵学哩。请问九公，小弟素于反切虽是门外汉，但'大老'二字，按音韵呼去，为何不是'岛'字？"多九公道："古来韵书'道'字本与'岛'字同音；近来读'道'为'到'，以上声读作去声。即如是非之'是'古人读作'使'字，'动'字读作'董'字，此类甚多，不能枚举。大约古声重，读'岛'；今声轻，读'到'。这是音随世传，轻重不同，所以如此。"林之洋道："那个'盲'字，俺们向来读与'忙'字同音，今九公读作'萌'字，也是轻重不同么？"多九公道："'盲'字本归八庚，其音同'萌'；若读'忙'字，是林兄自己读错了。"林之洋道："若说读错，是俺先生教的，与俺何干！"多九公道："你们先生如此疏忽，就该打他手心。"林之洋道："先生犯了这样小错，就要打手心，那终日旷功误人子弟的，岂不都要打杀么？"

第二十回　丹桂岩山鸡舞镜　碧梧岭孔雀开屏

这日到了白民国交界，迎面有一危峰，一派清光，甚觉可爱。唐敖忖道："如此峻岭，岂无名花？"于是请问多九公是何名山？多九公道："此岭总名麟凤山，自东至西，约长千余里，乃西海第一大岭。内中果木极盛，鸟兽极繁。但岭东要求一禽也不可得，岭西要求一兽也不可得。"唐敖道："这却为何？"多九公道："此山茂林深处，向有一麟一凤。麟在东山，凤在西山。所以东面五百里有兽无禽，西面五百里有禽无兽，倒像各守疆界光景。因而东山名叫麒麟山，上面桂花甚多，又名丹桂岩；西山名叫凤凰山，上面梧桐甚多，又名碧梧岭。此事不知始于何时，相安已久。谁知东山旁有条小岭名叫狻猊岭，西山旁有条小岭名叫鹔鹴岭。狻猊岭上有一恶兽，其名就叫'狻猊'，常带许多怪兽来至东山骚扰；鹔鹴岭上有个恶鸟，其名就叫'鹔鹴'，常带许多怪鸟来至西山骚扰。"唐敖道："东山有麟，麟为兽长；西山有凤，凤为禽长。难道狻猊也不畏麟，鹔鹴也不怕凤么？"多九公道："当日老夫也甚疑惑。后来因见古书，才知鹔鹴乃西方神鸟，狻猊亦可算得毛群之长，无怪要来抗衡了。大约略为骚扰，麟凤也不同它计较；若干犯过甚，也就不免争斗。数年前老夫从此路过，曾见凤凰与鹔鹴争斗，都是各发手下之鸟，或一个两个，彼此剥啄厮打，倒也爽目。后来又遇麒麟同狻猊争斗，也是各发手下之兽，那厮打蹦跳形状，真可山摇地动，看之令人心惊。毕竟邪不胜正，闹来闹去，往往狻猊、鹬鹬大败而归。"

正在谈论，半空中倒像人喊马嘶，闹闹吵吵。连忙出舱仰观，只见无数大鸟，密密层层，飞向山中去了。唐敖道："看这光景，莫非鹬鹬又来骚扰？我们何不前去望望？"多九公道："如此甚好。"于是通知林之洋，把船拢在山脚下，三人带了器械，弃舟登岸，上了山坡。唐敖道："今日之游，别的景致还在其次，第一凤凰不可不看。他既做了一山之主，自然另是一种气概。"多九公道："唐兄要看凤凰，我们越过前面峰头，只检梧桐多处游去，倘缘分凑巧，不过略走几步，就可遇见。"大家穿过峻岭，寻找桐林，不知不觉，走了数里。林之洋道："俺们今日见的都是小鸟，并无一只大鸟，不知甚故？难道果真都去伺候凤凰么？"唐敖道："今日所见各鸟，毛色或紫或碧，五彩灿烂，兼之各种娇啼，不啻笙簧，已足悦耳娱目，如此美景，也算难得了。"

忽听一阵鸟鸣之声，婉转嘹亮，甚觉爽耳，三人一闻此音，陡然神清气爽。唐敖道："诗言：'鹤鸣于九皋，声闻于天。'今听此声，真可上彻霄汉。"大家顺着声望去，只当必是鹤鹭之类。看了半晌，并无踪影，只觉其音渐渐相近，较之鹤鸣尤其洪亮。多九公道："这又奇了！安有如此大声，不见形象之理？"唐敖道："九公，你看，那边有棵大树，树旁围着许多飞蝇，上下盘旋，这个声音好像树中发出的。"说话间，离树不远，其声更觉震耳。三人朝着树上望了一望，何尝有个禽鸟。林之洋忽然把头抱住，乱跳起来，口内只说："震死俺了！"二人都吃了一吓，问其所以。林之洋道："俺正看大树，只觉有个苍蝇，飞在耳边。俺用手将它按住，谁知它在耳边大喊一声，就如雷鸣一般，把俺震得头晕眼花。俺趁势把它捉在手内。"话未说完,那蝇大喊大叫,鸣得更觉震耳。林之洋把手乱摇道:"俺将你摇得发昏,看你可叫!"那蝇被摇,旋即住声。唐、多二人随向那群飞蝇侧耳细听,那个大声果然竟是"不啻若自其口出"。多九公笑道:"若非此鸟飞入林兄耳内,我们何能想到如此大声,却出这群小鸟之口。老夫目力不佳,不能辨其颜色。林兄把那小鸟取出,看看可是红嘴绿毛?如果状如鹦鹉,老夫就知其名了。"林之洋道:"这个小鸟,从未见过,俺要带回船去给众人见识见识。设或取出飞了,岂不可惜?"于是卷了一个纸桶,把纸桶对着手缝,轻轻将小鸟放了进去。唐敖起初见这小鸟,以为无非苍蝇、蜜蜂之类,今听多九公之话,轻轻过去一看,果然都是红嘴绿毛,状如鹦鹉。忙走回道:"他的形状,小弟才去细看,果真不错。请教何名?"多九公道:"此鸟名叫'细鸟',元封五年,勒毕国曾用玉笼以数百进贡,形如大蝇,状似鹦鹉,声闻数里。国人常以此鸟候日,又名'候日虫'。哪知如此小鸟,其声竟如洪钟,倒也罕见!"

林之洋道:"妹夫要看凤凰,走来走去,遍山并无一鸟。如今细鸟飞散,静悄悄连声也不闻。这里只有树木,没甚好玩,俺们另向别处去罢。"多九公道:"此刻忽然鸦雀无闻,却也奇怪。"只见有个牧童,身穿白衣,手拿器械,从路旁走来。唐敖上前拱手道:"请问小哥,此处是何地名?"牧童道:"此地叫作碧梧岭,岭旁就是丹桂岩,乃白民国所属。过了此岭,野兽最多,往往出来伤人,三位客人须要仔细!"说罢去了。

多九公道:"此处既名碧梧岭,大约梧桐必多,或者凤凰在这岭上也未可知。我们且把对面山峰越过,看是如何。"不多时,越过高峰,只见西边山头无数梧桐,桐木内立着一只凤凰,毛分五彩，赤若丹霞；身高六尺，尾长丈余；蛇颈鸡啄，一身花文。两旁密密层层，列着无数奇禽：或身高一丈，或身高八尺；青、黄、赤、白、黑，各种颜色，不胜枚举。对面东边山头桂树林中也有一只大鸟：浑身碧绿，长颈鼠足，身高六尺，其形如雁。两旁围着许多怪鸟：也有三首六足的，也有四翼双尾的，奇形怪状，不一而足。多九公道："东边这只绿鸟就是鹔鹴。大约今日又来骚扰，所以凤凰带着众鸟把去路拦住，看来又要争斗了。"忽听鹔鹴连鸣两声，身旁飞出一鸟，其状如凤，尾长丈余，毛分五彩，蹿至丹桂岩，抖擞翎毛，舒翅展尾，上下飞舞，如同一片锦绣；恰好旁边有块云母石，就如一面大镜，照的那个影儿，五彩相映，分外鲜明。林之洋道："这鸟倒像凤凰，就只身材短小，莫非母凤凰吗？"多九公道："此鸟名'山鸡'，最爱其毛，每每照水顾影，眼花坠水而死。古人因他有凤之色，无凤之德，呼作'哑凤'。大约鹔鹴为此鸟具如许彩色，可以压倒凤凰手下众鸟，因此命它出来当场卖弄。"忽见西林飞出一只孔雀，走至碧梧岭，展开七尺长尾，舒展两翅，朝着丹桂岩盼睐起舞；不独金翠萦目，兼且那个长尾排着许多圆文，陡然或红或黄，变出无穷颜色，宛如锦屏一般，山鸡起初也还勉强飞舞，后来因见孔雀这条长尾变出六颜五色，华彩夺目，金碧辉煌，未免自惭形秽；鸣了两声，朝着云母石一头撞去，竟自身亡。唐敖道："这只山鸡因毛色比不上孔雀，所以羞愤轻生。以禽鸟之微，尚有如此血性，何以世人明知己不如人，反觍颜无愧？殊不可解。"林之洋道："世人都像山鸡这般烈性，哪里死得许多！据俺看来，只好把脸一老，也就混过去了。"孔雀得胜退回本林。东林又飞出一鸟，一身苍毛，尖嘴黄足，跳至山坡，口中叽叽喳喳，鸣出各种声音。此鸟鸣未数声，西林也飞出一只五彩鸟，尖嘴短尾，走到山冈，展翅摇翎，口中鸣得娇娇滴滴，悠扬婉转，甚觉可耳。唐敖道："小弟闻得'鸣鸟'毛分五彩，有百乐歌舞之风，大约就是此类了。那苍鸟不知何名？"多九公道："此即'反舌'，一名'百舌'。月令'仲夏反舌无声'，就是此鸟。"林之洋道："如今正是仲夏，这个反舌与众不同，他不按月令，只管乱叫了。"忽听东林无数鸟鸣，从中蹿出一只怪鸟，其形如鹅，身高二丈，翼广丈余，九条长尾，十颈环簇，只得九头。蹿出山冈，鼓翼作势，霎时九头齐鸣。多九公道："原来'九头鸟'出来了。"

第二十一回　逢恶兽唐生被难　施神枪魏女解围

话说多九公指着九头鸟道："此鸟古人谓之'鸧鸹'，一身逆毛，甚是凶恶。不知凤凰手下哪个出来招架？"登时西林飞出一只小鸟，白颈红嘴，一身青翠，走至山冈，望着九头鸟鸣了几声，宛如狗吠。九头鸟一闻此声，早已抱头鼠窜，腾空而去。此鸟退入西林。林之洋道："这鸟为甚不是禽鸣，倒学狗叫？俺看它油嘴滑舌，南腔北调，到底算个什么！可笑这九头鸟枉自又高又大，听得一声狗叫，它就跑了。原来小鸟这等厉害！"多九公道："此禽名叫'鸹鸟'，又名'天狗'。这九头鸟本有十首，不知何时被犬咬去一个，其项至今流血。血滴人家，最为不祥。如闻其声，须令狗叫，它即逃走。因其畏犬，所以古人有'掖狗耳禳之'之法。"只见鹅鹚林内蹿出一只鸵鸟，身高八尺，状以橐驼，其色苍黑，翅广丈余，两只驼蹄，奔至山冈，吼叫连声。西林也飞出一鸟，赤眼红嘴，一身白毛，尾长丈二，身高四尺，尾上有勺，其大如斗，走至山冈，与鸵鸟斗在一处。林之洋道："这尾上有勺的倒也异样。俺们捉几个送给无肠国,他必欢喜。"唐敖道:"何以见得?"林之洋道:"他们得了这鸟,既可当菜大嚼,再把尾子取下作为盛饭盛粪的勺子,岂不好么?"唐敖道:"怪不得古人言,'鸵鸟之卵,其大如瓮。'原来其形竟有如许之大!这尾上有勺的,它比鸵鸟,一个身高八尺,一个身高四尺,大小悬殊,何能争斗?岂非自讨苦么?"多九公道:"此鸟名唤'䴉勺'。它既敢与鸵鸟相斗,自然也就非凡。"䴉勺斗未数合,竖起长尾,一连几勺,打得鸵鸟前蹲后跳,声如牛吼。东林又跳出一只秃鹜,身高八尺,长颈身青,头秃无毛,蹿至山冈。林之洋道:"忽然闹出和尚来了。"西边林内也飞出一鸟,浑身碧绿,一条猪尾,长有丈六,身高四尺,一只长足,跳跃而出,蹿至山冈,抢起猪尾,如皮鞭一般,对着秃鹜一连几尾,把个秃头打得鲜血淋漓,吼叫连声。林之洋道:"这个和尚今日老大吃亏,怪不得大人国的和尚不肯削发,他怕秃头吃苦。"多九公道:"原来跂踵出来争斗。它这猪尾,随你勇鸟也敌它不过,看来鹔鹴又要大败了。"那边百舌敌不住鸣鸟,早已飞回东林;秃鹜被打不过,腾空而去;鸵鸟两翅受伤,逃回本林。只听鹔鹴大叫几声,带着无数怪鸟,奔至山冈;西林也有许外大鸟飞出:登时斗成一团。那䴉勺抢起大勺,跂踵舞起猪尾,一起一落,打得落花流水。正在难解难分,忽听东边山上,犹如千军万马之声,尘土飞空,山摇地动,密密层层,不知一群什么,狂奔而来。登时众鸟飞腾,凤凰、鹔鹴,也都逃窜。

　　三人听了,忙躲桐林深处,细细偷看。原来是群野兽,从东奔来:为首其状如虎,一身青毛,钩爪锯牙;弭耳昂鼻,目光如电,声吼如雷,一条长尾,尾上茸毛,其大如斗。走至凤凰所栖林内,吼了两声,带着许多怪兽,浑身血迹,蹿了进去。随后一群怪兽赶

附录二　原典精选

来,也是血迹淋漓,走至鹳鹎所栖林内,也都蹿入。为首一兽,浑身青黄,其体似麋,其尾似牛,其足似马,头生一角。唐敖道:"请教九公,这个独角兽自然是麒麟;西边那个青兽可是狻猊?"多九公道:"西林正是狻猊,大约又来骚扰,所以麒麟带着众兽赶来。"只见狻猊喘息片时,将身立起,口中叫了两声。旁边蹿出一头野猪,扇着两耳,一步三摇,倒像奉令一般,走到跟前,将头伸出,送到狻猊口边;狻猊嗅了一嗅,吼了一声,把嘴一张,咬下猪头,随将野猪吃入腹中。林之洋道:"这个野猪,据俺看来,生得甚觉悭吝,哪肯真心请客;它的意思,不过虚让一让,哪知狻猊并不推辞,竟自啖了。原来狻猊腹饥。大约吃饱就要争斗了。"正自指手画脚,谈论狻猊,不意手中那个细鸟,忽又鸣声震耳,连忙用手乱摇,哪肯住声。狻猊听了,把头仰起,顺着声音望了一望,只听大吼一声,带着许多怪兽,一齐奔来。三人吓得四处奔逃。多九公喊道:"林兄!还不放枪救命,等待何时!"林之洋跑得气喘吁吁,弃了细鸟,迎着众兽放了一枪,虽然打倒两个,无奈众兽密密层层,毫不畏惧,仍旧奔来。多九公道:"我的林兄!难道放不得第二枪么!"林之洋战战兢兢,又放一枪;好像火上浇油,众兽更都如飞而至。林之洋不觉放声哭道:"只顾要看撕斗,哪知狻猊腹饥,要吃俺肉!无启国以土当饭,它是以人当饭!俺闻秀才最酸,狻猊如怕酸物倒牙,九公同妹夫还可躲这灾难,就只苦杀俺了!顷刻就到眼前,只要把口一张,就吞到腹中!这狻猊肚肠不知可像无肠国?但愿吞了随即通过,俺还有命;若不通过,存在里面,就要闷杀了!"唐敖正朝前奔,只觉身后鸣声震耳,回头一看,狻猊相离不远,竟向身后扑来。不由手慌脚乱,无计可施,说声"不好",一时着急,将身一纵,就如飞舞一般,撺在空中。众兽都向多、林二人扑去，二人唯有叫苦，左右乱跑。忽听山冈上呱剌剌如雷鸣一般，响了一声，一道黑烟，比箭还急，直奔狻猊；狻猊将身纵起，方才躲过；转眼间，又是一声响亮，狻猊躲避不及，登时打落山上。众兽撇了多、林二人，都来围护狻猊。只听呱剌剌、呱剌剌……响亮连声，黑烟乱冒，尘土飞空，满山响声不绝，四处烟雾弥漫。那个声响，如雨点一般，滚将出来，把些怪兽打得尸横遍地，四处奔逃，霎时无踪。麒麟带着众兽，也都逃窜。